# DESAPARECIDAS

# DESAPARECIDAS

## LAUREN OLIVER

**Tradução**
Cláudia Mello Belhassof

1ª edição
Rio de Janeiro-RJ / Campinas-SP, 2015

VERUS
EDITORA

**Editora**
Raïssa Castro

**Coordenadora editorial**
Ana Paula Gomes

**Copidesque**
Lígia Alves

**Revisão**
Raquel de Sena Rodrigues Tersi

**Capa, projeto gráfico e diagramação**
André S. Tavares da Silva

**Foto da capa**
© kevinruss/iStockphoto

**Título original**
*Vanishing Girls*

ISBN: 978-85-7686-446-2

Copyright © Laura Schechter, 2015
Todos os direitos reservados.

Tradução © Verus Editora, 2015
Direitos reservados em língua portuguesa, no Brasil, por Verus Editora. Nenhuma parte desta obra pode ser reproduzida ou transmitida por qualquer forma e/ou quaisquer meios (eletrônico ou mecânico, incluindo fotocópia e gravação) ou arquivada em qualquer sistema ou banco de dados sem permissão escrita da editora.

**Verus Editora Ltda.**
Rua Benedicto Aristides Ribeiro, 41, Jd. Santa Genebra II, Campinas/SP, 13084-753
Fone/Fax: (19) 3249-0001 | www.veruseditora.com.br

CIP-BRASIL. CATALOGAÇÃO NA FONTE
SINDICATO NACIONAL DOS EDITORES DE LIVROS, RJ

O53d

Oliver, Lauren, 1982-
  Desaparecidas / Lauren Oliver ; tradução Cláudia Mello Belhassof. - 1. ed. - Campinas, SP : Verus, 2015.
  23 cm.

  Tradução de: Vanishing Girls
  ISBN 978-85-7686-446-2

  1. Romance americano. I. Belhassof, Cláudia Mello. II. Título.

15-25394
CDD: 813
CDU: 821.111(73)-3

Revisado conforme o novo acordo ortográfico

*Para o verdadeiro John Parker, pelo apoio e pela inspiração —
e para todas as irmãs do mundo, incluindo as minhas*

A parte engraçada de quase morrer é que, depois disso, todo mundo espera que você embarque no trem da felicidade e saia por aí caçando borboletas pelos gramados ou vendo arco-íris em poças de óleo na estrada. "É um milagre", eles dizem com um olhar de expectativa, como se você tivesse recebido um baita presente, e é melhor não decepcionar a vovó fazendo uma careta quando abrir o pacote e encontrar um suéter malfeito e deformado.

A vida é mais ou menos isto: cheia de buracos, nós e maneiras de ficar preso. Desconfortável e dá coceira. Um presente que você nunca pediu, nunca quis, nunca *escolheu*. Um presente que você deveria ficar empolgado para usar, dia após dia, mesmo quando gostaria de permanecer na cama sem fazer nada.

A verdade é a seguinte: você não precisa de habilidade nenhuma para quase morrer nem para quase viver.

ANTES

27 DE MARÇO

# NICK

— Quer brincar?

Essas são as duas palavras que eu ouvi com mais frequência na vida. *Quer brincar?* Enquanto Dara, aos quatro anos, entra em disparada pela porta de tela, os braços estendidos, voando para o nosso jardim da frente sem esperar minha resposta. *Quer brincar?* Enquanto Dara, aos seis anos, sobe na minha cama no meio da noite, os olhos arregalados e tocados pela luz da lua, o cabelo molhado cheirando a xampu de morango. *Quer brincar?* Dara, aos oito anos, soando a buzina da sua bicicleta; Dara, aos dez anos, misturando as cartas do baralho no deque úmido da piscina; Dara, aos doze anos, girando uma garrafa vazia de refrigerante pelo gargalo.

Dara, aos dezesseis anos, também não espera minha resposta.

— Chega pra lá — ela diz, cutucando a coxa da melhor amiga, Ariana, com o joelho. — Minha irmã quer brincar.

— Não tem espaço — Ariana diz, soltando um gritinho quando Dara se inclina para cima dela. — Desculpa, Nick. — Elas estão esmagadas com meia dúzia de outras pessoas em um estábulo abandonado no celeiro dos pais de Ariana, que cheira a serragem e, de leve, esterco. Há uma garrafa de vodca pela metade sobre o chão batido, além de alguns fardos de cerveja e uma pequena pilha de peças de roupa: um cachecol, duas luvas desencontradas, um casaco grosso e o suéter rosa justo de Dara, com as palavras "Rainha Má" bordadas nas costas em strass. Parece um tipo de ritual de sacrifício bizarro para os deuses do strip pôquer.

— Não se preocupa — digo rapidamente. — Não preciso jogar. Só vim dizer um oi, na verdade.

Dara faz uma careta.

— Você acabou de chegar.

Ariana coloca as cartas no chão com a face para cima.

— Trinca de reis. — Ela abre uma cerveja, e a espuma borbulha ao redor do nó de seus dedos. — Matt, tira a camisa.

Matt é um garoto magrelo que parece ter o nariz um pouco grande demais e a expressão nebulosa de quem está prestes a ficar muito bêbado. Como ele está de camiseta — preta, estampada com a imagem misteriosa de um castor de um olho só —, suponho que o casaco grosso pertença a ele.

— Estou com frio — ele reclama.

— A camiseta ou a calça. Você decide.

Matt suspira e começa a se livrar da camiseta, mostrando as costas magras salpicadas de acne.

— Onde está o Parker? — pergunto, tentando parecer casual, e me odiando por ter que tentar. Mas, desde que Dara começou... *aquilo* que está fazendo com ele, ficou impossível conversar com meu ex-melhor amigo sem me sentir como se um enfeite de Natal tivesse entalado no fundo da minha garganta.

Dara congela no ato de redistribuir as cartas. Mas só por um segundo. Ela joga a última na direção de Ariana e levanta a mão.

— Não faço ideia.

— Mandei mensagem pra ele — comento. — Ele disse que vinha.

— É, bom, talvez ele tenha *ido embora*. — Os olhos escuros de Dara vêm rapidamente até os meus, e a mensagem é clara. *Esquece isso.* Acho que eles devem ter brigado de novo. Ou talvez não, e esse seja o problema. Talvez ele se recuse a cooperar.

— A Dara tem um *novo* namorado — Ariana cantarola, e Dara dá uma cotovelada nela. — Bom, você tem, né? Um namorado *secreto*.

— Cala a boca — Dara diz com agressividade. Não consigo definir se ela está mesmo com raiva ou só fingindo.

Ari finge fazer um biquinho.

— Eu conheço? Só me diz se eu *conheço* o cara.

— De jeito nenhum — Dara responde. — Sem pistas. — Ela baixa as próprias cartas e fica de pé, limpando a bunda da calça jeans. Está usando botas de salto anabela com borda de pele e uma camiseta metálica que nunca vi, que parece ter sido jogada sobre seu corpo e deixada ali para endurecer. Seu cabelo, recentemente tingido de preto e perfeitamente escovado com secador, parece óleo esparramado sobre os ombros. Como sempre, eu me sinto o Espantalho perto da Dorothy. Estou usando um casaco volumoso que minha mãe comprou quatro anos atrás, para uma viagem de esqui até Vermont, e meu cabelo, no tom castanho comum de cocô de rato, está puxado para trás no rabo de cavalo característico.

— Vou pegar um drinque — Dara diz, apesar de estar bebendo cerveja. — Alguém quer?

— Traz umas misturas — Ariana responde.

Dara não dá a menor indicação de que ouviu. Ela me puxa pelo pulso e me leva para fora do estábulo e para dentro do celeiro, onde Ariana — ou a mãe dela? — arrumou algumas mesas dobráveis com tigelas de batatas chips e pretzels, guacamole e biscoitos de pacote. Tem uma bituca de cigarro enfiada num pote de guacamole e latas de cerveja flutuando numa enorme tigela de ponche cheia de gelo meio derretido, como navios tentando navegar no Ártico.

Parece que a turma toda do colégio de Dara saiu esta noite, e mais ou menos metade da minha — apesar de os alunos do terceiro ano normalmente não se dignarem a invadir uma festa do segundo, os alunos do *segundo semestre* do terceiro ano nunca perdem uma oportunidade de comemorar. Luzes de Natal estão penduradas entre os estábulos, e só três deles contêm cavalos de verdade: Misty, Luciana e Mister Ed. Eu me pergunto se os cavalos estão incomodados com o baixo abafado da música ou com o fato de, a cada cinco segundos, um aluno do segundo ano bêbado enfiar a mão pelo portão, tentando fazer o animal mordiscar um Cheetos.

Os outros estábulos, os que não estão empilhados com selas antigas, ancinhos sujos e equipamentos de fazenda enferrujados que de alguma forma vieram parar aqui e venceram — apesar de que a única coisa cultivada pela mãe de Ariana é o dinheiro dos três ex-maridos —, estão cheios de adolescentes brincando de jogos com bebidas, se esfregando ou, no caso de Jake Harris e Aubrey O'Brien, se comendo. A sala de equipamentos equestres, me disseram, foi informalmente tomada pela galera que fuma maconha.

As grandes portas deslizantes do celeiro estão abertas para a noite, e o ar frio sopra lá de fora. Na parte inferior da colina, alguém está tentando acender uma fogueira no campo de treino, mas está caindo uma chuva fina, e a madeira não pega fogo.

Pelo menos Aaron não está aqui. Não tenho certeza se aguentaria vê-lo esta noite — não depois do que aconteceu no último fim de semana. Teria sido melhor se ele tivesse enlouquecido — se tivesse surtado e gritado ou espalhado boatos pelo colégio de que eu tenho clamídia ou alguma coisa assim. Aí eu poderia odiá-lo. Aí tudo faria *sentido*.

Mas, desde o término, ele tem sido epicamente educado, como se fosse vendedor da Gap. Como se *realmente* esperasse que eu fosse comprar alguma coisa, mas não quisesse forçar a barra.

— Ainda acho que ficamos bem juntos — ele dissera, do nada, enquanto devolvia meu suéter (lavado, é claro, e dobrado) e uma variedade de bugigangas que eu tinha deixado no carro dele: canetas, um carregador de celular e um globo de neve esquisito que eu vi em promoção na cvs. O colégio tinha servido macarrão à marinara no almoço, e havia um pouquinho de molho no canto da sua boca. — Talvez você mude de ideia.

— Talvez — eu dissera. E eu realmente tinha esperanças, mais do que qualquer outra coisa no mundo, de mudar de ideia.

Dara pega uma garrafa de licor Southern Comfort e despeja sete centímetros num copo de plástico, jogando Coca-Cola por cima. Mordo o interior do meu lábio, como se pudesse engolir as palavras que realmente quero dizer: esse deve ser *pelo menos* o seu terceiro drinque; ela já está na lista negra da mamãe e do papai; devia ficar longe de encrencas. Ela fez com que nós duas fôssemos parar na *terapia*, pelo amor de Deus.

Em vez disso, digo:

— E aí. Namorado novo, é? — Tento manter a voz suave.

Um canto da boca de Dara se curva num sorriso.

— Você conhece a Ariana. Ela exagera. — Ela prepara outro drinque e coloca na minha mão, batendo nossos copos de plástico um no outro. — Saúde — diz e toma um golão, esvaziando metade do copo.

O drinque tem um cheiro suspeito de xarope. Eu o coloco ao lado de um prato de enroladinhos de salsicha que parecem dedos murchos envolvidos em gaze.

— Então não existe um homem misterioso?

Dara ergue um ombro.

— O que eu posso dizer? — Ela está usando sombra dourada, e um pouco lhe cobre as bochechas; parece alguém que escapou acidentalmente do mundo das fadas. — Sou irresistível.

— E o Parker? — pergunto. — Mais problemas no paraíso?

Instantaneamente me arrependo da pergunta. O sorriso de Dara desaparece.

— Por quê? — ela quer saber, os olhos agora sombrios, sérios. — Você quer dizer "eu te avisei" de novo?

— Esquece. — Eu viro, me sentindo exausta de repente. — Boa noite, Dara.

— Espera. — Ela me segura pelo pulso. Num piscar de olhos, a tensão desaparece, e ela sorri de novo. — Fica, tá bom? *Fica*, Ninpin — ela repete quando hesito.

Quando Dara fica assim, doce e suplicante, como seu eu antigo, como a irmã que costumava subir no meu peito e me implorar, com os olhos arregalados, para acordar, acordar, é quase impossível resistir a ela. Quase.

— Tenho que acordar às sete — digo enquanto ela me leva para fora, para o barulhinho da chuva. — Prometi à mamãe que ia ajudar a arrumar tudo antes que a tia Jackie chegue.

Durante o primeiro mês mais ou menos, depois que meu pai anunciou que ia embora, minha mãe agiu como se absolutamente nada estivesse diferente. Mas, recentemente, ela tem se *esquecido*: de ligar a lava-louça, de acertar o despertador do relógio, de passar suas roupas de trabalho, de aspirar a casa. É como se, toda vez que ele tira mais um item da casa — sua poltrona favorita, o conjunto de xadrez que ele herdou do pai, os tacos de golfe que nunca usa —, levasse um pedaço do cérebro dela junto.

— Por quê? — Dara revira os olhos. — Ela só vai trazer cristais de limpeza pra fazer o trabalho. Por favor — ela acrescenta. Dara precisa erguer o tom de voz para ser ouvida acima da música; alguém acabou de aumentar o volume. — Você *nunca* sai.

— Isso não é verdade — digo. — É que você *sempre* sai. — As palavras saem mais duras do que eu pretendia. Mas Dara apenas ri.

— Não vamos brigar hoje, tá bom? — ela pede e se aproxima para me dar um beijo no rosto. Seus lábios são grudentos como bala. — Vamos ser felizes.

Um grupo de garotos — do sgundo ano, suponho — reunidos à meia-luz do celeiro começa a assobiar e a aplaudir.

— Isso aí! — um deles grita, levantando uma cerveja. — Lesbianismo!

— Cala a boca, babaca! — Dara responde. Mas ela está rindo. — Ela é minha *irmã*.

— Essa definitivamente é a minha deixa — digo.

Mas Dara não está escutando. Seu rosto está corado, os olhos brilhando por causa do álcool.

— Ela é minha irmã — Dara anuncia de novo, para ninguém e para todos, já que ela é o tipo de pessoa que os outros assistem, desejam, seguem. — E minha melhor amiga.

Mais assobios, uma rodada de aplausos. Outro cara grita:

— Manda ver!

Dara joga um braço sobre o meu ombro, se aproxima para sussurrar no meu ouvido, o hálito doce e penetrante por causa da bebida.

— Melhores amigas pra vida toda — ela fala, e não sei mais se está me abraçando ou se apoiando em mim. — Certo, Nick? Nada... *nada*... pode mudar isso.

DEPOIS

http://www.theShorelineBlotter.com/28demarco_acidenteseregistros

Às 23h55, a polícia de Newark atendeu a um chamado referente a uma batida na Route 101, ao sul do Motel Shady Palms. A motorista, Nicole Warren, 17, foi levada para o Eastern Memorial com ferimentos leves. A passageira, Dara Warren, 16, que não estava usando cinto de segurança, foi levada de ambulância para o CTI e, no momento desta publicação, permanece em estado crítico. Estamos todos rezando por você, Dara.

> Tãããoo triste. Espero que ela saia dessa!
> Publicado por: mamaeurso27 às 6h04

> Moro perto dessa estrada e ouvi a batida a quase um quilômetro de distância!!!
> Publicado por: lindinha27 às 8h04

> Esses jovens acham que são indestrutíveis. Quem não usa cinto de segurança? A culpa é dela mesma.
> Publicado por: markhhammond às 8h05

> Tenha um pouco de compaixão, cara! Todo mundo faz besteira.
> Publicado por: trickmatrix às 8h07

> Algumas pessoas são mais burras que outras.
> Publicado por: markhhammond às 8h08

http://www.theShorelineBlotter.com/15dejulho_prisoes

Foi uma noite agitada para a polícia de Main Heights. Entre meia-noite e uma da manhã de quarta-feira, três adolescentes da região realizaram vários pequenos furtos na área ao sul da Route 23. A polícia primeiro respondeu a um chamado da 7-Eleven da Richmond Place, onde Mark Haas, 17, Daniel Ripp, 16, e Jacob Ripp, 19, ameaçaram e agrediram um funcionário antes de fugir com dois pacotes de cerveja, quatro caixas de ovos, três pacotes de bolinhos e três embalagens de carne em conserva. A polícia perseguiu os três adolescentes até a Sutter Street, onde eles destruíram meia dúzia de caixas de correio e jogaram ovos na casa do sr. Walter Middleton, professor de matemática do colégio dos adolescentes (no início do ano, segundo informações, o professor ameaçou reprovar Haas por suspeita de cola). A polícia finalmente capturou e prendeu os adolescentes no Carren Park, mas não antes de os três roubarem uma mochila, duas calças jeans e um par de tênis nas imediações da piscina pública. As roupas, segundo o relatório policial, pertenciam a dois adolescentes que estavam nadando pelados, ambos levados à delegacia de Main Heights... depois de recuperar suas roupas, assim esperamos.

    Dannnnnnny... vc é uma lenda.
    Publicado por: grandtheftotto às 12h01

    Vai cuidar da sua vida.
    Publicado por: maedetres às 12h35

A ironia é que esses garotos provavelmente vão trabalhar na 7-Eleven daqui a pouco tempo. De alguma forma, não vejo esses três como neurocirurgiões.
Publicado por: hal.m.woodward às 14h56

Nadando pelados? Eles não congelaram?? :P
Publicado por: maddiebonita às 19h22

Por que o artigo não diz o nome dos "dois adolescentes que estavam nadando pelados"? Invadir propriedade privada é crime, não é?
Publicado por: cienciavigilante01 às 21h01

Obrigado pelo comentário. É crime, sim, mas nenhum dos dois adolescentes foi acusado.
Publicado por: admin às 21h15

O sr. Middleton é um porre.
Publicado por: hellicat15 às 23h01

# 15 DE JULHO
# NICK

— Nadar pelada, Nicole?

Existem muitas palavras que você nunca quer ouvir seu pai dizer. *Enema. Orgasmo. Decepcionado.*

*Nadar pelada* fica no início da lista, especialmente quando você acabou de ser arrastada da delegacia às três da manhã, usando uma calça de uniforme da polícia e um suéter que provavelmente pertenceu a um sem-teto ou suspeito de assassinato em série, porque suas roupas, bolsa, identidade e dinheiro foram roubados da beira de uma piscina pública.

— Foi uma brincadeira — digo, o que é burrice; não tem nada de engraçado em ser presa, quase nua, no meio da noite, quando você deveria estar dormindo.

Os faróis dividem a estrada em partes iluminadas e escuras. Pelo menos estou contente porque não consigo ver o rosto do meu pai.

— O que você tinha na *cabeça?* Eu nunca esperaria isso. Não de você. E aquele garoto, Mike...

— Mark.

— Que seja. Quantos anos ele tem?

Fico calada com essa pergunta. *Vinte* é a resposta, mas sei que é melhor não dizer. Meu pai só está procurando alguém para culpar. Melhor que ele pense que fui obrigada a fazer isso, que uma má influência me fez pular a cerca do Carren Park e ficar só de lingerie, dar um belo mergulho de barriga na parte funda da piscina, tão gelada que me tirou o fôlego e eu saí rindo, ofegando em busca de ar, pensando em Dara, pensando que ela deveria estar ali comigo, que ela entenderia.

Imagino uma rocha enorme surgindo no escuro, um biombo de pedra sólida, e tenho que fechar os olhos e reabri-los. Nada além da estrada, comprida e suave, e dos raios gêmeos dos faróis.

— Escuta, Nick — meu pai continua. — Sua mãe e eu estamos preocupados com você.

— Achei que você e a minha mãe não estivessem se falando — digo, abrindo a janela alguns centímetros, porque o ar-condicionado mal está soltando ar frio e o vento ajuda a afogar a voz do meu pai.

Ele ignora.

— Estou falando sério. Desde o acidente...

— Por favor — digo rapidamente, antes que ele possa terminar. — Não.

Meu pai suspira e esfrega os olhos sob os óculos. Ele tem um certo cheiro das tiras mentoladas que coloca no nariz à noite para não roncar e ainda está vestindo a calça de pijama larga que tem desde sempre, aquela com renas estampadas. E, só por um segundo, eu me sinto real e verdadeiramente terrível.

Aí eu me lembro da nova namorada dele e da aparência quieta e tensa da minha mãe, como uma marionete com as cordas puxadas demais.

— Você vai ter que falar sobre isso, Nick — meu pai diz. Desta vez a voz dele está baixa, preocupada. — Se não for comigo, com o dr. Lichme. Ou a tia Jackie. Ou *alguém*.

— Não — respondo, abrindo totalmente a janela, de forma que o vento parece um trovão e apaga o som da minha voz. — Não vou.

# 7 DE JANEIRO
# DIÁRIO DE DARA

O dr. Que Se Lixe – desculpe, Lichme – diz que eu preciso passar cinco minutos por dia escrevendo sobre os meus sentimentos.

Então, lá vai:

Eu odeio o Parker.

Eu odeio o Parker.

Eu odeio o Parker.

Eu odeio o Parker.

Eu odeio o Parker.

Já me sinto melhor!

Já se passaram cinco dias desde O BEIJO, e hoje no colégio ele nem respirou na minha direção. Como se estivesse preocupado que eu fosse contaminar seu ciclo de oxigênio ou alguma coisa assim.

Minha mãe e meu pai também estão na lista de merdas da semana. Meu pai porque está agindo de um jeito sério e triste em relação ao divórcio, quando, por dentro, dá para saber que está dando cambalhotas e piruetas. Quer dizer, se ele não quer ir embora, não é obrigado, certo? E minha mãe porque não consegue se defender e não chorou nem uma vez por Paw-Paw, nem mesmo no funeral. Ela simplesmente vai levando, frequenta a academia e procura malditas receitas de quinoa, como se fosse conseguir manter o mundo organizado ingerindo fibra suficiente. Como se ela fosse um robô animatrônico esquisito que usa calça de ioga e um suéter da Vassar College.

A Nick também está assim. Isso me deixa louca. Ela não era assim, acho que não. Talvez eu só não lembre. Mas, desde que começou o ensino médio, ela está sempre oferecendo conselhos como se tivesse quarenta e cinco anos e não exatamente onze meses e três dias a mais que eu.

Eu me lembro do mês passado, quando nossos pais sentaram para nos contar do divórcio, e ela nem piscou.

— Tá bom — ela disse.

Tá bom o caralho. Sério?

Paw-Paw morreu, nossos pais se odeiam e a Nick me olha como se eu fosse uma alienígena metade do tempo. Escuta, dr. Que Se Lixe, tudo o que eu tenho a dizer é: não está bom.

Nada está bom.

## 17 DE JULHO
# NICK

Somerville e Main Heights ficam a apenas dezenove quilômetros de distância, mas poderiam estar em países diferentes. Main Heights é toda nova: novas construções, novas vitrines de loja, novos entulhos, pais recém-divorciados e suas residências recém-compradas, um pequeno aglomerado de reboco, madeira compensada e tinta fresca, como um palco construído rápido demais para ser realista. O apartamento do meu pai dá vista para um estacionamento e uma fileira de olmos esqueléticos que separam o condomínio da estrada. O piso é acarpetado e o ar-condicionado não faz barulho, apenas sopra silenciosamente um ar gelado reciclado, de modo que parece que estamos morando numa geladeira.

Mas eu gosto de Main Heights. Gosto do meu quarto todo branco, do cheiro de asfalto novo e de todas as construções frágeis apontando para o céu. Main Heights é o lugar para onde as pessoas vão quando querem esquecer.

Porém, dois dias depois do incidente de nadar pelada, estou voltando para minha casa em Somerville.

— Vai ser bom para você mudar um pouco de ambiente — meu pai diz, pela décima segunda vez, e isso é idiotice, porque é exatamente a mesma coisa que ele disse quando me mudei para Main Heights. — E vai ser bom para sua mãe ter você em casa. Ela vai ficar feliz.

Pelo menos ele não mente e diz que Dara também vai ficar feliz.

Rápido demais, estamos entrando em Somerville. E, num piscar de olhos, de um lado do túnel para o outro, tudo parece velho. Árvores enormes se enfileirando na estrada, salgueiros chorões apontando para a terra, carvalhos altos fazendo uma sombra tremeluzente no carro todo; através da cortina de verde oscilante, casas enormes, em estilos que vão da virada do século até o período colonial ou até quem-sabe-quanto-tempo-atrás, são visíveis. Somerville abrigou um moinho e uma próspera fábrica de algodão, a maior cidade de todo o estado. Agora, metade da cidade recebeu status de monumento. Temos um Dia dos Fundadores e um Festival do Moinho e uma Parada dos Peregrinos. Existe algo retrógrado em viver num lugar tão obcecado pelo passado; é como se todo mundo tivesse desistido da ideia de ter um futuro.

Assim que viramos em West Haven Court, meu peito fica apertado. Esse é outro problema de Somerville: lembranças e associações demais. Tudo o que acontece já aconteceu mil vezes antes. Por um segundo, surge uma impressão de outras mil caronas, outras mil viagens para casa no grande Suburban do meu pai com a mancha de café cor de ferrugem no banco do passageiro — uma lembrança composta de viagens em família, jantares especiais e passeios em grupo.

Engraçado como as coisas podem continuar as mesmas para sempre e então mudar tão de repente.

O Suburban do meu pai agora está à venda. Ele quer trocá-lo por um modelo menor, como trocou a casa grande e a família de quatro pessoas por um apartamento menor e uma loira baixinha e jovial chamada Cheryl. E nunca mais vamos dirigir até o número 37 como uma família.

O carro de Dara está na entrada, entre a garagem e o carro da minha mãe — o par de dados felpudos que comprei para ela no Walmart ainda está pendurado no retrovisor —, tão sujo que eu vejo marcas de mão perto do tanque de gasolina. Eu me sinto um pouco melhor por ela não ter jogado os dados no lixo. Eu me pergunto se ela já voltou a dirigir.

Eu me pergunto se ela vai estar em casa, sentada na ilha da cozinha, usando uma camiseta grande demais e um shorts que mal dá para ver, cutucando as unhas dos pés como sempre faz quando quer me enlouquecer. Se ela vai levantar o olhar quando eu entrar, soprar a franja e dizer "Ei, Ninpin", como se nada tivesse acontecido, como se ela não tivesse passado os últimos três meses me evitando completamente.

Só quando estacionamos é que meu pai parece arrependido por me dispensar.

— Você vai ficar bem? — ele pergunta.

— O que você acha? — respondo.

Ele me impede de sair do carro.

— Vai ser bom pra você — repete. — Pra vocês duas. Até o dr. Lichme disse...

— O dr. Lichme é uma farsa — respondo e salto do veículo antes que ele possa argumentar. Depois do acidente, minha mãe e meu pai insistiram para eu aumentar as sessões com o dr. Lichme para uma vez por semana, como se estivessem preocupados com o fato de eu ter batido o carro de propósito ou talvez de a concussão ter danificado meu cérebro para sempre. Eles finalmente pararam de insistir depois de eu ter passado quatro sessões inteiras, a duzentos e cinquenta dólares por hora, sentada em completo e total silêncio. Não faço ideia se Dara ainda vai lá.

Dou uma batida no porta-malas antes de meu pai o abrir. Ele nem se preocupa em sair do carro para me dar um abraço, não que eu queira — simplesmente abre a janela e levanta o braço para acenar, como se eu fosse passageira de um navio prestes a partir.

— Eu te amo — ele diz. — Te ligo hoje à noite.

— Claro. Eu também. — Penduro a bolsa de viagem no ombro e começo a caminhar em direção à porta da frente. A grama está superalta e gruda nos meus tornozelos de um jeito molhado. A porta precisa de pintura, e a casa toda parece reduzida, como se alguma coisa essencial lá dentro tivesse desmoronado.

Alguns anos atrás, minha mãe se convenceu de que a cozinha estava inclinada. Ela alinhava ervilhas congeladas e mostrava para mim e para Dara que elas rolavam de uma ponta do balcão para a outra. Meu pai achou que ela estivesse maluca. Eles brigaram feio por causa disso, especialmente porque ele pisava em ervilhas sempre que entrava descalço na cozinha para pegar água à noite.

Mas minha mãe estava certa. Ela finalmente pediu para alguém dar uma olhada na fundação. Por causa da maneira como o solo se assentou, nossa casa tinha se inclinado um centímetro e meio para a esquerda — não dava para ver, mas dava para sentir.

Hoje a casa parece mais inclinada do que nunca.

Minha mãe ainda não resolveu trocar a porta de vidro por uma de tela. Tenho que me apoiar na maçaneta antes de conseguir abri-la. O corredor é escuro e tem um cheiro levemente azedo. Várias caixas da FedEx estão empilhadas sob a mesa do hall de entrada, e tem um par de botas de borracha para jardinagem que eu não reconheço, com as solas cobertas de lama, abandonado no meio do piso. Perkins, nosso gato malhado de dezesseis anos, solta um miado melancólico e vem trotando pelo corredor, se enroscando nos meus tornozelos. Pelo menos *alguém* está feliz em me ver.

— Oi? — grito, envergonhada por me sentir tão desconcertada e desorientada de repente, como se eu fosse uma desconhecida.

— Aqui, Nick! — A voz da minha mãe parece fraca através das paredes, como se ela estivesse presa lá dentro.

Deixo minha bagagem no corredor, com cuidado para evitar a lama respingada, e vou em direção à cozinha, o tempo todo imaginando Dara: Dara no telefone, Dara com os joelhos apoiados no peitoril da janela, Dara com novas mechas coloridas no cabelo. Os olhos de Dara, claros como água de piscina, e o nariz levemente arrebitado, do tipo pelo qual as pessoas pagam. Dara esperando por mim, pronta para perdoar.

Mas, na cozinha, encontro minha mãe sozinha. Então. Ou Dara não está em casa, ou decidiu não me agraciar com sua presença.

— Nick. — Minha mãe parece surpresa quando me vê, apesar de ter me ouvido entrar e estar me esperando a manhã toda. — Você está tão magra — ela diz quando me abraça. E depois: — Estou muito decepcionada com você.

— É. — Sento à mesa, que tem uma pilha alta de jornais velhos. Também tem duas canecas, ambas pela metade, com café coberto por uma camada branco-leite, e um prato com uma torrada meio comida. — Meu pai falou.

— Sério, Nick. Nadar pelada? — Ela está tentando bancar a mãe que não aprova, mas não está sendo convincente como meu pai foi, como se ela fosse uma atriz e as falas a estivessem entediando. — Já estamos lidando com muitas coisas. Não quero ter que me preocupar com você também.

Lá está ela, tremulando entre nós como uma miragem: Dara usando shorts curto e salto alto, cílios grossos de tanto rímel, deixando sombra nas bochechas; Dara rindo, sempre rindo, dizendo para não nos preocuparmos, que ela vai estar segura, que nunca bebe, apesar de seu hálito cheirar a vodca com sabor de baunilha; Dara, a bonita, a popular, a filha problemática que todo mundo ama — minha irmãzinha.

— Então não se preocupa — digo, sem meias palavras.

Minha mãe suspira e se senta diante de mim. Ela parece ter envelhecido uns cem anos desde o acidente. A pele está branca e seca, e as olheiras têm uma coloração amarelada de contusão. As raízes do cabelo estão aparecendo. Por um segundo, tenho o pior e mais cruel pensamento: *Não me surpreende o papai ter ido embora.*

Mas eu sei que isso não é justo. Ele foi embora antes de as coisas irem pelo ralo. Tentei entender um milhão de vezes, mas, até agora, não consegui. Depois, claro. Quando Dara colocou pinos de metal nas patelas e jurou que nunca mais ia falar comigo, e quando minha mãe ficou calada durante semanas e começou a tomar comprimidos para dormir toda noite e a acordar grogue demais para trabalhar, e as contas do hospital continuavam chegando e chegando, como folhas de outono depois de uma tempestade.

Mas por que não éramos boas o suficiente antes?

— Desculpe a bagunça. — Minha mãe faz um gesto que abrange a mesa e o banco perto da janela, atolado de correspondência, e o balcão, também repleto de cartas e compras meio desempacotadas e depois abandonadas. — Sempre tem tanta coisa pra fazer. Desde que eu voltei a trabalhar...

— Tudo bem. — Odeio ouvir minha mãe se desculpar. Depois do acidente, tudo o que ela fazia era dizer *Desculpe*. Acordei no hospital e ela estava me abraçando, me ninando como um bebê, repetindo isso várias vezes. Como se ela tivesse alguma coisa a ver com o acidente. Ouvi-la se desculpar por algo que não era sua culpa me deixava ainda pior.

Era eu que estava dirigindo.

Minha mãe pigarreia.

— Você já pensou no que vai fazer neste verão, agora que está em casa?

— O que você quer dizer? — Estendo a mão e dou uma mordida na torrada. Mole. Cuspo num guardanapo enrolado, e minha mãe nem me dá um sermão. — Ainda tenho turnos no Palladium. Só preciso pegar o carro da Dara emprestado e...

— Nem pensar. De jeito nenhum você vai voltar ao Palladium. — De repente, minha mãe se transforma no seu eu antigo: a diretora-de-uma-das-piores-escolas-públicas do condado de Shoreline, a mãe que apartava brigas entre os garotos do último ano e fazia pais ausentes se organizarem ou, pelo menos, fingirem melhor. — E você também não vai dirigir.

A raiva me sobe pela pele na forma de irritação.

— Você não está falando sério. — No início do verão, consegui um emprego no quiosque da lanchonete do Palladium, a sala de cinema do Shopping Bethel, na saída de Main Heights: o emprego mais fácil e idiota do mundo. Na maioria dos dias, o shopping fica vazio, exceto por mães de calça legging empurrando carrinhos de bebê, e, quando elas vão ao Palladium, nunca pedem nada além de uma Coca Zero. Tudo o que eu preciso fazer é aparecer e receber 10,50 por hora.

— Estou falando muito sério. — Minha mãe cruza as mãos sobre a mesa, os nós dos dedos tão apertados que eu consigo ver cada osso. — Seu pai e eu achamos que você precisa de um pouco mais de organização neste verão — ela diz. É fantástico que meus pais só consigam parar de se odiar para se unir contra mim. — Alguma coisa para manter você ocupada.

*Ocupada*. Assim como *estimulada*, na fala dos pais, essa palavra significa: supervisionada o tempo todo e entediada até a alma.

— Estou ocupada no Palladium — retruco, uma completa mentira.

— Você coloca manteiga na pipoca, Nicki — minha mãe diz. Uma ruga surge entre suas sobrancelhas, como se alguém tivesse apertado sua pele.

*Nem sempre*, quase digo.

Ela se levanta, apertando mais o roupão. Minha mãe dá aulas na turma de verão de segunda a quinta. Acho que, como hoje é sexta-feira, ela nem se preocupou em se vestir, apesar de já passar das duas da tarde.

— Já falei com o sr. Wilcox — ela diz.

— Não. — A irritação se transforma em pânico total. Greg Wilcox é um velho repulsivo que dava aulas de matemática no colégio da minha mãe, até trocar o trabalho acadêmico por um emprego na administração do parque de diversões mais velho e patético do mundo: o Fantasy Land. Como o nome remete a um clube de strip, todo mundo chama de FanLand. — Nem diga isso.

Aparentemente, ela não está me ouvindo.

— Greg disse que está com poucos funcionários, especialmente depois... — Ela se interrompe, fazendo uma careta, como se estivesse chupando um limão, o que significa que falou algo que não deveria. — Bom, ele precisa de mais ajuda. Vai ser algo físico, vai te fazer sair de casa e vai ser bom para você.

Estou ficando bem cansada de os meus pais me obrigarem a fazer coisas enquanto fingem que é para o meu bem.

— Não é justo — digo. E quase acrescento: *Vocês nunca obrigam a Dara a fazer nada,* mas me recuso a falar nela, como me recuso a perguntar onde ela está. Se ela vai fingir que eu não existo, posso fazer a mesma coisa com ela.

— Não tenho que ser justa — ela diz. — Sou sua mãe. Além do mais, o dr. Lichme acha...

— Não me importa o que o dr. Lichme acha. — Eu me afasto da mesa fazendo tanta força que a cadeira arranha o linóleo. O ar na casa está denso de calor e umidade: nada de ar-condicionado central. É assim que vai ser o meu verão: em vez de ficar deitada no quarto extra do meu pai com o ar-condicionado no máximo e todas as luzes apagadas, vou compartilhar a casa com uma irmã que me odeia e virar escrava num parque de diversões decadente frequentado apenas por gente esquisita e velhos.

— Agora você também está começando a falar como ela. — Minha mãe parece totalmente exausta. — Uma já basta, não acha?

É típico da Dara se tornar não apenas o assunto, mas também uma imposição na conversa mesmo quando não está no ambiente. Desde que me lembro, as pessoas me comparam com Dara, e não o contrário. *Ela não é tão bonita quanto a irmã mais nova... É mais tímida que a irmã mais nova... Não é tão popular quanto a irmã mais nova...*

A única coisa em que sempre fui melhor que Dara era ser comum. E no hóquei sobre grama — como se empurrar uma bola num campo fosse uma ótima base para a personalidade.

— Não sou nada parecida com ela — digo. Saio da cozinha antes que minha mãe consiga responder, quase tropeçando nas botas de jardinagem idiotas no corredor antes de subir a escada, dois degraus de cada vez. Em toda parte há sinais de estranheza, detalhes faltando e outros adicionados, como as diversas luzes noturnas de plástico em forma de gnomo do lado de fora do quarto da minha mãe e nada além de uma marca vazia no carpete do escritório onde a poltrona de couro horrorosa e preferida do meu pai costumava ficar, além de várias caixas de papelão cheias de tralhas, como se outra família estivesse se mudando para cá devagar ou se a nossa estivesse lentamente se mudando para outro lugar.

Meu quarto, pelo menos, está intocado: todos os livros organizados com a lombada à vista, a colcha azul-bebê dobrada com cuidado e meus bichos de pelúcia de quando eu era neném, Benny e Stuart, apoiados no travesseiro. Na mesa de cabeceira, vejo o porta-retratos com a foto de Dara comigo no Halloween, quando eu estava no primeiro ano; nela, nós duas estamos vestidas de palhaços assustadores e, com a pintura facial, sorrindo, estamos quase idênticas. Atravesso o quarto rapidamente e viro o porta-retratos para baixo. Depois, pensando melhor, coloco a fotografia numa gaveta.

Não sei o que é pior: estar em casa e achar tudo tão diferente ou estar em casa e tanta coisa parecer igual.

Acima de mim, ouço um padrão de rangidos. Dara, se movimentando em seu quarto no sótão. Então ela *está* em casa. De repente, sinto tanta raiva que posso bater em alguma coisa. Isso tudo é culpa de Dara. Foi ela quem decidiu parar de falar comigo. É culpa dela eu estar andando por aí com a sensação de ter uma bola de boliche no peito, como se a qualquer segundo ela pudesse atravessar meu estômago e jogar minhas entranhas no chão. É culpa dela eu não conseguir dormir, não conseguir comer e, quando consigo, sentir enjoo.

Houve uma época em que teríamos rido juntas da namorada do meu pai, e Dara teria inventado um apelido malvado para podermos nos referir a Cheryl sem ela saber. Houve uma época em que ela teria ido trabalhar comigo na FanLand só para me fazer companhia, só para eu não ter que lidar sozinha com a obrigação de esfregar o cheiro de gente velha e de vômito de criança dos brinquedos antigos, e nós teríamos competido para saber quem via mais pochetes em uma hora ou bebia mais Coca-Cola sem cuspir.

Houve uma época em que ela teria tornado tudo divertido.

Antes de decidir totalmente o que vou dizer a ela, volto para o corredor e subo a escada para o sótão. O ar é ainda mais quente aqui em cima. Minha mãe e meu pai mudaram Dara do térreo para o sótão no meio do primeiro ano, achando que seria mais difícil ela escapar à noite. Em vez disso, ela começou a sair pela janela e a usar a treliça da roseira como escada particular.

A porta do quarto de Dara está fechada. Uma vez, depois que tivemos uma briga, ela pintou "SAI FORA" na porta em grande letras vermelhas. Minha mãe e meu pai a fizeram cobrir as letras, mas, sob certas luzes, ainda dá para ver as palavras brilhando por baixo da camada de tinha casca de ovo nº 12.

Decido não bater na porta. Em vez disso, a abro de repente, como fazem os policiais em seriados de TV, como se estivesse esperando que ela me atacasse.

O quarto está uma bagunça, como sempre. Os lençóis estão pela metade na cama. O chão está repleto de calças jeans, sapatos, saias bordadas com lantejoulas e camisetas, além de uma cobertura, fina como uma folha, do tipo de coisa que se acumula no fundo de uma bolsa: papel de chiclete, Tic Tacs, moedas, tampas de caneta, cigarros amassados.

O ar ainda tem um leve cheiro de canela: a essência preferida de Dara.

Mas ela não está ali. A janela está aberta, e uma brisa agita as cortinas, formando um padrão de ondas, rostos que aparecem e desaparecem. Atravesso o quarto, fazendo o possível para não pisar em qualquer coisa quebrável, e olho pela janela. Como sempre, por instinto, meus olhos vão primeiro para o carvalho, onde Parker pendurava uma bandeira vermelha quando queria que saíssemos para brincar mas deveríamos estar fazendo o dever de casa ou dormindo. Então Dara e eu escapávamos juntas pela treliça da roseira, tentando desesperadamente não rir, e corríamos de mãos dadas para encontrá-lo no nosso local secreto.

## DEPOIS

Não tem nenhuma bandeira vermelha agora, claro. Mas a treliça está balançando um pouco e várias pétalas, recentemente arrancadas, giram ao vento em direção ao chão. Percebo as pegadas fracas na lama. Levantando o olhar, acho que vejo um lampejo de pele, um ponto claro colorido, um brilho de cabelo escuro se movendo pelo bosque atrás da nossa casa.

— Dara! — chamo. E então: — Dara!

Mas ela não vira para trás.

# 17 DE JULHO
# DARA

Não desço por essa treliça da roseira desde o acidente, e estou preocupada que meu pulso não tenha força para me aguentar. Ele foi pulverizado na batida; durante um mês, eu não conseguia segurar nem um garfo. Tenho que saltar o último metro, e meus tornozelos reclamam. Mesmo assim, consigo descer inteira. Acho que toda aquela fisioterapia está servindo para alguma coisa.

De jeito nenhum eu quero ver Nick. Não depois do que ela disse.

*Não sou nada parecida com ela.*

Nicki Perfeita. A Boa Filha.

*Não sou nada parecida com ela.*

Como se não tivéssemos passado a vida toda escapando para o quarto uma da outra para dormir na mesma cama, sussurrar sobre nossos paqueras, observar padrões lunares no teto e tentar identificar formas diferentes. Como se não tivéssemos cortado nossos dedos e deixado sangrar juntos para ficarmos unidas para sempre, para não sermos feitas apenas dos mesmos genes, mas também de um pouco da outra. Como se não tivéssemos jurado que íamos morar juntas mesmo depois da faculdade, as Duas Mosqueteiras, a Dupla Dinâmica, Clara e Escura, dois lados do mesmo biscoito.

Mas agora a Nick Perfeita começou a mostrar alguns defeitos.

O bosque vai dar em outro jardim, com a grama bem aparada e uma casa me encarando através das árvores. Virar à esquerda vai me fazer passar pela casa dos Dupont e chegar à do Parker, e à abertura escondida na cerca, que Nick, Parker e eu fizemos quando éramos crianças, para escapar com mais facilidade. Viro à direita e sou cuspida no fim da Old Hickory Lane, em frente ao coreto no Upper Reaches Park, do outro lado da rua. Tem uma banda de quatro pessoas no palco, com idades somadas de mais ou menos mil anos, usando chapéus de palha à moda antiga e jaquetas listradas, tocando uma música desconhecida. Por um instante, em pé no meio da rua, observando-os, me sinto completamente perdida — como se tivesse entrado no corpo de outra pessoa, na vida de outra pessoa.

* * *

Teve uma coisa boa no acidente — e, caso você esteja se perguntando, não foram as patelas quebradas nem a pélvis estilhaçada, o pulso destruído e a tíbia fraturada e o maxilar deslocado e as cicatrizes porque minha cabeça passou pela janela do passageiro, nem ficar deitada numa cama de hospital durante quatro semanas e beber milk-shake de canudinho.

A coisa boa foi: tive permissão para faltar às aulas durante dois meses e meio.

Não que eu me incomode de ir ao colégio. Pelo menos eu não *costumava* me incomodar. As aulas são um saco, claro, mas o resto — ver os amigos, escapar entre uma aula e outra para fumar atrás do laboratório de ciências, paquerar os alunos do último ano para eles pagarem um almoço fora da escola — é bem legal.

O colégio só é difícil quando você se preocupa em tirar boas notas. E, quando você é a burra da família, ninguém *espera* que você tire boas notas.

Mas eu não queria ver ninguém. Não queria ver todo mundo se sentindo mal por mim enquanto eu mancava pelo refeitório, quando eu não conseguia sentar sem fazer uma careta de dor, como um velho. Eu não queria dar nenhuma desculpa para as pessoas terem pena de mim nem finjirem que sentem pena enquanto, no fundo, estão satisfeitas por eu ter deixado de ser bonita.

Um carro buzina e eu saio rapidamente da rua, tropeçando um pouco na grama, mas feliz porque a sensação de força está voltando: essa é praticamente a primeira vez que saio de casa em meses.

Em vez de passar, o carro diminui a velocidade, o tempo fica mais lento e eu sinto uma porrada de medo esmagar meu peito. Um Volvo branco surrado, o para-choque preso ao chassi com faixas grossas de fita adesiva.

Parker.

— Que merda.

É isso que ele diz quando me vê. Não "Ai, meu Deus, Dara. Que bom te ver". Não "Me desculpa. Tenho pensado em você todo dia".

Não "Tive medo de ligar, por isso não liguei".

Apenas "Que merda".

— Verdade — digo, já que é a única resposta em que consigo pensar. Naquele momento, a banda decide parar de tocar. Engraçado como o silêncio pode ser o barulho mais alto de todos.

— Eu... uau. — Ele para o carro, mas não faz nenhum movimento para sair e me abraçar. Seu cabelo escuro está comprido e chega quase até o maxilar agora. Ele está bronzeado; deve estar trabalhando ao ar livre, talvez cortando grama de novo, como fez no verão passado. Seus olhos ainda estão com a mesma coloração indefinida, nem azul nem verde, algo próximo do cinza, como os quinze minutos antes de o sol nascer. E olhar para ele ainda me dá vontade de vomitar e chorar e beijá-lo, tudo ao mesmo tempo. — Eu realmente não esperava te ver.

— Eu moro ali, virando a esquina, caso você tenha esquecido — digo. Minha voz soa mais dura e irritada do que eu queria, e fico feliz quando a banda volta a tocar.

— Achei que você tivesse sumido — ele balbucia. Parker mantém as duas mãos no volante, apertando com força, como faz quando está tentando não se mexer de nervoso. Ele sempre brincava que era como um tubarão: se parasse de se mexer, morria.

— Não sumi — digo. — Só não quero ver ninguém.

— É. — Ele está me olhando com tanta intensidade que tenho que desviar o olhar, estreitando os olhos por causa do sol. Desse modo ele não consegue ver minhas cicatrizes, ainda fortes e vermelhas, na bochecha e na têmpora. — Achei... achei que você não quisesse me ver. Depois do que aconteceu...

— Você achou certo — digo rapidamente, porque de outra maneira eu poderia dizer o que realmente sinto: *Não é verdade.*

Ele hesita e afasta o olhar, voltando a atenção para a rua. Outro carro passa e tem que desviar para a pista contrária para evitar o carro de Parker. Ele não parece notar, mesmo quando o passageiro, um idoso, abre a janela e grita alguma grosseria. O sol está quente, e o suor escorre pelo meu pescoço. Eu me lembro, então, de ter deitado entre Parker e Nick no último verão no Upper Reaches Park um dia depois do fim das aulas, enquanto Parker lia em voz alta todas as notícias esquisitas do país — relacionamentos entre espécies diferentes, mortes bizarras, padrões agrícolas inexplicáveis que Parker insistia que só podiam ser feitos por alienígenas —, inalando o cheiro de carvão e grama nova e pensando: *Eu poderia ficar aqui para sempre.* O que foi que mudou?

Nick. Meus pais. O acidente.

Tudo.

De repente, sinto vontade de chorar. Em vez disso, envolvo os braços na minha cintura e aperto.

— Escuta. — Ele passa a mão no cabelo, que imediatamente volta para onde estava. — Você precisa de carona pra algum lugar ou de alguma coisa?

— Não. — Não quero dizer a ele que não tenho para onde ir. Não estou indo a lugar nenhum, a não ser *para longe*. Eu nem posso voltar para pegar a chave do meu carro sem correr o risco de ver Nick, que sem dúvida está procurando motivos para reclamar do fato de eu não estar lá para comemorar sua chegada.

Ele faz uma careta, como se tivesse engolido um chiclete por acidente.

— É bom te ver — ele diz. Mas não olha para mim. — Bom mesmo. Ando pensando em você... o tempo todo, basicamente.

— Estou bem — informo.

Ainda bem que mentir é algo natural para mim.

http://www.theShorelineBlotter.com/20dejulho_plantaodenoticias

A Polícia de East Norwalk relatou o possível sequestro de Madeline Snow, de 9 anos, de um carro em frente à Big Scoop Ice Cream & Candy, na Route 101, em East Norwalk, na noite de domingo, 19 de julho, em algum momento entre 22 horas e 22h45. A família forneceu uma foto de Madeline e pediu que qualquer pessoa que tenha alguma informação sobre seu paradeiro entre em contato imediatamente com o tenente Frank Hernandez, no número 1-200-555-2160, ramal 3.

Por favor, se unam a mim nas orações pedindo para que Madeline volte em segurança – e em breve – para casa e para sua família.

> Esta notícia é surpreendentemente sem detalhes. Ela estava com os pais quando foi "sequestrada"? Estatisticamente, costuma ser culpa dos pais quando uma criança desaparece.
> Publicado por: historiaprovavel às 9h45

> Agradecemos pelo seu comentário, @historiaprovavel. A polícia não revelou mais detalhes, mas prometo atualizar as informações assim que possível.
> Publicado por: admin às 10h04

> @historiaprovavel "Costuma ser culpa dos pais quando uma criança desaparece." Onde você conseguiu essa suposta "estatística"?
> Publicado por: booradleyprapres às 11h42

Pobre Madeline. A congregação de St. Jude está rezando por você.
Publicado por: mamaeurso27 às 13h37

Ei, pessoal, para receber informações atualizadas, visitem www.EncontreMadeline.tumblr.com. Parece que acabaram de criar o site.
Publicado por: weinberger às 14h25

**Ver mais 161 comentários**

## 20 DE JULHO
# NICK

Meu novo emprego começa na segunda-feira, cedo e radiante.

Minha mãe ainda está dormindo quando saio de casa, às sete. Dara também. Nos dois dias desde que estou em casa, Dara tem feito um trabalho quase perfeito para me evitar. Não tenho a menor ideia do que ela faz no quarto o dia todo — dorme, muito provavelmente, e é claro que minha mãe nunca a incomoda por causa disso; Dara é zona proibida desde o acidente, como se fosse uma boneca de vidro que pode quebrar se a pegarmos — e todo dia de manhã vejo botões de rosa destruídos no jardim, prova de que ela tem subido e descido pela treliça de novo.

Eu a percebo apenas pelas evidências: o iPod a todo volume nas caixas de som do seu quarto, passos no andar de cima, as coisas que ela deixa para trás. Pasta de dente incrustada na pia do nosso banheiro compartilhado, porque ela sempre usa demais e não se preocupa em recolocar a tampa. Um pacote de batatas chips pela metade largado na mesa da cozinha. Os sapatos de salto anabela na escada; o cheiro fraco de maconha que escapa do sótão à noite. Desse jeito, crio uma impressão em relação a ela, sua vida, o que está fazendo, o modo como costumávamos descer correndo na manhã de Natal e sabíamos que o Papai Noel tinha passado porque os biscoitos que deixamos tinham sido comidos e o leite, bebido. Ou pelo modo como um antropólogo faz, reconstruindo civilizações inteiras a partir de pedaços de cerâmica que elas deixaram para trás.

Já está quente, apesar de o sol ter acabado de aparecer no horizonte e de o céu ainda estar colorido de azul profundo. Os grilos estão alucinados, passeando pelo ar em camadas de som. Descasco a banana que peguei na cozinha antes de perceber que está podre. Eu a jogo no bosque.

No ônibus, praticamente vazio, pego o último assento. Alguém entalhou as iniciais DRW na janela, em tamanho grande. As iniciais de Dara. Por um instante, eu a imagino sentada onde estou, entediada, levando um canivete até o vidro, a caminho de Deus sabe onde.

O ônibus número 22 sai de Somerville descendo a orla e contorna Heron Bay e seu aglomerado de motéis baratos e resorts de madeira falsa, passando por um longo borrão de lanchonetes, lojas de camisetas e sorveterias, chegando a East Norwalk, um lugar repleto de bares, lojas de lingerie vagabunda, locadoras de vídeos pornográficos e clubes de strip. A FanLand fica bem perto da Route 101, a apenas um quilômetro e meio, mais ou menos, do local da batida: um lugar sem nome, com pântanos e arbustos retorcidos, salpicado de rochas, levadas até a praia por uma geleira muito antiga, ainda sendo lentamente esculpidas pelo movimento das ondas até virarem areia.

Não sei o que estávamos fazendo ali. Não lembro por que batemos nem como. Minha lembrança fica girando em um único instante, como um fio preso em algo pontudo: o momento em que minhas mãos estavam fora do volante e os faróis iluminavam uma parede de pedra. Meu pai sugeriu, pouco tempo atrás, que eu visitasse o local da batida; disse que eu poderia achar uma "cura".

Eu me pergunto se minha placa ainda está lá, jazendo deformada na grama desbotada pelo sol, se ainda tem vidro brilhando entre as pedras.

Quando chegamos à FanLand — que divide o estacionamento com o Boom-a-Rang, "O maior empório de fogos de artifício do estado", de acordo com a placa —, a única outra pessoa no ônibus é um homem bem velho com o rosto da cor de mancha de tabaco. Ele desembarca comigo, mas nem levanta o olhar, apenas se dirige lentamente pelo estacionamento em direção ao Boom-a-Rang, a cabeça abaixada, como se estivesse se movimentando contra um vento forte.

Já estou suando através da camiseta. Do outro lado da rua, o estacionamento do posto de gasolina está cheio de viaturas de polícia. Uma das sirenes está girando sem som, envolvendo as paredes e bombas numa luz vermelha intermitente. Eu me pergunto se houve um roubo; esta área piorou ao longo dos anos.

A FanLand tem um mascote: um pirata chamado Pete que aparece em placas e letreiros no parque todo, pedindo às pessoas para não jogarem lixo no chão e avisando sobre a altura mínima em diversos brinquedos. A primeira coisa que vejo quando entro no parque atravessando o portão, que está destrancado, é o sr. Wilcox tirando chiclete de um Pirata Pete de três metros e meio de altura que sorri para dar as boas-vindas aos visitantes. Um cartaz grande e brilhante está pregado no ombro do Pirata Pete, escondendo o papagaio que eu sei que deveria estar ali. O cartaz diz: "COMEMORANDO 75 ANOS!!"

— Nick! — Quando ele me vê, levanta um braço acima da cabeça para acenar, como se eu estivesse a cem metros de distância, e não a dez. — É *ótimo* te ver. Ótimo te ver. Bem-vinda à FanLand! — Ele me puxa para um abraço esmagador antes que eu consiga resistir. Tem cheiro de sabonete Dove e, estranhamente, de óleo lubrificante.

Duas coisas sobre o sr. Wilcox: ele sempre diz as coisas duas vezes e obviamente perdeu alguns seminários educativos sobre assédio sexual. Não que ele seja um tarado. Ele simplesmente adora abraçar.

— Oi, sr. Wilcox — digo, a voz abafada pela omoplata dele, que é praticamente do tamanho de um pernil de porco. Finalmente consigo me desvencilhar, apesar de ele manter a mão nas minhas costas.

— Por favor — ele diz, radiante. — Aqui na FanLand sou apenas Greg. Você vai me chamar de Greg, não vai? Vamos lá, vamos lá. Vamos pegar seu uniforme. Fiquei muito animado quando sua mãe disse que você estava de volta à cidade e procurando emprego, simplesmente muito animado.

Ele me conduz na direção de um pequeno edifício amarelo meio escondido atrás de uma parede de palmeiras falsas em vasos, e atravessamos uma porta que ele destranca com uma das chaves penduradas num enorme chaveiro preso em seu cinto. O tempo todo, ele não para de falar nem de sorrir.

— Aqui estamos, as chaves do castelo. Este é o escritório principal. Nada muito chique, você vai ver, mas funciona razoavelmente bem. Quando não estou lá fora, costumo ficar aqui, e também temos kits de primeiros socorros, se alguém perder um dedo. Brincadeirinha, brincadeirinha. Mas temos kits de primeiros socorros. — Ele aponta para as prateleiras tortas acima de uma mesa repleta de recibos, rolos de ingressos e desenhos rabiscados que parecem ser de crianças agradecendo ao Pirata Pete por um dia maravilhoso. — Não toque na Coca-Cola que está na geladeira, senão a Donna, ela é minha secretária, você vai conhecê-la em breve, vai cortar sua cabeça, mas pode beber as garrafas de água e, se quiser trazer seu almoço e mantê-lo refrigerado, vá em frente. — Ele dá um tapinha na geladeira para enfatizar as palavras. — Mesma coisa com pertences de valor, celular, carteira, cartas de amor, brincadeirinha, brincadeirinha, podemos trancá-los aqui no início do seu turno para deixá-los em segurança. *Aqui* está. Vista isto — e me joga uma camiseta vermelha esfarrapada bordada com a imagem do rosto sorridente do Pirata Pete, que eu percebo que vai ficar logo acima do meu peito esquerdo — e vamos começar. Bem-vinda à equipe! Os banheiros ficam logo depois da cabine fotográfica, à esquerda.

Deixo minha bolsa no escritório com o sr. Wilcox e me dirijo aos banheiros, indicados por uma placa de madeira com um papagaio. Não venho à FanLand desde que tinha uns oito ou nove anos, e grande parte do parque me parece desconhecida, apesar de eu ter certeza de que nada mudou, e, assim que entro no reservado, tenho um breve flash de lembrança, de estar com Dara usando maiô, a água se acumulando no concreto, tremendo e dando risadinhas depois de um longo dia sob o sol, nossos dedos melados de algodão-doce, correndo na frente dos nossos pais, de mãos dadas, enquanto nossos chinelos batiam no chão cheio de poças.

Durante apenas um segundo, sinto uma tristeza tão intensa que fico vazia: quero minha família de volta. Quero minha Dara de volta.

Troco rapidamente a camiseta pelo uniforme oficial, que é mais ou menos três tamanhos acima do meu, e volto ao escritório, onde o sr. Wilcox está me esperando.

— Nick! — ele ruge, como se estivesse me vendo pela primeira vez. — Ficou ótimo, ficou ótimo.

Ele passa um braço ao redor do meu ombro e me conduz por uma das trilhas que contornam o parque, passando por naufrágios falsos e mais palmeiras de plástico, além de brinquedos com nomes do tipo Splish Splash ou A Prancha. Vejo alguns outros empregados, rapidamente visíveis com o vermelho vívido, varrendo folhas da calçada, trocando velas de filtros ou gritando instruções uns para os outros, e tenho a sensação esquisita de andar nos bastidores pouco antes de uma peça e ver todos os atores maquiados pela metade.

Então o sr. Wilcox levanta um braço bem alto e grita para outra garota, mais ou menos da minha altura, toda de vermelho:

— Tenneson! Aqui! Tenneson! Carne nova pra você! — Ele dá uma risada barulhenta. A garota começa a correr na nossa direção, e Wilcox solta outra explicação: — A Tenneson é o meu braço direito. Mas é uma garota, claro! Este é o quarto verão dela conosco na Fan-Land. Qualquer coisa que precisar, pode pedir a ela. Se ela não souber responder, você não precisa saber! — Com outra risada, ele me solta e recua, acenando de novo.

A garota parece ser metade asiática e tem cabelo preto comprido, preso em várias tranças, e uma tatuagem de caracol pouco abaixo da orelha esquerda. Parece alguém que Dara poderia conhecer, exceto pelo fato de estar sorrindo e ter os olhos iluminados de alguém que *realmente* aprecia as manhãs. Seus dentes da frente se sobrepõem um pouco, o que me faz gostar dela.

— Oi — ela diz. — Bem-vinda à FanLand.

— Já ouvi isso algumas centenas de vezes — digo.

Ela ri.

— É, o Greg é um pouco... entusiasmado com os novatos. Com tudo, na verdade. Sou a Alice.

— Nicole — digo. Apertamos as mãos, apesar de ela não ser muito mais velha que eu. Ela tem uns vinte anos, no máximo. Ela faz sinal para que eu a siga, e nós viramos à direita na direção da Enseada, a parte "seca" do parque, onde ficam todos os brinquedos maiores, além das barracas de jogos e lanchonetes. — A maioria das pessoas me chama de Nick.

O rosto dela muda, de um jeito quase imperceptível, como se uma cortina tivesse descido atrás de seus olhos.

— Você é... você é irmã da Dara.

Faço que sim com a cabeça. Ela se vira para outro lado, fazendo uma careta, como se estivesse chupando alguma coisa azeda.

— Sinto muito pelo acidente — ela solta, por fim.

Meu corpo todo fica quente, como sempre acontece quando alguém fala do acidente, como se eu tivesse acabado de entrar num ambiente onde as pessoas estavam sussurrando sobre mim.

— Você ouviu falar, né?

Em defesa de Alice, ela parece arrependida por ter tocado no assunto.

— Meu primo estuda em Somerville. Além do mais, desde que o John Parker...

Ouvir o nome de Parker — seu nome *completo* — faz alguma coisa dar errado no meu peito. Não penso em Parker há meses. Ou talvez eu tenha tentado não pensar nele há meses. E ninguém o chama pelo nome completo. Ele e o irmão mais velho são Grande Parker e Pequeno Parker desde que consigo me lembrar. Até a mãe deles chama os filhos de Parkers.

*John Parker* o faz parecer um desconhecido.

— Desde que o John Parker o quê? — estimulo.

Ela não responde, e não precisa, porque naquele momento eu o vejo: sem camisa, carregando uma caixa de ferramentas aberta e mexendo em alguma coisa embaixo do chassi do Banana Boat, um brinquedo que, fazendo jus ao nome, parece uma banana aérea gigantesca com laterais multicoloridas.

Talvez ele tenha ouvido seu nome ou sentido, ou talvez seja apenas coincidência, mas, naquele momento, ele levanta o olhar e me vê. Ergo a mão para acenar, mas congelo quando vejo sua expressão — praticamente horrorizada, como se eu fosse um fantasma ou um monstro.

Aí eu percebo: talvez ele também me culpe.

Alice ainda está falando.

— ... colocar você na equipe do Parker hoje de manhã. Tenho uma tonelada de coisas pra fazer pra festa de aniversário. Ele pode te mostrar tudo, sem problemas, e eu estou por aí, se precisar de alguma coisa.

Agora Parker e eu estamos separados por uns três metros. Ele finalmente se abaixa sob as vigas de apoio de aço, pegando a camiseta ao mesmo tempo e a usando para secar rapidamente o rosto. Ele parece ter crescido uns cinco centímetros desde que o vi pela última vez, em março, então se assoma sobre mim.

— O que você está fazendo aqui? — pergunta. Sem camisa, vejo a forma de meia-lua na sua omoplata, uma cicatriz branca suave, onde ele e Dara se queimaram com isqueiros no primeiro ano enquanto estavam bêbados de Southern Comfort. Eu também deveria ter feito isso, mas amarelei no último segundo.

Idiotamente, mostro minha camiseta.

— Trabalhando — digo. — Minha mãe me obrigou.

— O Wilcox falou com a sua mãe também, é? — ele diz. E continua sem sorrir. — E eu devo fazer o papel de guia turístico?

— Acho que sim. — Meu corpo todo está coçando. O suor escorre por entre os meus seios, chegando até a cintura. Durante anos, Parker foi meu melhor amigo. Passávamos horas vendo filmes de terror vagabundos no sofá dele, fazendo experiências com misturas de chocolate e pipoca, ou alugávamos filmes estrangeiros, desabilitávamos as legendas e inventávamos as tramas. Mandávamos mensagens de texto durante a aula de pré-cálculo quando estávamos entediados, até que Parker foi pego e ficou sem celular durante uma semana. Subíamos na scooter do seu irmão mais velho e nos amontoávamos, eu, Parker e Dara, e tínhamos que abandoná-la e correr para o bosque quando um policial nos via.

Depois, em dezembro passado, alguma coisa mudou. Dara tinha acabado de terminar com o namorado mais recente, Josh, Jake, Mark ou Mike — eu nunca conseguia acertar, porque eles entravam e saíam da vida dela muito rápido. E, de repente, ela invadia a noite de filmes com Parker, usando um shorts curto e uma blusa fina como papel que mostrava o bojo de renda preta do sutiã. Ou eu os via andando de scooter juntos no frio congelante, ela com os braços em volta dele, a cabeça inclinada para trás, rindo. Ou eu entrava na sala e ele dava um pulo e se afastava dela, me lançando um olhar culpado, enquanto ela mantinha uma perna comprida e bronzeada no colo dele.

De repente, eu era a vela.

— Olha. — Minha garganta parece estar cheia de areia. — Eu sei que você pode estar com raiva de mim...

— Com raiva de você? — ele me interrompe, antes que eu consiga dizer alguma coisa. — Achei que *você* estivesse com raiva de mim.

Eu me sinto muito exposta na claridade, como se o sol fosse um grande telescópio e eu, um inseto na lâmina.

— Por que eu estaria?

Seus olhos desviam dos meus.

— Depois do que aconteceu com a Dara... — O nome dela soa diferente na sua boca, especial e estranho, como algo feito de vidro. Fico meio tentada a perguntar se eles ainda estão saindo juntos, mas aí ele saberia que não estamos nos falando. Além do mais, não é da minha conta.

— Vamos começar de novo — digo. — Que tal?

Ele finalmente sorri: um processo lento, que começa nos olhos, iluminando-os. Os olhos de Parker são cinza, mas o cinza mais aconchegante do mundo. Como o cinza de um cobertor de flanela lavado cem vezes.

— Claro — ele diz. — Gostei da ideia.

— E aí, você vai bancar o guia turístico ou não? — Estendo a mão e dou um soquinho em seu braço, e ele ri, fingindo que o machuquei.

— Você primeiro — diz, com um floreio.

Parker me leva para conhecer o parque, mostrando todos os lugares, tanto os oficiais quanto os não oficiais, que preciso conhecer: Lago Wading, informalmente conhecido como Piscina do Xixi, onde todos os bebês espalham água usando fraldas; a Armadilha da Morte, uma montanha-russa que algum dia pode, pelo que Parker me diz, cumprir o significado do nome, já que ele tem quase certeza de que não é inspecionada desde o início da década de 90; a pequena área cercada atrás de uma das lanchonetes (que, por algum motivo, na FanLand são chamadas de "pavilhões"), que contém o galpão de manutenção, aonde os funcionários vão para fumar ou se agarrar entre um turno e outro. Ele me ensina a medir o cloro na Piscina do Xixi — "*sempre* coloque um pouco mais; se começar a queimar seus cílios, você vai saber que exagerou" — e a operar a manivela manual dos barcos de bate-bate.

Às onze horas, o parque está cheio de famílias, grupos de acampamentos e "clientes regulares": normalmente idosos usando viseiras e pochetes, que cambaleiam entre um brinquedo e outro anunciando para ninguém específico como o parque mudou. Parker conhece vários deles pelo nome e cumprimenta todo mundo com um sorriso.

Na hora do almoço, ele me apresenta a Princesa — o nome de verdade é Shirley, mas Parker me alerta para nunca chamá-la assim —, uma loira muito velha que administra uma das quatro lanchonetes — desculpe, *pavilhões* — e claramente tem uma grande queda por Parker. Ela dá um pacote de batatas chips para ele e faz uma cara feia demorada para mim.

— Ela é legal assim com todo mundo? — pergunto, quando Parker e eu levamos nosso cachorro-quente e refrigerante para fora, para comer sob a sombra da roda-gigante.

— Você não ganha um nome como Princesa sem se esforçar pra isso — ele diz e depois sorri. Toda vez que Parker sorri, seu nariz franze. Ele costumava dizer que o nariz não gostava de ser excluído da diversão. — Em algum momento ela vai ficar mais simpática. Ela está aqui quase desde o início, sabe?

— Desde o início mesmo?

Ele volta a atenção para um pequeno pacote de tempero, tentando tirar a gosma verde do plástico com a unha do polegar.

— Vinte e nove de julho de 1940. O dia da inauguração. Shirley começou na década de 50.

Vinte e nove de julho. Aniversário de Dara. Este ano a FanLand vai fazer setenta e cinco anos no dia em que ela completar dezessete. Se Parker fez a ligação, não falou nada. E eu não vou dar destaque.

— Estou vendo que você ainda come limo alienígena — digo, apontando com o queixo para o tempero.

Ele finge se sentir ofendido.

— *Le* limo. E não é alienígena. É francês.

A tarde é um borrão de tarefas: recolher o lixo, trocar os sacos de lixo, lidar com um garoto de cinco anos que, de alguma forma, se separou do grupo de acampamento e está parado, berrando, embaixo de um cartaz torto que mostra o caminho para o Navio Assombrado. Alguém vomita no Tornado, e Parker me informa que é tarefa minha, como novata, limpar o vômito — mas depois acaba fazendo o trabalho todo sozinho.

Também tem umas coisas divertidas: andar no Albatroz para ver se as engrenagens estão lubrificadas; lavar o carrossel com uma mangueira industrial tão poderosa que mal consigo mantê-la nas mãos; intervalos entre tarefas, quando converso com Parker sobre as outras pessoas que trabalham na FanLand, quem odeia quem, quem está pegando quem, se separando ou voltando.

Eu finalmente descubro por que a FanLand está com tão poucos funcionários neste verão.

— Então, tem um cara chamado Donovan. — Parker começa a história enquanto estamos no intervalo entre um turno e outro, sentados à sombra de uma palmeira enorme plantada em um vaso. Ele fica afastando as moscas. As mãos de Parker estão em movimento constante. Ele é como um receptor no beisebol, telegrafando sinais misteriosos para um colega de equipe invisível: mão no nariz, mexida na orelha, ajeitada no cabelo. Se bem que os sinais não são misteriosos para mim. Eu sei o que todos eles significam, se ele está feliz, triste, estressado ou ansioso. Se ele está com fome, comeu açúcar demais ou dormiu pouco.

— Nome ou sobrenome? — interrompo.

— Pergunta interessante. Não sei. Todo mundo chama o cara de Donovan. Enfim, ele trabalhava na FanLand desde sempre. Há muito mais tempo que o sr. Wilcox. Ele conhece o lugar todo por dentro e por fora, todo mundo o ama, é ótimo com as crianças...

— Espera... Ele chegou aqui antes da Princesa?

— Ninguém chegou aqui antes da Princesa. Agora, pare de me interromper. Então, ele era um cara legal, tá? Pelo menos era o que todo mundo pensava. — Parker faz uma pausa dramática, deliberadamente me fazendo esperar.

— E o que aconteceu? — pergunto.

— A polícia bateu na porta dele umas semanas atrás. — Ele ergue uma sobrancelha. Suas sobrancelhas são muito grossas e praticamente pretas, como se ele tivesse sangue de vampiro de algum ancestral distante. — Parece que ele é um tipo de pedófilo. Ele tinha, tipo, centenas de fotos de garotas do ensino médio no computador. Foi uma operação surpresa maluca. Eles estavam rastreando o cara fazia meses.

— Caramba. E ninguém tinha a menor ideia?

Parker balança a cabeça.

— Nem uma pista. Eu só vi o cara uma ou duas vezes, mas ele parecia normal. Como alguém que deveria estar ocupado treinando um time de futebol e reclamando das taxas de hipoteca.

— Assustador — digo. Anos atrás, eu me lembro de ter aprendido sobre a marca de Caim na escola dominical e ter pensado que não era uma ideia tão ruim. Como seria conveniente se você pudesse ver de imediato o que havia de errado com as pessoas, se elas usassem suas doenças e seus crimes na pele como uma tatuagem.

— Muito assustador — ele concorda.

Não falamos sobre o acidente, nem sobre Dara, nem sobre o passado de forma nenhuma. E, de repente, são três da tarde e o primeiro turno do meu novo emprego acabou e não foi totalmente horrível.

Parker me leva até o escritório, onde o sr. Wilcox e uma mulher bonita de pele escura — que eu imagino ser Donna, a mulher que acumula todas as Coca-Colas — estão discutindo sobre ter segurança extra para a festa de aniversário, nos tons tranquilos e de bom caráter das pessoas que passaram anos discutindo sem discordar em essência. O sr. Wilcox para por tempo suficiente para me dar outro tapa vigoroso nas costas.

— Nick? Gostou do seu primeiro dia? Claro que gostou! Melhor lugar do mundo. Te vejo amanhã, cedo e radiante!

Pego minha mochila. Quando volto para o sol, Parker está me esperando. Ele trocou de camiseta, e o uniforme vermelho está embolado embaixo do braço. Ele está com cheiro de sabonete e couro novo.

— Estou feliz por trabalharmos juntos — solto de repente, enquanto caminhamos até o estacionamento, ainda lotado de carros e ônibus. A FanLand fica aberta até as dez da noite, e Parker me disse que a galera noturna é totalmente diferente: mais jovem, mais brigona, mais imprevisível. Ele me contou que, uma vez, pegou duas pessoas transando na roda-gigante; outra vez, encontrou uma garota cheirando cocaína na pia de um dos banheiros masculinos. — Não tenho certeza se conseguiria lidar com o Wilcox sozinha — acrescento rapidamente, porque Parker está me olhando de um jeito esquisito.

— É — ele diz. — Também estou feliz. — Ele joga as chaves para cima e as pega na mão. — E aí, quer uma carona pra casa? Acho que a Carruagem te deixou pra trás.

Ao ver seu carro, tão conhecido, tão *ele*, tenho um flash rápido de memória, como uma explosão em meu cérebro: o para-brisa embaçado, marcado pela chuva e pelo calor corporal, a expressão culpada de Parker, e os olhos de Dara, frios e duros, perversos como os olhos de um desconhecido.

— Não precisa — digo rapidamente.

— Tem certeza? — Ele abre a porta do lado do motorista.

— Estou com o carro da Dara — respondo depressa. As palavras saem antes de eu pensar nelas.

— Está? — Parker parece surpreso. Fico feliz porque o estacionamento está lotado, e minha mentira não fica tão óbvia. — Tá bom, então. Bem... Acho que te vejo amanhã.

— É — digo, afastando outra imagem daquela noite, de como foi saber, lá no fundo, que tudo tinha mudado, que nada jamais seria igual novamente entre nós três. — Até mais.

Já comecei a me virar para o outro lado — demorando, agora, para Parker não ver que estou indo em direção ao ponto de ônibus, quando ele me chama de volta.

— Olha — ele diz, todo apressado. — Tem uma festa no Drink hoje à noite. Você devia ir. Vai ser bem sossegada — ele continua. — Tipo, vinte pessoas no máximo. Mas pode levar quem você quiser. — Ele diz a última parte com uma voz engraçada, meio estrangulada. Eu me pergunto se é uma pista e ele está me pedindo para levar Dara. E me odeio por ter que pensar isso. Antes de eles ficarem juntos, nunca houve a menor estranheza entre nós.

Mais uma coisa que Dara estragou porque teve vontade, porque teve uma coceira, uma urgência, um capricho. "Ele é tão comível", eu me lembro dela dizendo numa manhã, do nada, quando todos tínhamos atravessado a rua em direção ao Upper Reaches Park para ver o jogo de Ultimate Frisbee dele. "Você já notou que ele é inegavelmente comível?" Enquanto observávamos Parker atravessar o campo correndo, perseguindo o disco vermelho de frisbee com o braço estendido —

o mesmo *braço-de-corpo-de-menino* que eu conhecia desde sempre —, minha vida foi transformada, num instante, pelas palavras de Dara.

E eu me lembro de olhar para ela e pensar que ela também parecia uma desconhecida, o cabelo (na época, loiro e roxo) e a camada grossa de sombra cor de carvão sobre os olhos, os lábios vermelhos e exagerados com lápis, as pernas quilometricamente longas no shorts curto. Como pôde a minha Dara, Ovinho, Nariz de Botão, que costumava envolver os braços nos meus ombros e pisar nos meus pés para fingirmos que éramos uma pessoa só tropeçando pela sala de estar, ter se transformado em alguém que usava a palavra "comível", alguém que eu mal conhecia, alguém que eu até mesmo temia?

— Vai ser como nos velhos tempos — Parker diz, e eu sinto uma dor forte no peito, um desejo desesperado de algo que se perdeu há muito tempo.

Todo mundo sabe que não dá para voltar.

— É, pode ser. Eu te aviso — digo, e é mentira.

Eu o observo entrar no carro e se afastar, acenando, um sorriso amplo por trás da claridade, e finjo estar procurando a chave na bolsa. Depois, atravesso o estacionamento para esperar o ônibus.

ANTES

# 9 DE FEVEREIRO

# NICK

— Ai. — Abro os olhos, piscando furiosamente. O rosto de Dara, deste ângulo, é tão grande quanto a lua, se a lua fosse pintada com cores malucas: sombra preta como carvão nos olhos, delineador prateado, uma boca vermelha grande como uma mancha de lava quente. — Você fica me cutucando.

— Você fica se mexendo. Feche os olhos. — Ela pega meu queixo e sopra delicadamente minhas pálpebras. Seu hálito cheira a vodca de baunilha. — Pronto. Você está pronta. Viu? — Eu me levanto do vaso sanitário, onde ela me instalou, e me junto a ela no espelho.

— Agora nós parecemos gêmeas — ela diz, alegre, apoiando a cabeça no meu ombro.

— Dificilmente — digo. — Pareço uma drag queen. — Já estou arrependida de ter deixado Dara me maquiar. Normalmente uso gloss labial e rímel, e só em ocasiões especiais. Agora me sinto uma garota que enlouqueceu numa cabine de pintura facial num parque de diversões.

O engraçado é que Dara e eu *realmente* nos parecemos, no geral — e, apesar disso, em todas as partes em que ela é delicada, bem torneada e bonita, sou desajeitada e reta. Nosso cabelo é da mesma cor castanha indeterminada, apesar de o dela atualmente estar tingido de preto (preto *Cleópatra*, é como ela chama). Já foi platinado, avermelhado e até mesmo, por um breve período, roxo. Temos os mesmos olhos cor de mel um pouco espaçados demais. Temos o mesmo nariz, apesar de o meu ser um tiquinho torto, desde que Parker acidentalmente me atingiu com uma bola de beisebol no terceiro ano. Sou mais alta que Dara, apesar de não dar para perceber — no momento ela está usando botas plataforma malucas com um vestido translúcido que mal cobre sua lingerie, e uma meia-calça com listras em preto e branco que em qualquer outra pessoa ficaria idiota. Enquanto isso, estou usando o que sempre visto para o Baile do Dia dos Fundadores: camiseta regata e jeans skinny, além de botas confortáveis de cano baixo.

Esta é a questão entre mim e Dara: somos parecidas e estamos a mundos de distância. Como o sol e a lua, ou uma estrela-do-mar e uma estrela: relacionadas, claro, mas ao mesmo tempo total e completamente diferentes. E Dara sempre é a que brilha.

— Você está linda — minha irmã elogia, se empertigando. Na pia, seu celular começa a vibrar e dá uma virada de cento e oitenta graus ao lado do pote de escovas de dentes antes de silenciar. — Não está, Ari?

— Linda — diz Ariana, sem levantar o olhar. Ela tem o cabelo loiro ondulado comprido e um tipo de feição creme-facial-e-Alpes--Suíços, o que faz seu piercing de língua, o de nariz e o prego pouco acima da sobrancelha esquerda sempre parecerem deslocados. Está empoleirada na beirada da banheira, mexendo o suco de laranja com vodca com o dedo mindinho. Ela toma um gole e engasga dramaticamente.

— Muito forte? — Dara pergunta, fingindo inocência. Seu celular começa a tocar de novo. Ela o silencia rapidamente.

— Não, está ótimo — Ariana responde, com sarcasmo. Mas toma outro gole. — Eu estava procurando uma desculpa pra queimar minhas amígdalas. Quem precisa delas?

— De nada — Dara diz, estendendo a mão para o copo. Ela dá um grande gole e o passa para mim.

— Não, obrigada — agradeço. — Prefiro manter minhas amígdalas.

— Ah, nem vem. — Dara pendura o braço no meu ombro. De salto, ela fica ainda mais alta que o meu um metro e setenta. — É o Dia dos Fundadores.

Ariana se levanta para pegar o copo de volta. Ela tem que se deslocar devagar pelo chão do banheiro, repleto de sutiãs e calcinhas, vestidos e regatas — roupas provadas e descartadas.

— Dia dos Fundadores — ela repete, em sua melhor imitação da voz do nosso diretor. O sr. O'Henry não apenas acompanha o baile, que acontece todos os anos no ginásio, como participa da encenação sem graça da Batalha da Colina do Monumento, depois da qual os colonizadores britânicos originais determinaram que toda a região a oeste de Saskawatchee era parte do Império Britânico. Acho que é um pouco politicamente insensível encenar o massacre de vários índios cherokee todo ano, mas não importa. — O dia mais importante do ano, e um momento influente na nossa história de orgulho — Ariana termina, erguendo o copo.

— Apoiado! Apoiado! — Dara declama e finge beber de um copo, mantendo o dedo mindinho levantado.

— Eles deviam ter batizado de Dia da Merda Real — Ari completa, em sua voz normal.

— Não tem o mesmo impacto — retruco, e Dara dá uma risadinha.

Trezentos anos atrás, exploradores coloniais em busca do rio Hudson acreditaram que o tinham encontrado e se instalaram às margens do Saskawatchee, conquistando a cidade para a Inglaterra e inadvertidamente fundando o que mais tarde se tornaria Somerville, uns oitocentos quilômetros a sudoeste de seu destino inicial. Em algum momento eles devem ter percebido o erro, mas acho que já estavam bem instalados demais para fazer alguma coisa a respeito.

Existe uma metáfora em algum lugar nisso — como se a vida tivesse a ver com acabar parando em um lugar que você não esperava e aprender a ser feliz com isso.

— Aaron vai surtar quando vir você — Dara diz. Ela tem a capacidade excepcional de fazer isto: arrancar um pensamento da minha cabeça e terminá-lo, como se estivesse desfiando um suéter invisível complicado. — Uma olhada e ele vai esquecer totalmente o clube da promessa.

Ariana bufa.

— Pela última vez — resmungo —, Aaron *não faz parte* do clube da promessa. — Desde que Aaron foi convocado para interpretar Jesus em nossa peça de Natal, no *primeiro* ano do ensino fundamental, Dara está convencida de que ele é um esquisito religioso e virgem juramentado até o casamento, uma ideia confirmada, na mente dela, pelo fato de que nós estamos juntos há dois meses e não passamos muito da segunda base.

Acho que ela não pensa que o problema pode ser comigo.

Pensar nele agora — em seu cabelo escuro comprido, em seu cheiro misterioso de amêndoas torradas, até mesmo depois dos jogos de basquete — faz alguma coisa se retrair em meu estômago, meio de prazer, meio de dor. Eu amo Aaron. Amo mesmo.

Só não amo o suficiente.

O celular de Dara começa a vibrar de novo. Desta vez ela o pega, suspira e o solta na pequena bolsa de lantejoulas com padrão de caveiras minúsculas.

— Esse é o cara que...? — Ariana começa a perguntar, e Dara rapidamente a manda calar a boca.

— O quê? — Eu olho para Dara, com uma súbita suspeita. — Qual é o grande segredo?

— Nada — ela responde, dando uma olhada bem séria para Ariana, como se a desafiasse a argumentar. Depois ela se vira para mim, toda sorridente, tão linda, o tipo de garota em quem você quer acreditar, o tipo de garota que você quer seguir. O tipo de garota por quem você quer se apaixonar. — Vamos — chama, pegando minha mão e a apertando com tanta força que meus dedos doem. — O Parker está esperando.

\* \* \*

No andar de baixo, Dara me provoca a dar os últimos goles da bebida morna de Ariana, que está cheia de polpa, mas pelo menos deixa meu peito mais leve, me ajuda a entrar no clima.

Então, Dara abre uma caixa de remédios de metal e pega alguma coisa pequena, redonda e branca. Meu sentimento agradável murcha instantaneamente.

— Quer? — ela pergunta, olhando para mim.

— O que é *isso*? — digo, enquanto Ariana estende a mão para pegar um.

Dara revira os olhos.

— Balinha de menta, bobona — ela responde e estica a língua, mostrando o pedacinho se dissolvendo lentamente. — Confie em mim, você precisa de uma.

— Ah, sei — retruco, mas estendo a mão, voltando à sensação agradável. Dara, Parker e eu sempre fomos juntos ao Dia dos Fundadores, mesmo no segundo ciclo do ensino fundamental, quando, em vez de baile, a escola promove um espetáculo de variedades esdrúxulas. Ariana tem ido com a gente nos últimos anos. E daí se Parker e Dara *tiverem* alguma coisa agora? E daí se eu não sentar no banco da frente? E daí que eu não converso com Parker, conversar de verdade, desde que ele e Dara começaram a sair juntos? E daí que meu melhor amigo parece ter esquecido total e completamente que eu existo?

Detalhes.

Temos que pegar o caminho mais longo, porque nem Ariana nem Dara conseguem passar pelo bosque usando salto, e Ariana quer fumar um cigarro. Está estranhamente quente, e todo o gelo está escorrendo das árvores para os esgotos, a neve macia caindo dos telhados com um barulho abafado, o ar coberto por um cheiro forte, a promessa polpuda da primavera, apesar de ser uma promessa falsa: deve ter mais neve na próxima semana. Por enquanto estou usando apenas uma jaqueta leve, e Dara está andando ao meu lado, praticamente sóbria, rindo. Estamos indo para a casa de Parker, como nos velhos tempos.

Cada quarteirão me traz lembranças. O velho bordo onde eu e Parker uma vez competimos para ver quem subia mais alto, até ele cair pelos galhos altos e frágeis e quebrar o braço — durante um verão inteiro ele não pôde nadar, e eu usava gesso de toalhas de papel e fita adesiva em solidariedade; a Old Hickory Lane, a rua de Parker, nossa área preferida para pedir doces no Halloween, porque a sra. Hanrahan nunca distinguia as crianças do quarteirão e sempre nos dava barras de chocolate mesmo que a gente batesse na porta dela três, quatro, cinco vezes seguidas; a parte do bosque onde convencemos Dara de que moravam fadas que a levariam para um submundo terrível se ela não fizesse o que a gente mandava; círculos concêntricos de crescimento, se estendendo como os anéis de uma árvore marcando o tempo.

Ou talvez estejamos passando dos anéis externos *para dentro*, voltando ao começo, à raiz e ao coração, porque, conforme nos aproximamos da casa de Parker, as lembranças ficam mais fortes e vêm com mais rapidez, de noites de verão e guerras de bolas de neve, nossas vidas todas estendidas juntas, até estarmos em pé na varanda dele e Parker abrir a porta com uma luz acolhedora escapando por trás. Estamos aqui, chegamos ao centro.

Parker se preocupou em vestir uma camisa social, apesar de eu ver uma camiseta pelo colarinho aberto, e está usando calça jeans e seus Surf Siders azuis, cobertos com marcas e desenhos de tinta desbotada. "Nick é a ~~maior FEDORENTA~~ maior!!", está escrito com canetinha embaixo da sola esquerda.

— Minhas garotas preferidas — Parker cumprimenta, abrindo bem os braços. Só por um segundo, quando nossos olhos se encontram, eu esqueço e começo a ir na direção dele.

— Gostoso — Dara diz, passando por mim, e aí eu me lembro.

E dou um passo rápido para trás, me virando para o outro lado e a deixando chegar até ele primeiro.

DEPOIS

## 20 DE JULHO

# DARA

"Você vai à festa no Drink? O Parker me contou."

O bilhete está enfiado embaixo da minha porta quando saio do banho, escrito no papel de carta marfim de Nick. (Nick é a única pessoa com menos de cem anos que *usa* papel de carta de verdade, e sua caligrafia é tão bonita que é como se cada letra fosse uma minúscula peça de arquitetura. Minha escrita dá a impressão de que Perkins comeu algumas letras e depois as vomitou numa página.)

Eu me abaixo, estremecendo quando a dor sobe em espiral pela coluna, e pego o bilhete antes de amassá-lo e jogá-lo na direção da lata de lixo no canto. O bilhete atinge a borda e quica para uma pilha de camisetas sujas.

Pego um shorts de algodão e uma camiseta regata e levo meu computador para a cama, saindo rapidamente do Facebook assim que ele aparece, captando rapidamente todas as mensagens não curtidas e não respondidas publicadas no meu mural.

> Estamos com saudade!
> Pensando em você!!
> Te amamos muito!!!

Não publico nada desde o acidente. Por que deveria? O que eu poderia dizer?

```
Estou sozinha e entediada até a alma num sábado à noite.
Tenho uma cicatriz para o resto da vida.
Finalmente consigo dobrar os joelhos como uma pessoa normal!
```

Vou para o YouTube, mas continuo imaginando a cara de Parker, o modo como ele estreita os olhos contra a luz refletida no para-brisa, suas unhas, bem cortadas e bem cuidadas, do modo como devem ser as unhas de um cara. Suas sobrancelhas, grossas e escuras, aproximadas. Todo o resto da família de Parker tem aparência totalmente norueguesa, loira, bonita e sorridente, como se devessem estar rebocando cardumes de arenques em mar aberto, o que, de alguma forma, torna o cabelo escuro e a pele cor de oliva de Parker ainda mais bonitos, como se fossem um erro.

De repente, não consigo suportar a ideia de mais uma noite em casa, vendo vídeos idiotas ou programas de televisão. Sinto o antigo desejo, um calor entre as omoplatas, como se minha pele de repente pudesse criar asas que me levassem para longe.

Preciso sair. Preciso provar que não tenho medo de ver Parker ou meus antigos amigos ou qualquer outra pessoa. Também não tenho medo de Nick e do modo como ela me faz sentir agora: como se eu estivesse quebrada. Toda vez que escuto sua música alta no andar de baixo — pop indie, músicas alegrinhas, já que Nick não fica deprimida — ou gritando para minha mãe ajudá-la a encontrar seu jeans preferido; toda vez que entro no banheiro e o encontro ainda úmido depois do seu banho, ainda com cheiro de Neutrogena; toda vez que vejo seus tênis de corrida na escada ou encontro sua camiseta de hóquei sobre grama com minhas roupas sujas, é como se ela estivesse enfiando uma placa no chão. CIDADE: NORMAL. POPULAÇÃO: I.

Talvez ela sempre me tenha feito sentir assim, mas só depois do acidente sou capaz de admitir isso.

Visto minha melhor calça skinny, surpresa por caber tão bem em mim. Estranhamente, apesar de mal sair de casa, devo ter perdido peso.

Mas, com uma blusa regata enfeitada e minhas botas franzidas preferidas, fico com uma aparência razoável, especialmente de longe.

Quando desço para o banheiro, vejo que a porta de Nick ainda está fechada. Encosto a orelha ali, mas não escuto nada. Talvez ela já tenha saído para a festa. Eu a imagino em pé ao lado de Parker, rindo, talvez competindo para ver quem atira as latas de cerveja mais longe.

Então, meu cérebro cospe uma série completa de lembranças, tipo um flip-book, da nossa vida juntas: eu me esforçando no triciclo para acompanhar Parker e Nick, os dois de bicicleta; eu observando no deque da piscina enquanto eles se revezavam mergulhando na parte funda, quando eu era pequena demais para acompanhá-los; eu ouvindo os dois caírem na gargalhada por causa de uma piada interna que eu não entendia.

Às vezes acho que nem me apaixonei por Parker. Às vezes acho que foi tudo por causa de Nick, para provar que eu finalmente podia ser igual a ela.

No andar de baixo, minha mãe está na cozinha, falando ao telefone, provavelmente com tia Jackie, a única pessoa para quem ela telefona. A TV está atrás dela, quase sem som, e eu levo um golpe quando a câmera abre o plano para um trecho conhecido da estrada, não muito longe do local onde Nick nos fez dar de cara com uma rocha. O local está repleto de policiais, como deve ter ficado depois do acidente; a cena toda está iluminada por refletores e sirenes, como um cenário noturno de filme. As palavras rolam na parte inferior da tela: "Policiais iniciam ampla busca pela menina de nove anos desaparecida..."

— É, sim, claro. Esperávamos um período de adaptação, mas... — Minha mãe se interrompe quando me vê, aponta para a caixa de lasanha congelada sobre a mesa da cozinha e depois para o micro-ondas, balbuciando: *Jantar?* No silêncio, consigo ouvir a voz do repórter: "A polícia está procurando testemunhas ou pistas do desaparecimento de Madeline Snow, que sumiu na noite de domingo..." Balanço a cabeça, e minha mãe se vira para o outro lado, com a voz abafada, enquanto sai de vista. — Mas eu estou segurando as pontas. Está começando a se parecer um pouco mais com uma casa de novo.

Desligo a TV e pego o moletom de hóquei sobre grama preferido de Nick no gancho perto da porta da frente. Apesar de parecer que estou mais ou menos no meio da década de 80, se eu vestir o capuz, minhas cicatrizes ficarão praticamente cobertas. Além do mais, fico empolgada por usar as roupas de Nick sem pedir, como se eu pudesse assumir uma nova identidade. O moletom ainda tem o cheiro dela — não de perfume, já que Nick não usa, mas de xampu de coco e do odor indefinível de limpeza, ambientes externos e competência nos esportes.

Levanto o capuz e o fecho sob o queixo, saindo para o gramado e curtindo a sensação escorregadia da umidade ao redor dos tornozelos, penetrando pela calça jeans. Eu me sinto uma ladra ou alguém numa missão secreta. Meu carro está bloqueado, e não quero pedir a minha mãe para tirar o Subaru da frente, o que envolveria uma série de perguntas e olhares preocupados e inquisidores. Eu nem sei se ela diria sim — ela estabeleceu regras para dirigir, depois do acidente.

Arrasto minha bicicleta velha da garagem — não ando nela há uma eternidade, exceto há dois verões, de brincadeira, depois que Ariana e eu tomamos ácido e Nick encontrou a gente se debatendo na grama como peixes, ofegantes de tanto rir. Fico meio cambaleante no início, mas logo recupero o ritmo. Meus joelhos estão incomodando, mas não mais do que o normal. Além disso, o Drink fica a apenas alguns quilômetros de distância.

Drink, na verdade, é um apelido para o rio Saskawatchee. Em algum momento da década passada, quando um bando de corretores e especuladores imobiliários caiu no condado de Shoreline como um exército de gafanhotos alucinados por dinheiro, mastigando nossa terra, um grupo de construtoras decidiu derrubar o bosque e construir um aglomerado de lojas nas margens do rio: cafeterias, galerias de arte e restaurantes caros, bem no meio de Somerville.

A construção foi aprovada e o material foi enviado antes de os moradores surtarem. Aparentemente, para uma cidade erguida sobre a história, a ameaça de novos prédios, novos estacionamentos e novos carros trazendo multidões foi demais. Somerville conseguiu que todo o território a oeste do rio fosse declarado área dos parques nacionais. Fico surpresa que o conselho municipal ainda não tenha nos obrigado a usar saias-balão.

Alguém deveria ter removido as montanhas de cascalho e as pilhas de concreto. Mas ninguém se preocupou com isso. Tem até um capacete abandonado, meticulosa e misteriosamente preservado pelas pessoas que andam por ali.

Ouço a festa quase no instante em que saio de Lower Forge e da estrada e entro no bosque, seguindo o caminho aberto na vegetação rasteira por causa de uma constante procissão, nas noites de sexta, de jovens, coolers, bicicletas e, de vez em quando, o quadriciclo de Chris Handler. No bosque, o ar é mais fresco, e as folhas batem molhadas nas minhas coxas e panturrilhas enquanto levo solavancos no chão irregular, agarrando o guidão com força para evitar ser lançada longe. Assim que vejo as luzes através do bosque — pessoas se movimentando, usando celulares como lanternas —, salto da bicicleta, carregando-a e a deixando deitada perto de várias outras no gramado.

A festa é bem grande: quarenta ou cinquenta pessoas, a maioria nas sombras, circulando na ladeira que leva até o rio ou apoiada em pedaços quebrados de concreto. Ninguém me nota ainda, e, por um segundo, tenho uma sensação de pânico, de ser uma garotinha de novo no primeiro dia de aula vendo um fluxo de crianças atravessando as portas para entrar. Não me sinto excluída há muito tempo.

"Não sei por que você sempre tem que ser o centro das atenções", Nick me disse uma vez, não muito antes do acidente. Eu estava lutando para entrar numa calça de couro que tinha comprado e escondido dos nossos pais embaixo dos suéteres dobrados no fundo do meu armário.

"Bom, e eu não sei por que você tem tanto medo de ser notada", respondi. É como se Nick tivesse poder por ser total e inofensivamente correta: calça jeans bacana, apertada mas não demais, camiseta branca, translúcida mas não transparente, maquiagem suficiente apenas para parecer que ela não está usando. Aposto que, se Somerville *realmente* tornasse obrigatório o uso de saias-balão, ela seria a primeira da fila para pegar uma. E provavelmente acrescentaria uma calçola de babados para completar.

Não vejo Nick nem Parker. Mas, quando a galera se movimenta, vejo um barril e vários copos de plástico vermelhos empilhados no gelo.

Eu me sinto melhor, muito mais eu mesma, depois de me servir uma cerveja, apesar de a maior parte ser espuma. Os primeiros goles diminuem um pouco minha ansiedade, e está escuro o suficiente para eu tirar o capuz, sacudindo o cabelo. Vejo Davis Christensen e Ben Morton em pé, com os dedos mindinhos entrelaçados, do outro lado de um pequeno grupo de pessoas. Os dois me veem ao mesmo tempo, e a boca de Mark forma um O de surpresa. Davis sussurra alguma coisa para ele antes de levantar o copo e estender dois dedos, em um tipo de aceno.

Viro a cerveja, volto para o barril e encho o copo novamente. Quando ergo o olhar, Ariana se materializou, acabou de sair da multidão como algo cuspido numa onda. Ela está com o cabelo curto. Usando shorts preto, sneakers e delineador pesado, ela parece uma fada desconcertada. Sinto uma pontada súbita de dor. Minha melhor amiga.

Minha *ex*-melhor amiga.

— Uau. — Ariana me encara como se eu fosse uma nova espécie de animal, ainda não catalogada. — Uau. Eu não esperava te ver aqui. Não esperava te ver *fora de casa*.

— A Sharon me manteve trancada — é tudo que digo, porque não estou com vontade de falar no assunto. É uma antiga piada entre nós, de que minha mãe é uma carcereira, e eu espero que Ariana ria. Em vez disso, ela simplesmente balança a cabeça muito rápido, como se eu tivesse dito algo interessante.

— Como está sua mãe? — ela pergunta.

Dou de ombros.

— Igual — respondo. — Ela começou a trabalhar de novo.

— Ótimo. — Ariana ainda está fazendo que sim com a cabeça. Ela parece um pouco uma marionete cujos fios estão sendo puxados. — Isso é ótimo mesmo.

Tomo mais um gole de cerveja. Já passei da espuma e cheguei à queimação amarga. Agora vejo que minha presença provocou uma perturbação, um efeito de propagação enquanto a notícia viaja de um grupo para outro. Várias pessoas olham na minha direção. Houve uma época em que eu receberia essa atenção com prazer, até gostaria dela. Mas agora me sinto incomodada, avaliada, do mesmo jeito que me sinto quando faço testes padronizados. Talvez seja efeito de usar o moletom de Nick — talvez um pouco de sua inibição esteja penetrando na minha pele.

— Olha. — Ariana dá um passo para perto e fala baixo e muito rápido. Ela também está respirando com dificuldade, como se as palavras fossem um esforço físico. — Eu queria te pedir desculpas. Eu devia ter ficado ao seu lado. Depois do acidente, eu devia ter me aproximado mais ou feito alguma coisa, mas não consegui... Quer dizer, eu não sabia o que fazer...

— Não se preocupa — digo, dando um passo para trás e quase tropeçando num pouco de cimento meio misturado na grama. Os olhos de Ariana estão arregalados e implorando, como os de uma criança pequena, e eu de repente me sinto enojada. — Não tinha nada que você pudesse fazer.

Ariana expira, visivelmente aliviada.

— Se precisar de alguma coisa...

— Estou bem — completo rapidamente. — Estamos bem. — Já estou arrependida de ter vindo. Apesar de não conseguir distinguir os rostos todos, posso sentir o peso das pessoas me encarando. Puxo o capuz para esconder as cicatrizes.

Nesse momento, a galera se movimenta de novo, e eu vejo Parker, pulando sobre escombros de cimento, vindo na minha direção com um grande sorriso. Sou tomada pelo súbito impulso de fugir; ao mesmo tempo, não sei mais como me mexer. Ele está usando uma camiseta desbotada, mas ainda reconheço o logo dos antigos acampamentos onde nossas famílias tiraram férias juntas durante alguns verões. Pelo menos Ariana desapareceu.

— Ei — Parker cumprimenta. Ele pula de um peitoril velho para o gramado na minha frente. — Eu não esperava te ver.

*Teria ajudado se você me convidasse*, quase digo. Mas isso significaria dizer que eu me importo. Poderia até dar a impressão de que estou com ciúme por ele ter convidado Nick. Pelo mesmo motivo, não vou perguntar se ela está aqui — eu me *recuso*.

— Eu queria sair de casa — digo em vez disso. Enfio a mão livre no bolso da frente do moletom de Nick, segurando a cerveja na outra. Estar perto de Parker me deixa hiperconsciente do meu corpo, como se eu tivesse sido quebrada e remontada de um jeito meio errado, e acho que foi isso mesmo que aconteceu. — E aí. FanLand, então?

Ele sorri, o que me irrita. Está tranquilo demais, sorridente demais, diferente demais do Parker que parou ontem para falar comigo, constrangido e tenso, o Parker que nem saiu do carro para me dar um abraço. Não quero que ele pense que vamos ser amiguinhos de novo só porque eu apareci no Drink.

— É, a FanLand é legal — ele conta. Seus dentes brancos brilham. Está tão perto que sinto seu cheiro, poderia me inclinar uns quinze centímetros e apoiar o rosto no tecido macio da sua camiseta. — Apesar de eles serem muito empolgados.

— Empolgados? — pergunto.

— Você sabe. Espírito jovem. Vai fundo. — Parker levanta o punho. — Vai, FanLand!

É uma coisa boa o fato de Parker sempre ter sido nerd. De outro jeito, ele seria absurdamente popular. Desvio o olhar.

— Uma vez, minha irmã quase se afogou tentando surfar na pranchinha de natação na piscina com ondas. — Não digo que fui eu que desafiei Nick a surfar na pranchinha, depois que ela me desafiou a descer o Slip 'N Slide de costas.

— Isso é a cara dela — Parker diz, rindo.

Desvio o olhar, tomando mais um gole de cerveja. Ficar tão perto dele e olhar para a forma tão conhecida do seu rosto — o nariz ligeiramente torto e ainda alinhado com uma cicatriz, de quando ele estava correndo e bateu no cotovelo de outro cara durante um jogo de Ultimate; a superfície da bochecha, os cílios, quase tão longos quanto os de uma garota — faz meu estômago doer.

— Olha. — Parker encosta no meu cotovelo e eu me afasto, porque, se não me afastar, vou me apoiar nele. — Estou muito feliz por você ter vindo. Nós nunca conversamos de verdade, você sabe, sobre o que aconteceu.

*Você me magoou. Eu me apaixonei por você, e você me magooou. Ponto-final, acabou, fim da história.*

Sinto meu coração se abrir e se fechar no peito, como um punho tentando agarrar alguma coisa. Foi a vinda de bicicleta. Ainda estou fraca.

— Hoje à noite não, tá? — Forço um sorriso. Não quero ouvir Parker pedir desculpas por não me amar também. Isso vai ser pior ainda do que o fato de ele não me amar. — Só estou aqui pra me divertir.

Seu sorriso vacila.

— Ah, tá bom — ele diz. — Entendi. — Ele bate levemente o seu copo no meu. — Que tal encher o copo de novo, então?

Do outro lado do círculo, vejo Aaron Lee, um cara com quem Nick ficou durante um tempo antes do acidente: um cara bacana, corpo decente, nerd irremediável. Seus olhos se iluminam e ele acena com o braço levantado, como se estivesse chamando um táxi. Deve achar que eu trouxe Nick.

— Estou bem assim — respondo. A cerveja não está provocando o efeito de sempre. Em vez de me sentir quente, solta e descuidada, só me sinto constrangida. Derramo o resto no chão. Parker dá um passo rápido para trás para evitar o respingo. — Na verdade, não estou me sentindo muito disposta. Acho que vou pra casa.

Agora seu sorriso desapareceu totalmente. Ele mexe na orelha esquerda. Na linguagem de Parker, isso significa *não estou feliz*.

— Você acabou de chegar.

— É, e já vou embora. — Mais e mais pessoas estão vindo na minha direção, lançando olhares rápidos e curiosos antes de desviar o olhar. Minhas cicatrizes estão queimando, como se uma lanterna estivesse acesa sobre elas. Eu as imagino reluzindo, também, de modo que todo mundo consegue vê-las. — Tudo bem pra você, ou eu preciso de autorização pra ir embora?

Sei que estou sendo má, mas não consigo evitar. Parker me deu um pé na bunda. E tem me evitado desde o acidente. Ele não pode entrar de novo na minha vida e esperar que eu jogue confete a seus pés.

— Espera. — Durante um instante, seus dedos, gelados por segurarem a cerveja, roçam na parte de dentro do meu pulso.

Puxo o braço, me virando desajeitada no gramado irregular, desviando de áreas repletas de pedras em deterioração, abrindo caminho por uma multidão que se afasta com facilidade até demais para eu passar. Como se *eu* fosse contagiosa.

Colin Dacey está tentando acender a fogueira, um buraco escuro rodeado por cascalho e pedras. Até agora ele conseguiu enviar espirais enormes e fedorentas de fumaça para o céu. Burro. O clima já está quente, e os policiais estão sempre fazendo rondas no verão. As garotas se afastam do fogo, dando gritinhos divertidos, abanando a fumaça. Uma delas, que está no segundo ano e cujo nome não lembro, pisa com força no meu dedão do pé.

— Me descuuuulpa — ela diz. Seu hálito está com cheiro de Amaretto.

E então Ariana, mal andando ao meu lado, com um sorriso amplo, falso e extremamente simpático, como se fosse uma vendedora tentando me espirrar perfume, diz:

— Você *já* está indo embora?

Não paro. E, quando sinto uma mão se fechar no meu braço, me viro de repente, sacudindo o braço para afastá-la:

— O que é? O que você quer?

Aaron Lee dá um passo rápido para trás.

— Desculpa. Eu não queria... Desculpa.

Minha raiva imediatamente se transforma em nada. Sempre tive uma vaga simpatia por Aaron, apesar de mal nos falarmos. Eu sei como é trotar atrás de Nick, idolatrá-la à distância de três passos atrás. Faço isso desde que nasci.

— Tudo bem — digo. — Eu estava indo embora.

— Como você está? — ele pergunta, como se não tivesse me ouvido. Ele está nervoso, isso é óbvio. Está mantendo os braços rígidos ao lado do corpo, como se estivesse me esperando ordenar que marchasse. Aaron tem um metro e noventa e cinco, o chinês mais alto que já conheci, e nesse momento ele *parece* ter essa altura. Desengonçado e constrangido também, como se tivesse esquecido para que servem os braços. Antes mesmo que eu consiga responder, ele diz: — Você está bonita. Quer dizer, você sempre foi bonita, mas, considerando...

Bem nesse momento, alguém grita:

— Polícia!

De repente, as pessoas estão correndo, berrando, rindo, se espalhando pela colina e nas árvores enquanto os fachos de luz atravessam o gramado. A gritaria aumenta na escuridão, crescendo como o som dos grilos quando a noite cai.

— Polícia! Polícia! Polícia!

Alguém me atinge, me empurrando; Hailey Brooks, descalça e rindo, desaparece no bosque, o cabelo loiro voando atrás dela como uma bandeira. Tento proteger o pulso ao cair e acabo desabando sobre o cotovelo. Um policial fez Colin Dacey se dobrar, com os braços nas costas, ao estilo de programa de TV com criminosos. Todo mundo está berrando, os policiais estão gritando e tem um borrão de corpos para todo lado, as silhuetas marcadas na fumaça e nos fachos das lanternas. Um brilho do tamanho da lua bate diretamente nos meus olhos, me ofuscando.

— Vamos lá — a policial diz. — Levanta.

Rolo para me levantar bem quando ela segura as costas do meu moletom, deixando a lanterna cair.

— Te peguei. — Mas ela está respirando com dificuldade, e eu sei que, mesmo com as pernas prejudicadas, consigo correr mais rápido que ela.

— Desculpa — digo, meio para ela, meio para Nick, porque esse moletom é o seu preferido. Abro o zíper e sacudo os braços para libertá-los, um depois do outro, enquanto a policial cai para trás com um gritinho de surpresa e eu corro, mancando, com os braços nus, para a escuridão úmida e pesada das árvores.

# 11 DE FEVEREIRO
# DIÁRIO DE DARA

Hoje, na aula de ciência medicinal – espera, desculpa, exploração científica, já que não podemos mais usar a palavra "medicinal" –, a sra. Barnes estava tagarelando sobre todas as forças que mantêm os planetas circulando ao redor do sol e as luas circulando ao redor de Saturno e todas as órbitas diferentes escavadas como trilhos de ferrovia no meio de um grande pedaço de nada, impedindo que tudo se esbarre e imploda. E ela disse que isso era um dos grandes milagres: que tudo, todo pedacinho de matéria no universo, poderia ficar no seu próprio círculo, preso em sua órbita individual.

Mas acho que isso não é um milagre. Acho que é triste.

Minha família é assim. Todo mundo fica lá trancado num círculo em espiral, girando e passando pelos outros. Isso me dá vontade de gritar. Isso me faz desejar uma colisão.

O Que Se Lixe me contou, na semana passada, que acha que minha família tem problemas para lidar com conflitos. Ele disse isso com uma expressão muito séria, como se estivesse no processo de arrotar alguma sabedoria muito importante. Será que ele tem formação em psicologia só para dizer umas merdas tão óbvias?

Meu nome é dr. Lichme, PhDã.

Por exemplo: hoje peguei a Nick no meu quarto. Ela fingiu que estava só procurando seu suéter de cashmere azul, o que era da vovó. Como se eu fosse acreditar nisco. Ela sabe que eu prefiro usar correntes a tons pastel, e sabe que eu sei que ela sabe disso; ela estava só dando uma desculpa. Aposto que minha mãe a mandou me espionar e vasculhar tudo para garantir que não estou me metendo em encrenca.

Só para o caso de isso acontecer de novo: OI, NICK!!! SAIA DA PORCARIA DO MEU QUARTO E PARE DE LER O MEU DIÁRIO!!

E, para poupar seu tempo, a maconha está no vaso de flores e os meus cigarros, na gaveta de calcinhas. Ah, e a Ariana tem um amigo que trabalha no Baton Rouge, e ele disse que conhece alguém que pode conseguir ecstasy para nós no fim de semana.

Não conta para a mamãe nem para o papai, senão vou contar para eles que o anjinho da casa não é tão anjinho assim. Eu soube o que você e o Aaron fizeram na sala do aquecedor no Baile do Dia dos Fundadores. Safadinha, safadinha. É por isso que você sai por aí com camisinhas na bolsa?

É isso aí, N. Esse jogo pode ser jogado por duas pessoas.

Com amor,<br>
Irmãzinha

## 21 DE JULHO
# NICK

É o segundo dia da minha carreira na FanLand e já estou atrasada. Estou na cozinha, bebendo devagar o café da minha mãe, que está com um gosto preocupante de algo que se usa para desentupir canos, quando as batidas na porta começam.

— Eu atendo! — grito, em parte porque estou saindo e em parte porque minha mãe ainda está no banheiro, fazendo o que ela faz de manhã, passando cremes, loções e camadas de maquiagem, se transformando lentamente de arrasada e amassada em arrumada.

Pego minha bolsa no banco perto da janela e disparo pelo corredor, percebendo que as botas de jardinagem desconhecidas ainda estão no meio do hall, do mesmo jeito que estavam cinco dias atrás, quando voltei para casa. Subitamente irritada — minha mãe sempre nos perturbava para recolhermos nossas coisas, e agora ela não se incomoda com isso? —, eu as pego e jogo dentro do armário de casacos. Uma fina camada de sujeira cai em fragmentos das solas grossas de borracha.

Não estou preparada para a policial parada na varanda. Por um instante, meu peito todo estremece e o tempo para ou volta ao passado, e eu penso: *Dara. Aconteceu alguma coisa com a Dara.*

Aí eu lembro que Dara voltou para casa na noite passada. Eu a ouvi, mancando no andar de cima e tocando trechos de música techno dance escandinava, como se quisesse me irritar de propósito.

A policial está segurando meu moletom preferido de hóquei sobre grama.

— Você é Nicole Warren? — Ela pronuncia meu nome como se fosse um palavrão, lendo a velha etiqueta do acampamento, ainda costurada na parte interna do colarinho.

— Nick — digo automaticamente.

— O que está acontecendo?

Minha mãe está no meio da escada, com o rosto maquiado pela metade. A base clareia seu rosto, faz seus cílios e sobrancelhas pálidos quase desaparecerem, dando ao rosto todo a aparência de uma máscara branca. Ela está usando o roupão de banho sobre a calça de trabalho.

— Não sei — respondo.

Ao mesmo tempo, a policial anuncia:

— Houve uma festa perto da construção no rio Saskawatchee ontem à noite. — Ela levanta um pouco o moletom. — Encontramos isto da sua filha.

— Nick? — Minha mãe agora desceu a escada toda, apertando mais a faixa do roupão. — Isso é verdade?

— Não. Quer dizer, não sei. Quer dizer... — Respiro fundo. — Eu não estava lá.

A policial olha de mim para o moletom e de novo para mim.

— Isto pertence a você?

— Claro que sim — replico, começando a ficar irritada. Dara. Sempre a maldita Dara. Apesar do acidente, apesar do que aconteceu, ela não consegue deixar de se meter em confusão. É como se isso a alimentasse de algum jeito, como se ela conseguisse tirar energia do caos. — Meu nome está nele. Mas eu não estava lá. Fiquei em casa ontem à noite.

— Duvido que o moletom tenha ido até o Drink sozinho — a policial diz, sorrindo como se tivesse feito uma piada. Eu me incomodo com o fato de ela chamar o local de Drink. Esse é o nosso nome para aquele lugar, um apelido bobo que acabou pegando, e parece errado ela conhecer, como um médico vasculhando sua boca com os dedos.

— Bom, então é um mistério — suspiro, pegando o moletom da mão dela. — Você é policial. Você pode descobrir.

— Nick. — A voz da minha mãe fica muito séria. — Chega.

As duas estão me encarando, com expressões idênticas de decepção. Não sei quando é que todos os adultos aprendem a arte dessa expressão. Talvez seja parte do currículo da faculdade. Eu quase falo tudo: que Dara usa a treliça da roseira como escada; que ela provavelmente roubou meu moletom, ficou bêbada e o esqueceu lá.

Porém, anos atrás, quando éramos crianças, Dara e eu juramos nunca entregar uma à outra. Nunca houve uma declaração formal, como um pacto ou um juramento com dedos mindinhos. Foi um entendimento mútuo, mais profundo do que qualquer coisa que pudesse ser dita.

Mesmo quando ela começou a se meter em encrencas, mesmo quando eu encontrei cigarros apagados no peitoril da janela do quarto dela ou saquinhos plásticos repletos de pílulas não identificáveis escondidos embaixo do seu porta-lápis na escrivaninha, não contei nada. Às vezes me matava ficar deitada e ouvir os estalos da treliça, uma explosão abafada de risadas do lado de fora e o rugido baixo de um motor se afastando na noite. Mas eu não conseguia me forçar a denunciá-la; eu me sentia quebrando alguma coisa que nunca poderia ser substituída.

Como se, enquanto eu guardasse seus segredos, ela ficasse em segurança. Ela continuasse sendo minha.

E então eu digo:

— Certo. Tá bom. Eu estava lá.

— Não acredito nisso. — Minha mãe dá uma viradinha. — Primeiro a Dara. Agora você. Não acredito nisso, porra. Desculpe. — A última parte foi direcionada à policial, que nem pisca.

— Não tem nada de mais, mãe. — É ridículo eu estar me defendendo por algo que nem fiz. — As pessoas fazem festas no Drink o tempo todo.

— É invasão de propriedade — a policial diz. Ela obviamente está se divertindo.

— Tem tudo de mais. — A voz da minha mãe está ficando cada vez mais aguda. Quando ela está realmente furiosa, parece que está assobiando em vez de falar. — Depois do que aconteceu em março, *tudo* é de mais.

— Se você estava bebendo — a policial continua, ela e minha mãe formando uma dupla de merda —, poderia ter se encrencado muito.

— Bom, eu não estava. — Lanço um olhar para ela, esperando que vá embora, agora que já conseguiu brincar de policial malvada.

Mas ela continua resoluta, parada onde está, sólida e sem se mexer, como uma rocha humana.

— Você faz algum serviço comunitário, Nicole?

Eu a encaro.

— Você não pode estar falando sério — digo. — Isto aqui não é um reality show. Você não pode me obrigar...

— Não posso te obrigar — a policial me interrompe. — Mas posso pedir, e posso *dizer* que, se você não cooperar, vou te denunciar por estar na festa no Drink ontem à noite. O moletom é a prova, até onde eu sei. — Por um instante, sua expressão se suaviza. — Olha, só estamos tentando manter vocês, jovens, em segurança.

— Ela está certa, Nick — minha mãe diz, numa voz estrangulada. — Ela só está fazendo o trabalho dela.

Ela olha para a policial.

— Não vai acontecer de novo. Vai, Nick?

Não vou jurar que não vou repetir uma coisa que não fiz.

— Vou me atrasar para o trabalho — aviso, colocando a bolsa no ombro. Por um segundo, a policial parece que vai me impedir de ir. Em seguida, ela dá um passo para o lado, e sinto um fluxo de triunfo, como se realmente tivesse escapado depois de fazer uma coisa errada.

Mas ela me agarra pelo cotovelo antes que eu consiga passar.

— Espere um minuto. — Ela coloca um folheto na minha mão; pelo modo como está dobrado, parece que ela andou carregando aquilo no bolso de trás. — Não esqueça — ela completa. — Você faz o bem, e eu faço o bem por você. A gente se vê amanhã.

Espero até estar na metade do gramado para desdobrar o folheto. "Participe das buscas por Madeline Snow."

— Vamos conversar sobre isso mais tarde, Nick! — minha mãe grita.

Não respondo.

Em vez disso, tiro o celular da bolsa e digito uma mensagem para Dara — que ainda está dormindo, tenho certeza, com o cabelo embolado numa fronha fedendo a cigarro, o hálito ainda com cheiro de cerveja ou vodca ou o que quer que ela tenha conseguido arrumar com alguém na noite passada.

> Você me deve uma. E grande.

www.EncontreMadeline.tumblr.com

AJUDE A ENCONTRAR MADELINE! PARTICIPE DAS BUSCAS.

Oi, pessoal.

Obrigado a todos pelo grande apoio que vocês têm demonstrado no site aos Snow e a Madeline nos últimos dias. Significa muito para nós.

Muitos têm perguntado como podem ajudar. Não estamos aceitando doações no momento. Mas, por favor, juntem-se ao nosso grupo de buscas no dia 22 de julho às 16h! Vamos nos reunir no estacionamento da Big Scoop Ice Cream & Candy, Route 101, 66598, East Norwalk.

Por favor, ajudem a espalhar a notícia para os amigos, familiares e vizinhos, e se lembrem de seguir @EncontreMadelineSnow no Twitter para saber as novidades.

Vamos trazer Madeline para casa em segurança.

    Estarei lá!!!!!
    Publicado por: allegoryrules às 11h05

    Eu também. ☺
    Publicado por: katywinnfever às 11h33

    >>>> comentário apagado pelo admin <<<<

# 21 DE JULHO
# NICK

Existe uma regra fundamental do universo que é a seguinte: se você está atrasada, vai perder o ônibus. Você também vai perder o ônibus se estiver chovendo ou tiver um lugar muito importante para ir, tipo prestar vestibular ou fazer um teste de direção. Dara e eu temos uma palavra para esse tipo de sorte: *merdamento*. Apenas uma merda em cima de outra.

Minha manhã já está cheia de merdamento.

Quando chego à FanLand, estou quase quarenta e cinco minutos atrasada. O trânsito estava ruim na orla. Foi anunciado que Madeline Snow sumiu do carro da irmã dois dias atrás, em frente à Big Scoop Ice Cream & Candy, e a notícia se espalhou pelo estado inteiro. Mais turistas do que nunca estão inundando a praia. É doentia a maneira como as pessoas apreciam tragédias — talvez isso as faça se sentir melhor em relação ao merdamento da própria vida.

O portão principal está aberto, apesar de o parque só abrir daqui a meia hora, mas não tem ninguém no escritório, nenhum ruído além do zumbido delicado da geladeira que contém todas as preciosas Cocas Zero de Donna. Pego minha camiseta vermelha no meu escaninho — sim, eu tenho um escaninho, como no jardim de infância — e dou uma rápida cheirada na axila. Não está mal, mas eu definitivamente vou ter que lavá-la depois de hoje. O termômetro em forma de papagaio já está registrando trinta e quatro graus.

Volto, piscando, para o sol. Ninguém ainda. Sigo pela trilha que passa pelos banheiros grandes, em direção à lagoa — também conhecida informalmente como Martíni, Esgoto e Brincadeira de Xixi —, onde ficam todos os brinquedos aquáticos. O vento farfalha as folhas, tanto as de plástico quanto as de verdade, que acompanham a trilha, e tenho uma lembrança de ver Dara, com as pernas arqueadas e magra como uma vara, correndo na minha frente, rindo. Viro a esquina e vejo os funcionários do parque, todos eles, sentados num semicírculo no anfiteatro externo rebaixado que o parque usa para festas de aniversário e apresentações especiais. O sr. Wilcox está em pé sobre um caixote de madeira virado, como um maluco gritando sobre religião. Cinquenta pares de olhos se voltam para mim ao mesmo tempo.

Engraçado que, mesmo numa multidão, é Parker quem vejo primeiro.

— Warren, gentileza sua se juntar a nós! — o sr. Wilcox ruge. Mas ele não parece muito irritado. Na verdade, não consigo imaginá-lo irritado; é como tentar imaginar um Papai Noel magrelo. — Vem, puxe uma cadeira e se sente no chão.

Não tem cadeira nenhuma, claro. Sento com as pernas cruzadas na borda do grupo, com o rosto quente, desejando que todo mundo pare de me encarar. Capto o olhar de Parker e tento sorrir, mas ele desvia os olhos.

— Estávamos discutindo os planos para o grande dia — o sr. Wilcox diz, voltado para mim. — A festa de setenta e cinco anos da FanLand! Vamos precisar de todas as mãos disponíveis e também vamos coordenar uma força voluntária especial com alguns recrutas do ensino fundamental. Os quiosques e pavilhões vão trabalhar em dobro. Estamos esperando mais de *três mil pessoas* ao longo do dia.

O sr. Wilcox continua tagarelando sobre delegar forças-tarefa especiais e a importância do trabalho em equipe e da organização, como se estivéssemos saindo para uma grande batalha, e não para uma festa para um bando de crianças que vomitam e seus pais exaustos. Eu meio que escuto, enquanto penso no aniversário de Dara de dois anos atrás e em como ela insistiu para irmos a uma boate vagabunda para menores de idade perto da praia de Chippewa, decorada com tema de Halloween o ano todo. Ela conhecia o DJ — Ganso, Falcão ou alguma coisa assim —, e eu me lembro de ela ter subido na mesa para dançar, com a máscara pendurada no pescoço e sangue falso escorrendo para a cavidade da clavícula.

Dara sempre gostou desse tipo de coisa: se fantasiar, ficar verde no Dia de St. Patrick, usar orelhas de coelho na Páscoa. Qualquer desculpa para fazer alguma coisa fora do normal.

Se há uma coisa em que ela é ruim, é ser normal.

Depois da reunião de equipe, o sr. Wilcox me instrui a ajudar Maude a "preparar" o parque. Maude tem o rosto amassado, quase como se tivesse passado por um torno; cabelo curto, loiro-branco com mechas azuis, e alargadores nas orelhas. Ela está vestida como uma hippie dos anos 60, usando uma saia longa e fluida e sandálias de couro que fazem sua camiseta vermelha parecer ainda mais ridícula. Parece mesmo uma Maude; é fácil imaginar que, daqui a quarenta anos, ela vai estar tricotando uma capa para o vaso sanitário e xingando todas as crianças da vizinhança que enchem sua varanda de bolas de beisebol. Seu rosto é retorcido numa careta permanente.

— Qual é o objetivo de fazer uma simulação sem passageiros? — pergunto, tentando puxar conversa. Estamos na frente da Cobra, a maior e mais antiga montanha-russa do parque. Protejo os olhos do sol e observo os carros vazios chacoalharem ao longo do trilho dentado, devorando-o. De longe, parece uma cobra mesmo.

— Temos que aquecê-los — ela diz. Sua voz é surpreendentemente profunda e rouca, como a de um fumante. Definitivamente, uma Maude. — Fazê-los levantar, despertar, garantir que não têm nenhum defeito.

— Você fala dos brinquedos como se estivessem vivos — respondo, meio que brincando. Isso faz sua careta ficar mais feia.

Fazemos a ronda, testando a Prancha e o Dervixe Giratório, a Enseada dos Piratas e a Ilha do Tesouro, a Estrela Negra e o Saqueador. O sol está mais alto no céu, e o parque já está oficialmente aberto; os quiosques e as barracas de jogos abriram as portas e o ar já está com cheiro de massa frita. As famílias estão entrando, as crianças arrastando as bandeiras de papel que damos na entrada, as mães gritando "Devagar, devagar".

O sr. Wilcox está parado no portão da frente, conversando com dois policiais que usam óculos espelhados e caretas idênticas. Com eles está uma garota que parece familiar. Seu cabelo loiro está preso num rabo de cavalo alto, os olhos inchados, como se tivesse chorado.

Ao longe, vejo Alice e Parker pintando um cartaz de lona comprido esticado entre os dois no chão. Não consigo distinguir o que diz ali: apenas letras vermelhas e pretas maciças e respingos azuis que podem ser flores. Parker está sem camisa de novo, o cabelo comprido caindo sobre os olhos, os músculos das costas se contraindo toda vez que ele mexe o pincel. Alice me vê olhando e me lança um aceno distinto, sorrindo amplamente. Parker também levanta o olhar, mas, quando aceno para ele, ele baixa o rosto, franzindo a testa. É a segunda vez, hoje, que ele evita o contato visual. Talvez esteja zangado porque não fui à festa.

— Tudo pronto — Maude diz, depois que mandamos a fila de barcos interconectados para dentro do Navio Assombrado e observamos enquanto eles emergem, sem passageiros, do outro lado. Gritos e rugidos fracos emanam de dentro: uma gravação de gritos, Alice me contou ontem, para deixar todo mundo no clima certo.

— E aquele ali? — Indico um brinquedo que parece um dedo de metal apontando para o céu. "PORTAL PARA O CÉU" está pintado na lateral de uma estrutura de dezesseis assentos presa no chão, que, pelo nome, deve subir até o céu antes de cair.

— Aquele está fechado — ela diz, já se virando para o outro lado.

Assim que ela responde, vejo que está certa; o Portal parece não ser usado há séculos. A tinta está descascando, e o treco todo tem a aparência triste e negligenciada de um brinquedo abandonado.

— Como pode?
Maude gira nos calcanhares, mal reprimindo um suspiro.
— Está fechado há uma *eternidade*.
Por algum motivo, não quero deixar o assunto morrer.
— Mas por quê?
— Uma garota caiu da cadeira, tipo, dez anos atrás — ela revela sem emoção, como se estivesse lendo a lista de compras mais entediante do mundo.
Apesar de estarmos paradas no sol e de estar fazendo uns trinta e oito graus, um leve arrepio me sobe pelas costas.
— Ela morreu?
Maude me encara com os olhos estreitos.
— Não, ela viveu feliz para sempre — diz, depois sacode a cabeça, bufando. — *É claro* que ela morreu. Aquela coisa tem tipo uns cinquenta metros de altura. Ela caiu de lá de cima. Direto no chão. *Ploft!*
— Por que o brinquedo não foi destruído? — pergunto. De repente, o Portal não parece triste, mas ameaçador: um dedo erguido não para chamar atenção, mas para fazer um alerta.
— O Wilcox não quer. Ele ainda quer fazê-lo voltar a funcionar. No fundo, foi culpa da garota. Eles provaram isso. Ela não estava usando o cinto de segurança direito. Ela destravou de brincadeira. — Maude dá de ombros. — Agora é tudo automatizado. O cinto de segurança, quero dizer.
Vejo uma súbita imagem de Dara, sem cinto, caindo no espaço, os braços girando pelo ar vazio, seus gritos engolidos pelo vento e pelo som de crianças rindo. E o acidente: uma breve foto da explosão na minha cabeça, o som de gritos, uma face irregular de rocha iluminada pelos faróis e o volante escapando das minhas mãos.
Fecho os olhos, engulo em seco e afasto a imagem. Inspiro pelo nariz e expiro pela boca, demorando uns longos segundos, como o dr. Lichme me ensinou a fazer — a *única* coisa útil que ele me ensinou. De onde estávamos vindo? Por que eu estava dirigindo tão rápido? Como foi que perdi o controle?

O acidente foi arrancado da minha memória, simplesmente afastado, como se fosse extraído cirurgicamente. Mesmo os dias antes do acidente estão perdidos na escuridão, submersos numa estranheza profunda e pegajosa: de vez em quando uma nova imagem ou foto é cuspida, como algo saindo da lama. Os médicos disseram à minha mãe que pode ter relação com a concussão, que minha memória ia voltar lentamente. O dr. Lichme disse: "O trauma demora um tempo".

— Às vezes o pai dela ainda vem ao parque e simplesmente fica, tipo, parado ali, encarando o céu. Como se ainda estivesse esperando ela cair. Se vir o cara, chama a Alice. Ela é a única pessoa com quem ele conversa. — Maude curva o lábio superior, revelando dentes surpreendentemente pequenos, como os de uma criança. — Uma vez ele disse que ela parecia a filha dele. Assustador, né?

— É triste — comento. Maude não escuta. Ela já está se afastando, com a saia arrastando atrás de si.

Alice me orienta a passar o resto da manhã ajudando nas cabines enfileiradas na Rua Verde (chamada assim, ela explica, por causa da quantidade de dinheiro que troca de mãos ali), distribuindo papagaios de pelúcia e impedindo as crianças de chorar quando elas não conseguem acertar os tubarões de madeira com as pistolas de água. Ao meio-dia e meia, estou suando, morrendo de fome e exausta. Mais e mais visitantes continuam chegando, inundando os portões, uma onda de vovôs, crianças, festas de aniversário e campistas vestidos de forma idêntica com camisetas laranja: uma visão caleidoscópica e estonteante de pessoas e mais pessoas.

— O que houve, Warren? — Estranhamente, o sr. Wilcox não está suando. Na verdade, ele parece ainda melhor e mais limpo do que estava de manhã, como se seu corpo todo tivesse sido recentemente aspirado e passado a ferro. — Não está calor suficiente pra você? Vai lá. Por que não pega o almoço e faz um intervalo na sombra? E não se esqueça de beber água!

Vou para o lado oposto do parque, em direção ao pavilhão que Parker me mostrou ontem. Não estou especialmente empolgada para encarar mais uma conversa com Shirley, ou *Princesa*, mas os outros pavilhões estão absolutamente lotados, e a ideia de tentar lutar para abrir caminho por uma multidão de pré-adolescentes suados é ainda menos atraente. Tenho que passar sob a sombra do Portal novamente. É impossível não olhar para ele: é tão alto que o sol parece ser capaz de empalar a si mesmo no metal. Desta vez é Madeline Snow que eu vejo, a garota do noticiário, a que desapareceu: caindo livremente pelo ar, o cabelo voando.

É mais silencioso no lado leste, provavelmente porque os brinquedos são calmos e mais afastados, separados por longas trilhas de parques naturais bem cuidados e bancos aninhados sob abetos altos. Alice me disse que essa parte da FanLand é conhecida como Asilo, e eu vejo a maioria dos idosos aqui, alguns casais caminhando com os netos; um homem com o rosto cheio de manchas senis cochilando, sentado num banco; uma senhora fazendo progressos dolorosos em direção à cantina com seu andador, enquanto uma mulher mais jovem ao lado dela mal consegue fingir que tem paciência.

Só algumas pessoas estão comendo no pavilhão, sentadas sob o toldo de metal que cobre as mesas de piquenique. Fico surpresa por ver Parker atrás do balcão.

— Ei. — Eu me aproximo da janela e ele se endireita, seu rosto passando por uma sequência de expressões rápidas demais para eu decifrar. — Não sabia que você estava cuidando do grill.

— Não estou — ele diz rapidamente, sem sorrir. — A Shirley precisava fazer xixi.

Perto da janela há dezenas de folhetos multicoloridos, espalhados como penas sobre o vidro, anunciando diversos eventos especiais, os pratos com desconto e, é claro, a festa de aniversário. Um folheto novo foi recentemente adicionado à mistura, se destacando por estar no lugar errado: uma fotografia granulada da garota desaparecida, Madeline Snow, com o rosto inclinado para a câmera, os dentes separados e sorrindo. Em grandes letras maciças sobre a imagem, apenas: "DE-

SAPARECIDA". Agora eu percebo que a garota de rabo de cavalo loiro, a que estava com os policiais e parecia familiar, deve ser parente de Madeline Snow. Elas têm os mesmos olhos afastados, o mesmo queixo sutilmente arredondado.

Levo o dedo à palavra "desaparecida", como se pudesse apagá-la. Penso brevemente na história que Parker me contou, sobre Donovan, um cara comum simplesmente andando por ali com um sorriso largo e colecionando pornografia infantil no computador.

— Você vai fazer seu pedido ou o quê? — Parker diz.

— Está tudo bem? — Tomo cuidado para não olhar para ele. Minha garganta ainda está seca como giz. Quero comprar uma água, mas não quero pedir para ele. — Você parece um pouco...

— Um pouco o quê? — Ele se apoia nos cotovelos, com os olhos sombrios, sem sorrir.

— Não sei. Com raiva de mim ou alguma coisa assim. — Respiro fundo. — É por causa da festa?

Agora é a vez de Parker desviar o olhar — por sobre minha cabeça, estreitando os olhos, como se alguma coisa fascinante estivesse acontecendo no ar.

— Eu estava esperando que a gente pudesse, você sabe, se encontrar de verdade.

— Desculpa. — Não me dou o trabalho de dizer que, tecnicamente, não prometi que iria, só que pensaria no assunto. — Eu não estava me sentindo muito bem.

— Sério? Não parecia. — Ele faz uma careta. Aí eu lembro que passei o dia todo com ele no trabalho, rindo, conversando, ameaçando espirrar água um no outro com a mangueira industrial de limpeza. Ele sabe que eu estava me sentindo muito bem.

— Eu não estava em clima de festa. — De jeito nenhum eu posso contar o que realmente sinto: que eu estava esperando que meu bilhete fizesse Dara ir até minha porta, que ela batesse meio segundo antes de entrar, usando uma de suas blusas sem costas, sem alças e que desafiam a gravidade e uma camada grossa de sombra nos olhos; que ela insistisse para eu vestir alguma coisa *mais sexy*, que pegasse meu queixo e me obrigasse a usar maquiagem, como se eu fosse a irmã mais nova.

— Você se divertiu?

Ele simplesmente balança a cabeça e resmunga alguma coisa que eu não consigo escutar.

— O que foi? — Estou começando a ficar com raiva.

— Esquece — ele diz. Vejo Shirley cambaleando na nossa direção, fazendo uma careta, como sempre. Parker deve tê-la visto ao mesmo tempo, porque recua em direção à porta que fica entre a fritadeira e o micro-ondas. Quando ele abre a porta, um facho de luz se expande pelo espaço estreito, alcançando as caixas de pães de hambúrguer e as pilhas de tampas de refrigerante.

— Parker...

— Eu disse pra você esquecer. Sério. Não é nada de mais. Não estou com raiva. — E então ele desaparece, formando uma silhueta momentânea antes de sumir, e Shirley assume seu lugar, se aproximando do balcão, bufando de raiva, a umidade se acumulando no pelo loiro-oxigenado sobre o lábio superior.

— Você vai pedir alguma coisa ou só ficar aí encarando? — ela fala comigo. Grandes anéis escuros se expandiram sob seus seios, como as sombras de duas mãos a agarrando.

— Não estou com fome — digo. O que, graças a Parker, é verdade.

# 22 DE JULHO
# DARA

Sarah Snow e sua melhor amiga, Kennedy, estavam cuidando de Madeline Snow no domingo, 19 de julho. Madeline estava com um pouco de febre. Mesmo assim, ela pediu sorvete do seu local preferido na orla, a Big Scoop, e Sarah e Kennedy acabaram cedendo.

Quando elas chegaram, passava um pouco das dez da noite, e Madeline tinha dormido. Sarah e Kennedy entraram juntas, deixando Madeline no banco traseiro do carro. Sarah pode ter trancado as portas, mas também pode não ter trancado.

Havia uma longa fila. A Big Scoop está em funcionamento desde o fim da década de 70 e se tornou, para os residentes do condado de Shoreline e as dezenas de milhares de visitantes que vêm para a praia todo verão, um ponto de referência. Sarah e Kennedy levaram vinte e cinco minutos para receber o pedido: ponche de noz-pecã com rum para Kennedy, chocolate duplo para Sarah, morango com creme para Madeline.

Quando elas voltaram para o carro, a porta traseira estava aberta e Madeline tinha sumido.

O policial que nos conta tudo isso, tenente Frank Hernandez, não parece um policial, e sim um pai cansado tentando orientar o time de futebol do filho depois de uma derrota terrível. Ele nem está vestindo uniforme, mas tênis gastos e uma camisa polo azul-escura. Tem lama na barra do seu jeans, e eu me pergunto se ele foi um dos caras que estiveram no Drink duas noites atrás, talvez até o policial que prendeu Colin Dacey e o fez passar a noite na pequena delegacia do centro da cidade. Os boatos dizem que a prisão estava relacionada ao desaparecimento de Madeline. A polícia começou a sofrer críticas terríveis na mídia — sem pistas, sem suspeitos —, por isso começou a provar seu valor invadindo uma festa ao ar livre.

Colin está aqui, parecendo miserável e pálido, como um santo torturado; vejo Zoe Heddle e Hunter Dawes e suponho que os dois também tenham sido obrigados a se voluntariar.

Apesar de Nick ter me dado cobertura quando a policial apareceu na nossa varanda hoje de manhã, ela deixou claro que não tem a menor intenção de assumir as consequências de uma festa à qual nem foi.

Dessa vez, o bilhete estava sobre o vaso sanitário.

*Um policial "me" pegou no Drink. Obrigada por perguntar se podia pegar meu moletom emprestado. Como "eu" fui a uma festa, "eu" sou voluntária hoje. Estacionamento da Big Scoop, 16h. Divirta-se.*

*N*

— A esta altura, ainda temos esperança de um resultado positivo — o policial diz, em um tom de voz que sugere que eles temem o contrário. Ele subiu na mureta de concreto que separa o estacionamento da Big Scoop da praia e está falando para o ar sobre a multidão, que é maior do que eu esperava. Deve ter umas duzentas pessoas amontoadas no estacionamento, além de três vans de telejornais e um grupo de jornalistas carregando equipamentos pesados e suando ao sol. Talvez sejam os mesmos jornalistas que andaram escrevendo coisas ruins sobre a polícia do condado de Shoreline, sobre cortes no orçamento e incompetência. Com suas câmeras, refletores e microfones flutuando ao redor da multidão, eles parecem membros de um exército futurista esperando uma oportunidade para atacar.

A uma curta distância há um casal que reconheço dos noticiários como sendo os Snow. O homem parece que esteve o dia todo em pé no vento forte: seu rosto está vermelho, seco e com a aparência inchada. A mulher está oscilando sobre os pés e mantém uma das mãos segurando, como uma garra, o ombro de uma garota loira em pé à sua frente. A irmã mais velha de Madeline, Sarah. Ao lado dela está Kennedy, a melhor amiga. Ela tem o cabelo escuro com franja e está usando uma camiseta regata vermelho-forte que parece surpreendentemente alegre para a ocasião.

Cheguei cedo, quando a multidão era menor e uma dezena de pessoas estava andando por ali, mantendo uma distância cuidadosa da faixa amarela que isola a cena do desaparecimento. Todos tivemos que registrar nossa presença, como se fôssemos visitantes no casamento muito terrível de alguém. Já vi episódios suficientes de *Law & Order* para saber que os policiais provavelmente estão esperando que o pervertido — se é que existe um pervertido — apareça para ter prazer e se divertir por ser mais esperto que eles.

Num reflexo, pego o celular na bolsa. Nenhuma outra palavra de Nick. Nenhuma mensagem de Parker também. Não estou surpresa, mas ainda sinto uma pontada de decepção no estômago, como se estivesse descendo colina abaixo rápido demais.

— Vai funcionar assim: vamos nos movimentar para leste em fila. Vocês devem ficar próximos o suficiente para encostar no ombro das pessoas ao lado. — O policial estende o braço como um bêbado tentando manter o equilíbrio numa corda. — Mantenham os olhos no chão e procurem qualquer coisa e tudo que pareça estranho. Um grampo de cabelo, uma bituca de cigarro, uma faixa de cabelo, não importa. Maddie tem uma pulseira preferida: prateada com enfeites turquesa. Ela estava usando essa pulseira quando desapareceu. Se virem alguma coisa, gritem.

Ele desce da mureta de concreto, e a multidão reage como uma piscina uniforme, se propagando de dentro para fora, se dispersando, se dividindo em grupos menores. O grupo de busca se espalha pela praia, enquanto os policiais gritam ordens e instruções e as equipes de filmagem fazem barulho e se afastam. De cima, deve parecer que estamos participando de um jogo complicado, um padrão intrincado de corpos, todos espalhados em fila e chamando silenciosamente para Madeline aparecer, para ela voltar. A areia está repleta do tipo de lixo que se acumula na borda de estacionamentos: maços de cigarro amassados, embalagens de plástico, latas de refrigerante. Eu me pergunto se alguma dessas coisas é importante. Imagino um homem sem expressão sentado ao ar livre numa noite de sexta-feira, beberiscando uma Coca-Cola quente, observando o rastro de lanternas traseiras como vaga-lumes entrando e saindo do estacionamento da Big Scoop, observando duas garotas, Kennedy e Sarah, andarem de braços dados até o brilho quente da sorveteria, deixando uma garotinha aconchegada no banco traseiro.

Espero que ela esteja viva. Mais ainda: *acredito*. Percebo que esse é o objetivo do grupo de busca. Não recolher pistas de fato, mas é como se o poder da nossa crença coletiva, do nosso esforço conjunto, a mantivesse viva. Como se ela fosse a Sininho e tudo o que precisássemos fazer fosse continuar batendo palmas.

Pelo menos está um pouco mais fresco quando vamos em direção à água, mas os mosquitos e mutucas estão piores, saindo de buracos escondidos e pilhas de madeira. A caminhada é dolorosamente lenta, mesmo assim andar na areia é exaustivo. De vez em quando alguém grita e os policiais correm e se abaixam, remexendo o lixo com dedos compridos e usando luvas brancas: um pedaço de tecido rasgado, uma lata de cerveja vazia, os restos do lanche de alguém, provavelmente jogado de um carro que estava passando. Os policiais ensacam uma pulseira, mas eu vejo a mãe de Madeline Snow balançando a cabeça, com os lábios pressionados. A praia mal tem meio quilômetro de extensão; em nenhum momento ficamos fora da visão do estacionamento ou das casas e motéis apoiados nas dunas. Parece impossível alguma coisa ruim acontecer aqui, nesta faixa curta de terra, tão perto do movimento diário de carros e restaurantes e de pessoas escapando para fumar na praia.

Mas alguma coisa ruim aconteceu *de fato* aqui. Madeline Snow sumiu. Nick e eu costumávamos fingir que havia duendes espreitando no bosque; ela me dizia que, se eu me esforçasse, conseguiria ouvi-los cantando.

"Se você não tomar cuidado, eles te pegam", ela dizia, me fazendo cócegas na barriga até eu soltar um gritinho. "Eles vão te levar para o submundo e te transformar em noiva."

Apenas por um segundo, imagino Madeline desaparecendo no ar, atraída por uma música suave demais para ouvirmos.

— Você é filha da Sharon Warren, não é? — a mulher à minha esquerda solta de repente. Ela vem me observando descaradamente nos últimos dez minutos, e eu estava me esforçando ao máximo para ignorá-la. Seu rosto está suavizado com uma maquiagem pesada demais, e ela está cambaleando na areia sobre os saltos anabela, balançando os braços como se estivesse numa corda bamba.

Eu quase nego, mas decido que não tenho motivo.

— Ãhã.

— Sou Cookie — ela diz, piscando para mim, como se esperasse que eu a conhecesse. Claro que o nome dela é Cookie. Ninguém que usa batom pink e salto para procurar uma garota desaparecida poderia ter outro nome. — Cookie Hendrickson — acrescenta quando não digo nada. — Também moro em Somerville. Fiz administração na Escola MLK quando sua mãe era diretora de lá. Também conheci seu avô. Um grande homem. Eu estive... — ela diminui a voz, como se estivesse me contando um segredo — ... no funeral.

No último mês de dezembro, três dias depois do Natal, meu avô morreu. Ele morou em Somerville a vida toda e trabalhou durante dois verões no último moinho antes de ele ser fechado, na década de 50. Mais tarde, foi treinador da Liga Infantil e até foi eleito vereador, cargo do qual abdicou assim que ele e o restante da cidade perceberam que ele não dava a mínima para política. Nick e eu o chamávamos de Paw-Paw, e metade de Somerville esteve no seu funeral em janeiro. Todo mundo o amava.

Mais tarde naquela noite, Nick, Parker e eu ficamos bêbados de licor no porão de Parker. Nick subiu para pegar água, eu comecei a chorar, Parker me abraçou e eu o beijei. Quando ela voltou, fez a careta mais esquisita, como se tivesse entrado numa festa onde não conhecia ninguém.

Mesmo assim, Nick e eu dormimos juntas naquela noite, lado a lado, como fazíamos quando éramos crianças. Foi a última vez.

— Como está a sua mãe? — Ela está forçando demais o sotaque, como se estivéssemos no Tennessee. As mulheres fazem isso, já percebi, quando estão prestes a falar alguma coisa de que você não vai gostar, como se abandonar todas as consoantes tornasse mais difícil ouvir o que elas estão dizendo. Rosto açucarado, palavras açucaradas. — Sei que ela passou por uma pequena... depressão. — Ela fala como se fosse um palavrão.

— Ela está bem — digo. Paramos de andar novamente. Estamos quase na água agora. O mar cintila como metal pouco além de uma faixa curta e escura de areia molhada. Uma mulher (repórter?) se interessa pela nossa conversa. Ela começa a vir na nossa direção aos poucos, segurando um minigravador. — Estamos todas bem.

— É bom saber disso. Diga pra sua mãe que a Cookie mandou lembranças.

— Desculpe interromper. — A repórter nos alcançou e, sem olhar para Cookie, enfia o iPhone na minha cara, sem parecer arrependida. Ela está acima do peso e usa um terninho de náilon com grandes marcas de suor embaixo dos braços. — Sou Margie. Trabalho para o *Shoreline Blotter*. — Ela faz uma pausa, como se esperasse que eu a aplaudisse. — Eu gostaria de lhe fazer algumas perguntas — acrescenta quando não digo nada. Cookie solta um gorjeio de surpresa quando a repórter, sem recuar, entra na sua frente, bloqueando sua visão.

— Você não devia estar fazendo alguma coisa *útil*? — Cruzo os braços. — Tipo entrevistando os Snow?

— Estou procurando histórias humanas interessantes — ela diz com suavidade. Ela tem olhos grandes, estranhamente protuberantes, e não pisca muito, o que dá ao seu rosto a aparência indiferente de um sapo bem burro. Mas ela não é burra. Isso eu percebo logo de cara. — Moro perto de Somerville. Você é de Somerville, certo? Você sofreu aquele acidente terrível. Não foi muito longe daqui, foi?

Cookie faz um ruído de desaprovação.

— Tenho certeza que ela não quer falar nisso — ela arrulha, com uma piscadela na minha direção, como se estivesse me esperando falar mesmo assim.

O suor está escorrendo livremente pelas minhas costas agora, e as mutucas estão gordas, zumbindo em grupos enormes. De repente, tudo o que eu quero fazer é tirar a roupa e me limpar, esfregar esse dia para longe, esfregar para longe Cookie e a repórter com olhos de réptil, me observando preguiçosamente, como se eu fosse um inseto que ela está esperando para engolir.

Na praia, o policial que parece um pai está mexendo os braços e gritando alguma coisa que eu não consigo escutar. Mas o gesto é bem claro. "Terminamos aqui", ele está dizendo. "Guardem suas coisas e vão para casa." Sinto um imenso e impressionante fluxo de alívio.

— Olha — digo. Minha voz parece aguda, estranha, e eu pigarreio. — Eu só vim pra ajudar, como todo mundo. Eu realmente acho que a gente devia, sabe, manter o foco na Madeline. Está bem?

Cookie murmura alguma coisa que consegue parecer, ao mesmo tempo, compreensiva e decepcionada. Margie, a repórter, ainda está parada ali segurando seu iPhone idiota como se fosse uma varinha mágica. Eu me viro e começo a me movimentar na direção do estacionamento, enquanto a multidão se dispersa em grupos menores, todo mundo falando baixo, quase reverente, como se estivéssemos saindo da igreja e com medo de usar nossas vozes normais cedo demais.

— O que *você* acha que aconteceu com Madeline Snow? — Margie grita atrás de mim, com a voz alta e tranquila. Tranquila demais.

Eu congelo. Pode ser imaginação, mas penso que a multidão também congela, e que, por um segundo, o dia todo para e se transforma numa foto com filtro sépia, uma camuflagem de cinzas e amarelos e um mar prateado calmo.

Eu me viro. Margie ainda está me observando, sem piscar.

— Talvez ela simplesmente tenha se cansado de tanta gente incomodando — digo. Minha garganta está seca do calor e do sal. — Talvez ela simplesmente quisesse que a deixassem em paz.

http://www.theShorelineBlotter.com/home

PRECISAMOS DE VOCÊ!
Assine nossa petição e junte-se à luta por ruas mais seguras!

No domingo, 19 de julho, Madeline Snow, de 9 anos, foi sequestrada do carro da irmã em frente à Big Scoop Ice Cream & Candy Shop, uma instituição do condado de Shoreline. Isso aconteceu um ano depois de os orçamentos da polícia terem sido cortados em vinte e cinco por cento no país todo, deixando muitos departamentos de polícia com poucos funcionários e pouco dinheiro.

O comissário de polícia Gregory Pulaski falou sobre a necessidade de se exigir que a legislação estadual aumente o orçamento da polícia para o nível em que estava antes da recessão: "Quando a época é difícil, as pessoas ficam desesperadas. Quando as pessoas ficam desesperadas, fazem coisas desesperadas. Para funcionar como uma unidade eficiente, precisamos expandir nossa presença nas ruas, desenvolver nossos programas de treinamento, recrutar e manter os melhores homens e mulheres para a tarefa. Isso custa dinheiro. Ponto".

Junte-se à luta para garantir ruas mais seguras. Assine a petição abaixo e exija que a Assembleia Geral tome uma atitude.

Assine a petição!
Digite seu nome completo:
Digite seu CEP:
**ENVIAR**

Ainda bem que alguém finalmente resolveu agir. Enviei para todo mundo que eu conheço. Esperamos que a cidade escute de verdade.
Publicado por: papaifutebol às 18h06

25 por cento?? Por isso que o meu bairro está cheio de grafites.
Publicado por: richardprimeiro às 19h04

Grafite não é crime. É uma forma de arte, seu babaca.
Publicado por: soubanksky às 20h55

Quantas crianças vão ter que desaparecer antes que o Congresso caia na real? Pobre Maddie. E pobre Sarah! Não consigo imaginar como ela deve estar arrasada.
Publicado por: mamaeurso27 às 0h

Sarah Snow é uma mentirosa.
Publicado por: anônimo às 1h03

## 22 DE JULHO
# DARA

Chego ao estacionamento sem ver a repórter de novo, graças a Deus. Ainda não tenho mensagens de Parker e nenhuma notícia de Nick também. Só uma mensagem esquisita de um número que eu não reconheço.

> E aí. O q aconteceu. Tentei ligar. Vc tá morta?

Apago sem responder. Provavelmente algum idiota que eu beijei uma vez.

Meu corpo todo parece grudento de suor, e minhas pernas estão me matando. Eu meio que dou uma corridinha, meio que cambaleio atravessando a rua até o posto de gasolina. Compro uma Coca-Cola e bebo basicamente em um único gole, depois me tranco no banheiro surpreendentemente limpo e frio como um frigorífico. Respingo água no rosto, molhando o cabelo e a camiseta no processo, e nem ligo. Eu me seco com a toalha de papel marrom que parece uma lixa e é comum em banheiros públicos, aquele tipo que tem cheiro de terra molhada.

Tento não me olhar no espelho durante muito tempo — engraçado como eu *gostava* de me olhar, podia ficar parada durante horas com Ariana na penteadeira da minha mãe antes de sairmos, comparando lábios e sombras e fazendo caretas engraçadas — e jogo o cabelo sobre o ombro direito, o que ajuda a disfarçar as cicatrizes abaixo do maxilar. Não tem nada que eu possa fazer em relação às cicatrizes na bochecha e na têmpora, apesar de eu meio que desejar estar com o moletom com capuz de Nick de novo.

Já me sinto melhor. Mesmo assim, passo um tempo mexendo na gôndola de bugigangas que todos os postos de gasolina vendem: CDs de rock cristão, viseiras, aparelhos de barbear de plástico. Quando Parker tirou a carteira de motorista, seis meses antes de Nick, costumávamos brincar de entrar no carro e ir às lojas de quinquilharias e postos de gasolina, competindo para ver quem conseguia achar os itens mais esquisitos. Uma vez, numa Gas 'n Go, ele encontrou dois bichos de pelúcia velhos cobertos de poeira, escondidos atrás de uma fileira de camisinhas e frascos de pílulas energéticas. Nick ficou com o cavalo porque cavalgava, e eu fiquei com o urso, que batizei de Brownie.

Eu me pergunto se ele se lembra desse dia.

Eu me pergunto o que ele ia pensar se soubesse que Brownie ainda dorme comigo todas as noites.

O estacionamento do outro lado da rua agora está praticamente vazio; os policiais e as vans de noticiários se dispersaram. O sol está baixo sobre as árvores, e eu vejo partes da baía se estendendo como poças entre o aglomerado de empresas e residências.

Quando saio, fico surpresa ao ver Sarah Snow a alguns passos de distância, inclinada atrás de um grande SUV, fumando com tragadas profundas e rápidas. Ela leva um susto quando me vê e solta o cigarro. Em seguida, depois de uma hesitação momentânea, vem na minha direção.

— Ei. — Ela leva a mão à boca rapidamente, depois tira, como se ainda estivesse fumando um cigarro fantasma. Seus dedos estão tremendo. — Não te conheço?

De tudo o que eu pensei que ela poderia dizer, isso estava fora de cogitação. Balanço a cabeça.

— Acho que não — respondo.

Ela continua me observando. Seus olhos são enormes, como se ela não estivesse me *vendo*, mas me devorando pelos globos oculares.

— Você me parece familiar.

Apesar de ser um tiro no escuro, digo:

— Talvez você conheça minha irmã.

— É. — Ela começa a balançar a cabeça, fazendo sinal de positivo. — É, talvez. — Ela desvia o olhar, estreitando os olhos, limpando as mãos na parte de trás da calça jeans. Os segundos passam. Eu me pergunto como seria estar aqui, na praia, cercada de desconhecidos, de mãos dadas com um vizinho suado e gritando para sua irmã voltar para casa.

— Escuta — digo, lutando contra uma súbita sensação de sufocamento. Eu nunca fui boa nisto: palavras de consolo ou esperança. — Sinto muito mesmo. Pela sua irmã. Tenho certeza... tenho certeza de que ela está bem.

— Você acha?

Quando ela olha de novo para mim, seu rosto está tão bruto, tão cheio de tristeza, medo e mais alguma coisa — raiva —, que eu quase me viro para o outro lado. Mas aí ela dá um passo à frente e agarra meu pulso, apertando com tanta força que sinto a impressão de cada dedo.

— Eu tentei tanto protegê-la — diz, falando com uma rapidez súbita. — É tudo culpa minha. — Ela está tão próxima que sinto o cheiro do seu hálito, azedo, fedendo a tabaco. — Mentir é a parte mais difícil, né?

— *Sarah*. — Do outro lado da rua, Kennedy está em pé no limite do estacionamento, com a mão sobre os olhos para protegê-los do sol. Ela está com a testa franzida.

Mais uma vez, o rosto de Sarah se transforma. Antes que eu consiga responder, ela me solta, se virando para o outro lado, o cabelo loiro voando atrás das omoplatas, seguindo o cheiro fraco de fumaça.

## 9 DE FEVEREIRO
# LISTA DE GRATIDÃO DA NICK

Por que é tão difícil encontrar cinco coisas pelas quais ser grata? Só se passou um mês, e manter um diário de gratidão pode ser a resolução de Ano-Novo mais difícil que eu já tomei, especialmente depois do nosso show de horrores do Natal. Consigo pensar num bilhão de coisas pelas quais não estou feliz. Como o fato de a Dara não estar falando comigo desde que me pegou lendo seu diário. Ou o fato de minha mãe passar o tempo todo no trabalho. Ou o fato de a nova namorada do meu pai sempre ter batom nos dentes, mesmo logo depois de acordar.

Está bem, comecei mal. Lá vai. De verdade desta vez:

1. Sou grata por não ter batom nos meus dentes nunca, porque eu nunca uso.

2. Sou grata pelo Toyota que meu pai me deu! Tudo bem, ele tem uns vinte anos e Parker diz que o estofamento tem cheiro de comida de gato, mas funciona, e, desse jeito, a Dara e eu não temos que brigar o tempo todo pela chave.

3. Sou grata pelo Perkins, minha bolinha de pelos ambulante.

4. Sou grata porque a Margot Lesalle começou aquele boato idiota sobre o que o Aaron e eu estávamos fazendo na sala do aquecedor no Baile do Dia dos Fundadores. Agradeço a Deus pela Margot. Ela sempre espalha os boatos mais óbvios.

E:

5. Sou super, mega, extragrata porque ninguém sabe o que realmente aconteceu. Ninguém jamais vai saber. Dizem que a gente deve falar a verdade. O dr. Lichme diz isso, pelo menos.

Mas também não dizem que o que os olhos não veem o coração não sente?

## ANTES

## 15 DE FEVEREIRO

# NICK

— Dara! — Vasculho a pilha de roupas limpas na minha cama, xingando entredentes. O gato de pelúcia que Aaron me deu no Dia dos Namorados ("Miaaaau! Te amo", ele diz, numa voz assustadora, quando é apertado) está apoiado entre meus travesseiros, me observando com olhos vidrados e brilhantes. — Dara? Você viu meu suéter azul?

Nenhuma resposta do andar de cima: nenhum passo, nenhum sinal de vida. Meu Deus. Já são sete horas. Eu não posso me atrasar de jeito nenhum para a chamada, não depois que o sr. Arendale me ameaçou com advertência.

Pego uma vassoura no meu armário — ou, na verdade, o que era uma vassoura, antes de Perkins arrancar a maioria das cerdas — e bato com o cabo no teto, um método de comunicação (que descobri) mais eficiente que gritar ou chamar ou até mesmo mandar mensagem no celular, algo que Dara se acostumou a fazer quando está numa ressaca terrível. ("Pode me trazer um pouco de água? Por favooooor?")

— Eu sei que você está me ouvindo! — grito, pausando cada palavra, com um golpe.

Nada ainda. Xingando de novo — desta vez em voz alta —, enfio o celular no bolso, pego minha mochila e subo a escada, dois degraus de cada vez. Dara finge que tudo que é meu é sem graça demais para ela pedir emprestado, mas ultimamente meus suéteres e minhas camisetas preferidas têm desaparecido e reaparecido estranhamente alterados, com cheiro de cigarro e maconha, e novas manchas e furos.

Ela odeia o fato de sua porta não ter tranca e sempre insiste para batermos antes de entrar, e é por isso que eu a abro sem nenhum aviso, esperando que isso irrite minha irmã.

— Que saco — digo. Ela está sentada na cama, sem olhar para mim, ainda com a camiseta de dormir, o cabelo todo embolado e cheio de nós. — Estou te chamando, tipo, há vinte...

Aí ela se vira e eu não consigo terminar a frase.

Os olhos estão inchados e a pele está manchada e brilhante em alguns pontos, como uma fruta madura demais. A franja está grudada na testa úmida. A bochecha está borrada de rímel, como se ela tivesse caído no sono sem lavar o rosto e chorado a noite toda.

— Meu Deus. — Como sempre, o quarto de Dara parece ter sido alvo recente de um tsunami pequeno e concentrado. Eu quase tropeço três vezes no caminho até a cama. Os aquecedores estão ligados há muito tempo; o ambiente está sufocantemente quente, com um cheiro forte de canela, solução salina, fumaça de cravo e, só de leve, suor. — O que aconteceu?

Sento ao lado dela e tento colocar um braço em seu ombro, mas ela se afasta. Mesmo de longe, sinto o calor irradiando da sua pele.

Ela está trêmula. Quando fala, a voz está abafada, monótona.

— O Parker terminou comigo. De novo. — Ela aperta os olhos com o punho, como se estivesse tentando empurrar fisicamente as lágrimas. — Feliz merda de Dia dos Namorados.

Conto até três na minha cabeça para não dizer nada idiota. Desde que eles começaram a andar juntos, sair ou o que quer que seja, Dara e Parker terminaram três vezes, que eu saiba. E ela sempre chora e surta e diz que nunca mais vai falar com ele, e uma semana depois eu a vejo no colégio com os braços ao redor da cintura dele, se esticando na ponta dos pés para sussurrar alguma coisa em seu ouvido.

— Sinto muito mesmo, Dara — digo com cuidado.

— Ah, por favor. — Ela se vira para me encarar. — Não, você não sente nada. Você está *feliz*. Você sempre disse que não ia durar.

— Eu nunca disse isso — afirmo, sentindo um rápido lampejo de raiva. — *Nunca* disse isso.

— Mas pensou. — Depois de chorar, os olhos de Dara, verdes, ficam praticamente amarelos. — Você sempre achou que era uma péssima ideia. Não precisava *dizer*.

Fico de boca fechada porque ela está certa, e não faz sentido tentar negar.

Minha irmã leva os joelhos ao peito e coloca a cabeça entre eles.

— Eu odeio ele — ela diz, a voz abafada. — Me sinto uma idiota. — Depois, ainda mais baixo: — Por que ele acha que não sou boa o suficiente?

— Espera aí, Dara. — Estou perdendo a paciência com essa encenação; já ouvi esse monólogo antes. — Você sabe que isso não é verdade.

— É verdade — ela rebate, com a voz baixa agora. Há um instante de silêncio. Depois ela diz, num tom ainda mais baixo: — Por que ninguém me ama?

Esta é a essência de Dara: ela te enche o saco e parte seu coração um segundo depois. Estendo a mão para encostar nela, mas penso melhor.

— Da, você sabe que isso não é verdade — consolo. — Eu te amo. A mamãe te ama. O papai te ama.

— Isso não conta — ela retruca. — Vocês são obrigados a me amar. É praticamente um crime não me amar. É provável que vocês só me amem pra não ir para a cadeia.

Não consigo evitar, dou risada. Dara levanta a cabeça apenas por tempo suficiente para me olhar, furiosa, antes de recuar de novo, como uma tartaruga machucada.

— Vamos lá, Dara — reclamo. Tiro a mochila do ombro e a coloco no chão. Não adianta nada correr agora. Não vou chegar a tempo para a chamada de jeito nenhum, quanto mais na hora certa. — Você tem mais amigos do que qualquer outra pessoa que conheço.

— Não são amigos *de verdade* — ela diz. — Eu simplesmente conheço umas pessoas.

Não sei se quero abraçá-la ou estrangulá-la.

— Isso é ridículo — respondo. — Eu posso provar. — Pego seu celular na mesinha de cabeceira, ao lado de uma pilha de lenços de papel amassados manchados de batom e rímel. Ela nunca se preocupou em trocar a senha: 2907; 29 de julho. Seu aniversário, a única senha que ela usa, a única que consegue lembrar. Abro as fotos e começo a passear por elas: Dara em baladas, festas ao ar livre, dançando, festas na piscina. — Se todo mundo te odeia tanto, quem são todas estas pessoas?

Pego uma foto granulada de Dara e Ariana — pelo menos eu acho que é Ariana, apesar de ela estar com tanta maquiagem e da péssima qualidade da foto— cercadas de caras que devem ter pelo menos vinte anos. Um deles está com o braço ao redor de Dara; está usando uma jaqueta de couro vagabunda e seria bonito se não fosse o cabelo, que está rareando e foi penteado com gel na forma de estacas. Eu me pergunto quando essa foto foi tirada e se a pobre e sofrida Dara estava com Parker na época.

Minha irmã tira os travesseiros do rosto e senta, tentando pegar o celular.

— Como assim? — Ela revira os olhos quando eu afasto o aparelho de seu alcance. — Sério?

— Meu Deus. — Eu me levanto e faço drama, balançando a cabeça por causa da foto. — A Ariana está parecendo uma abelha periguete com essa blusa. Amigas de verdade não deixam as outras usarem amarelo e preto.

— Devolve.

Dou um passo para trás, me esquivando dela. Dara não tem escolha a não ser levantar.

— Ha — solto, me inclinando para longe quando ela mais uma vez tenta recuperar o celular. — Você saiu da cama.

— Não tem graça — Dara reclama. Mas pelo menos não parece tanto uma boneca abandonada sobre uma pilha de travesseiros e lençóis velhos. Seus olhos estão brilhando de raiva. — Não é uma piada.

— Quem é este? — Pego outra foto do cara de jaqueta de couro. Parece ter sido tirada em um bar ou em um porão; um lugar escuro e cheio de gente. Nesta, obviamente uma selfie, Dara está mandando um beijo para a câmera, enquanto, atrás dela, o Jaqueta de Couro observa. Alguma coisa na expressão dele me deixa nervosa; é assim que Perkins fica quando encontra um novo buraco de rato. — Ele parece querer comer o seu rosto.

— É o Andre. — Ela finalmente consegue tirar o celular da minha mão. — Não é ninguém. — Ela aperta uma tecla para apagar a foto, o dedo atingindo a tela com força, depois exclui a imagem seguinte e a seguinte e a próxima. — São todos zés-ninguém. Não importam.

Ela se joga na cama de novo, ainda apagando fotos, socando o celular como se pudesse fisicamente quebrar as imagens para elas deixarem de existir, e resmunga alguma coisa que não consigo entender. Mas percebo, pela sua expressão, que não vou gostar.

— O que foi que você disse? — Perdi completamente a chamada e vou me atrasar para a primeira aula. Vou tomar uma advertência, tudo por causa de Dara, tudo porque ela não consegue deixar as coisas inteiras, boas e intocadas, porque ela tem que escavar, explodir e experimentar, como uma criança fazendo bagunça na cozinha, fingindo ser cozinheira, fingindo que alguma coisa *boa* vai sair dali.

— Eu falei que você não entende — ela diz, sem levantar o olhar. — Você não entende *nada*.

— Você pelo menos gosta do Parker? — pergunto, porque agora não consigo evitar, não consigo controlar a raiva. — Ou foi só pra ver se conseguia?

— Eu não *gosto* dele — ela replica, ficando muito parada. — Eu *amo* o Parker. Eu *sempre* amei. — Fico tentada a lembrar que ela disse exatamente a mesma coisa sobre: o Jacob, o Mitts, o Brent e o Jack.

Em vez disso, solto:

— Olha, acho que foi uma péssima ideia por causa *disso*. Porque... — Eu me esforço para encontrar as palavras certas. — Vocês eram melhores amigos antes.

— Ele era *seu* melhor amigo — ela dispara de volta e se deita, levando as pernas até o peito novamente. — Ele sempre gostou mais de você.

— Isso é ridículo — resmungo automaticamente, apesar de, no fundo, sempre ter meio que acreditado que isso era verdade. Foi por isso que fiquei tão chocada quando Dara o beijou? Quando ele a beijou também? Apesar de sempre sermos nós três juntos, ele era meu melhor amigo, meu riso-até-cuspir-o-refrigerante, meu antídoto-para-o-tédio, minha pessoa-para-falar-sobre-nada. E Dara também era minha. Durante um tempo, eu era o ápice do triângulo, o ponto alto que mantinha a estrutura toda.

Até minha irmã mais uma vez ter que chegar ao topo.

Ela desvia o olhar e não diz nada. Tenho certeza de que, na sua cabeça, ela é a trágica Julieta, prestes a posar para sua foto pré-morte.

— Olha, sinto muito por você estar chateada. — Pego minha mochila no chão. — E desculpa porque, aparentemente, eu não entendo. Mas estou atrasada.

Ela continua quieta. Não faz sentido perguntar se ela pretende ir à aula. Obviamente não vai. Eu queria que minha mãe fosse metade tão dura com Dara quanto é no próprio colégio, onde, aparentemente, alguns alunos do segundo ano se referem a ela como "aquela vaca durona".

Estou quase na porta quando Dara fala de novo.

— Só não finge, tá? Não aguento quando você finge.

Quando me viro, ela está me olhando com uma expressão esquisita — como alguém que sabe um segredo muito interessante e *secreto*.

— Fingir o quê? — pergunto.

Durante um segundo, o sol se esconde atrás de uma nuvem, e o quarto de minha irmã fica cada vez mais escuro. Como se alguém tivesse colocado a palma das mãos nas janelas, e agora, nas sombras, ela parecesse uma desconhecida.

— Não finge que não está feliz — ela completa. — Eu te conheço — continua quando começo a contradizê-la. — Você age como se fosse muito boazinha. Mas, no fundo, é tão confusa quanto o resto de nós.

— Tchau, Dara — digo, saindo para o corredor. Faço questão de bater a porta com tanta força atrás de mim que ela se sacode nas dobradiças, e ouço, satisfeita, alguma coisa lá dentro (um porta-retratos? sua caneca preferida?) cair no chão com um eco sensível.

Dara não é a única que sabe quebrar coisas.

DEPOIS

## 23 DE JULHO

# NICK

— Ainda funciona, sabia?

Não percebi que estava encarando o Portal até Alice aparecer atrás de mim. Dou um passo para trás, quase enfiando o pé na bandeja de tinta.

Com a parte interna do pulso, ela tira uma mecha de cabelo da testa. Seu rosto está corado, o que faz seus olhos parecerem castanho-claros, quase amarelos.

— O Portal — ela diz, apontando com o queixo para a enorme espiral de metal. — Ainda funciona. O Wilcox faz uma inspeção nele todo verão. Ele está determinado a fazê-lo rodar novamente. Acho que se sente mal, sabe? Como se, enquanto o Portal ficar isolado, isso realmente significasse que foi culpa dele. A morte da menina, quero dizer. Ele precisa provar que o brinquedo é seguro. — Ela dá de ombros, coçando a tatuagem sob a orelha esquerda com um dedo respingado de tinta azul.

Como não estamos trabalhando nos brinquedos hoje, todo mundo do turno recebeu a tarefa de esconder as evidências do vandalismo da noite passada. Em algum momento antes de o parque fechar, alguns idiotas com tinta spray saíram decorando cartazes do parque com ilustrações toscas de uma certa parte da anatomia masculina. Wilcox parecia tranquilo hoje de manhã. Mais tarde, eu soube que isso acontece pelo menos uma vez a cada verão.

— Todo ano ele manda uma petição para o departamento de consultoria de parques. — Alice se senta em um pequeno banco de plástico em forma de tronco de árvore. É raro ela se sentar. Está sempre em movimento, sempre orientando, gritando ordens e rindo. Mais cedo, eu a vi subindo no andaime da Cobra para pegar a mochila de uma criança, que, de alguma forma inexplicável, ficou presa nas engrenagens, balançando como uma aranha entre os apoios estruturais, enquanto uma pequena multidão de funcionários da FanLand se reuniu, alguns para animá-la, outros implorando que ela descesse, outros de olho no sr. Wilcox e em Donna.

Vi Parker a observando, com a cabeça inclinada para o céu, as mãos nos quadris, os olhos brilhando, e senti... o quê? Não exatamente ciúme. Ciúme é um sentimento forte, um sentimento que retorce seu estômago e faz suas entranhas ficarem em frangalhos. Era mais um vazio, como a sensação de estar faminta há tanto tempo que você meio que se acostuma.

Será que ele já tinha olhado assim para Dara? Será que ainda olha?

Não sei. Só sei que ele era meu melhor amigo e agora nem olha para mim. E minha outra melhor amiga não está falando comigo. Ou eu não estou falando com ela.

Na noite passada, dominada por um antigo impulso, subi até o sótão para ver como Dara estava e vi que ela acrescentou mais um cartaz à porta. Feito de cartolina verde-água e decorado com corações e borboletas mal desenhadas, dizia simplesmente: "NEM PENSE NISSO, PORRA".

— Quanta maturidade — gritei através da porta fechada, e ouvi uma risada abafada em resposta.

— O pai da garota... O nome dele é Kowlaski, acho, ou alguma coisa assim, alguma coisa com "ski". Ele aparece todos os anos e fala que o brinquedo tem que continuar fechado — Alice continua. — Acho que eu entendo os dois lados. Mas o brinquedo é muito divertido. Pelo menos era. Quando está funcionando, todas aquelas luzinhas se acendem, e parece a Torre Eiffel ou algo assim. — Ela faz uma pausa. — Dizem que a garota ainda grita à noite.

Apesar de o dia estar sombrio, parado e sem vento, quente como metal, um leve arrepio eriça os pelos da minha nuca.

— O que você quer dizer?

Alice sorri.

— É idiotice. Só uma coisa que o pessoal mais antigo diz quando está trabalhando no turno da noite. Você já trabalhou à noite?

Balanço a cabeça. Os funcionários do turno da noite — conhecidos na FanLand como coveiros — são responsáveis por fechar o parque, trancar os portões para evitar invasões, carregar o lixo, esvaziar as caixas de gordura e proteger os brinquedos, fazendo-os mergulhar num sono reparador. Já ouvi histórias de terror sobre turnos que se estendem até bem além da meia-noite.

— Na próxima semana — digo. — Na noite anterior — *ao aniversário de Dara* — à festa de aniversário do parque.

— Sortuda — ela diz.

— A garota — instigo, porque agora estou curiosa. E, estranhamente, é um alívio falar sobre a menina, morta há muito tempo, há muito transformada em ecos e lembranças. Durante toda a manhã, o assunto das conversas foi Madeline Snow. Seu desaparecimento provocou uma caçada humana em três municípios. Todos os jornais estão estampados com sua imagem, e os folhetos se multiplicaram, se espalhando como fungos sobre todas as superfícies disponíveis.

Minha mãe não fala em outra coisa. Hoje de manhã, eu a encontrei sentada em frente à TV, com o cabelo ajeitado pela metade, segurando o café sem beber.

— As primeiras setenta e duas horas são as mais importantes — ela ficava repetindo, uma informação que tenho certeza que regurgitou de um telejornal anterior. — Se eles ainda não a encontraram...

Um relógio digital no quadrante superior da TV registrava há quanto tempo Madeline tinha desaparecido do carro: oitenta e quatro horas — e continuava contando.

Alice se levanta, sacudindo as pernas, apesar de estar descansando há apenas cinco minutos.

— É só uma história de fantasma — ela diz. — Alguma coisa que eles contam pros novatos pra assustá-los. Todo parque tem que ter um fantasma residente. É tipo uma lei. Já fechei a loja aqui várias vezes e nunca ouvi nada.

— O sr. Kowlaski... — A pergunta fica presa na minha garganta, enorme e grudenta. — Ele não disse uma vez que você se parecia com ela?

— Ah, isso. — Ela acena com a mão. — Todo mundo acha que ele perdeu o juízo. Mas não perdeu. Ele só está solitário. E as pessoas fazem coisas malucas quando estão solitárias, sabe? — Por um instante, seus olhos se concentram nos meus como um facho de laser, e eu sinto um leve nó de desconforto no peito. É como se ela soubesse de alguma coisa: sobre Dara, sobre meus pais, sobre como todos nós ficamos destruídos.

Nesse momento, Maude vem andando pela trilha na nossa direção, os ombros encolhidos, como um linebacker correndo para um touchdown.

— O Wilcox me mandou aqui — ela diz assim que nos vê. Está sem fôlego e irritada, obviamente, por ter sido enviada para transmitir um recado. — A Crystal não apareceu.

Instantaneamente, Alice assume a postura profissional.

— O que você quer dizer com "não apareceu"?

Maude faz uma cara feia.

— Exatamente o que eu disse. E o show acontece daqui a quinze minutos. Já tem, tipo, quarenta crianças esperando.

— Temos que cancelar — Alice diz.

— De jeito nenhum. — Maude tem um broche escrito "SEJA LEGAL OU SUMA" na camiseta, um pouco acima do mamilo direito, que é ao mesmo tempo (a) hipócrita e (b) definitivamente não parte do código de vestimenta da FanLand. — Eles já pagaram. Você sabe que a Donna não devolve dinheiro.

Alice inclina a cabeça para trás e fecha os olhos, como faz quando está pensando. Ela tem um pescoço fino e um pomo de Adão tão pronunciado quanto o de um garoto. Mesmo assim, tem alguma coisa inegavelmente atraente nela. Seu sonho, ela me contou uma vez, era administrar a FanLand depois do sr. Wilcox. "Quero envelhecer aqui", disse. "Quero morrer naquela roda-gigante. No ponto mais alto. Desse jeito, vai ser uma viagem até as estrelas."

Não consigo imaginar querer ficar na FanLand e também não sei o que ela vê no parque: a procissão infinita de pessoas, os sacos de lixo transbordando e a gosma grudenta de batata frita e sorvete que cobre o piso dos pavilhões, os banheiros entupidos por causa de absorventes, prendedores de cabelo e moedas. Se bem que, ultimamente, não consigo me imaginar querendo alguma coisa. Eu tinha tanta certeza: faculdade na UMass, depois intervalo de dois anos antes de me especializar em ciências sociais ou talvez em psicologia.

Mas isso foi antes do dr. Lichme, da Cheryl dentes-sujos-de-batom e do acidente. E esses sonhos, como as minhas lembranças, parecem estar afundando, presos numa escuridão sombria em algum lugar fora do alcance.

— Você pode fazer. — Alice olha para mim.

Fico tão surpresa que levo um segundo para perceber que ela está falando sério.

— O quê?

— Você pode fazer — ela repete. — Você é do tamanho da Crystal. A fantasia vai servir em você.

Eu a encaro.

— Não — digo. — De jeito nenhum.

Alice já está me agarrando pelo braço e me arrastando para o escritório principal.

— Vai durar dez minutos — ela explica. — Você nem precisa dizer nada. É só ficar deitada numa pedra e bater palmas no ritmo da música. Vai ser ótimo.

Uma vez por dia, um grupo de funcionários da FanLand faz uma apresentação musical para as crianças no grande anfiteatro rebaixado. Tony Rogers faz o papel do pirata cantor, e Heather Minx, que tem um metro e meio de altura usando saltos plataforma, veste uma fantasia amarrotada de papagaio e o acompanha dando gritinhos na hora certa. Também tem uma sereia — Crystal, normalmente, usando um rabo de lantejoulas brilhantes e uma blusa de manga comprida de náilon fino com a imagem de um biquíni de concha estampada — para bater palmas e cantar com eles.

Não subo em um palco desde que estava no segundo ano do fundamental. E mesmo naquela época foi um desastre. Na nossa produção de O galinho Chicken Little, esqueci completamente minha fala. E aí, numa tentativa desesperada de tirar o papelzinho com a cola de debaixo das asas antes de o número acabar, bati de cara em Harold Liu e acabei quebrando um dos seus dentes.

Tento soltar o braço da pegada de Alice, mas ela é surpreendentemente forte. Não me espanta que tenha escalado o Cobra hoje de manhã em cinco minutos.

— A Maude não pode fazer isso?

— Tá brincando? De jeito nenhum. Ela vai apavorar as crianças. Vamos lá, faça isso por mim. Vai acabar antes de você perceber. — Ela praticamente me empurra para dentro do escritório principal, que está vazio. Então contorna o arquivo e se abaixa para pegar a fantasia de sereia no canto, cuidadosamente dobrada e protegida por um plástico depois de cada apresentação. Ela a tira da embalagem, sacudindo o rabo e liberando o leve cheiro de mofo. As lantejoulas brilham sob a luz fraca. Luto contra o impulso de me virar e sair correndo.

— Sou obrigada? — pergunto, apesar de saber qual é a resposta. Ela nem responde.

— O show começa daqui a cinco minutos — diz, abrindo o zíper do rabo da cintura até a nadadeira em um movimento fluido. — Por isso, sugiro que tire a roupa.

Sete minutos depois, estou em pé ao lado de Rogers, atrás de uma cobertura grossa de vegetação plástica brilhante de lagoa, que serve de cortina falsa. Heather já está no palco, fazendo sua parte, desfilando, batendo as asas e deixando as crianças puxarem as penas do seu rabo.

O anfiteatro está lotado. As crianças estão rindo e batendo palmas, quicando nos assentos, enquanto os pais usam a distração como desculpa para fazer negócios, digitam em smartphones, reaplicam o filtro solar enquanto os filhos fogem deles e furam caixas de suco com canudinhos. Um cachorro, branco como a neve e mais ou menos do tamanho de uma ratazana grande, está latindo feito maluco e armando um bote sempre que Heather se aproxima demais. Sua dona, uma gorda usando um conjunto de moletom turquesa, mal consegue manter o animal no chão.

A fantasia de sereia está apertada, o que torna incrivelmente difícil qualquer manobra. Tive que cambalear pela trilha, dando passinhos minúsculos enquanto vários frequentadores do parque me encaravam.

Sinto como se fosse vomitar.

— Quando o ritmo mudar, é a nossa deixa — Roger diz. Seu hálito meio que cheira a cerveja. Ele se abaixa e coloca um braço atrás dos meus joelhos. — Pronta?

— O que você está fazendo? — Tento dar um passo rápido para trás, mas, contida pela fantasia, só consigo dar um pulinho. Num movimento fluido, Rogers me pega no colo, me carregando como um noivo carregaria uma noiva ao entrar em casa.

— Sereias não andam — ele praticamente rosna, depois abre um sorriso enorme, mostrando as gengivas, enquanto passamos pela vegetação falsa e saímos no palco, bem quando o ritmo muda. As crianças dão gritinhos agudos enquanto Rogers se inclina e me coloca na pedra grande e lisa (na verdade, concreto pintado) feita com esse objetivo. — Acene — ele resmunga no meu ouvido, antes de se endireitar, ainda reluzindo aquele sorriso.

Minhas bochechas já estão doendo de tanto sorrir, e tem um nó cego de medo no meu peito. Estou praticamente nua na parte de cima e usando um maldito rabo de peixe diante de cem desconhecidos.

Levanto a mão e aceno rapidamente. Quando várias crianças acenam de volta, me sinto um pouco melhor. Tento de novo, com uma jogada experimental da peruca — acho que essa é a pior parte da fantasia, um emaranhado fedorento de cabelo loiro com conchas coladas —, e uma menina na fileira da frente se aproxima da mãe e diz alto, acima da música:

— Mamãe, você viu a sereia bonita?

Dara iria adorar isso.

Rogers começa a cantar sua música, e meu nervosismo aumenta lentamente. Tudo o que tenho que fazer é ficar sentada e interpretar com exagero, movendo as pernas para a nadadeira quicar na pedra, batendo palmas e balançando no ritmo da música. Eu até canto o refrão:

— Fantasy Land é onde os sonhos se tornam realidade... Brilho de diversão, brilho do sol, e novos amigos também...

Acabamos de chegar ao último verso quando acontece. Essa parte da música é um resumo das regras da FanLand. O Pirata Pete acaba de cantarolar sobre não correr e começa a falar do lixo. Quando ele chega ao verso "Não seja maluquete, pegue seu chiclete!", Heather desfila até a frente do palco, se inclina e mostra a bunda reta e cheia de penas para a multidão.

Todo mundo enlouquece de tanto rir. O cachorro na segunda fileira está latindo tão furioso e vibrando tanto que parece que vai entrar em combustão espontânea.

De repente, se soltando dos braços da dona, o animal pula.

Heather grita quando ele morde o grande alvo redondo da sua bunda. Felizmente, a fantasia é grossa, e o cachorro só consegue ficar com a boca cheia de penas e tecido. Heather sai correndo num círculo de pânico, tentando se livrar do animal. Todas as crianças estão rindo alto, aparentemente sem perceber que isso não faz parte do show, enquanto

Rogers se levanta, boquiaberto, depois de se perder na música. A mulher gorda luta para chegar ao palco e eu me levanto para ajudar, esquecendo a fantasia de sereia e o fato de minhas pernas estarem grudadas.

Em vez disso, vou para a frente e caio de cara com força no chão, cortando as mãos no piso.

A risada agora virou um oceano de som. Só consigo ouvir gritos de "A sereia, a sereia!" — vozes individuais se elevando, depois sumindo de novo no rugido geral. Rolo de costas e, depois de duas tentativas sem sucesso, consigo me balançar e ficar de pé. A mulher gorda ainda está tentando soltar o cachorro da bunda de Heather. Rogers está fazendo o que pode para conter a multidão. Saio cambaleando do palco o mais rápido que a fantasia permite, ignorando totalmente o fato de que "sereias não andam" e que a música ainda nem terminou, me abaixando para tentar arrancar o rabo assim que me escondo atrás da vegetação de palmeiras.

Uma mão aparece para me segurar.

— Ei, ei. Calma. A FanLand limita os funcionários a um tombo de cara no chão por dia.

Parker.

— Engraçadinho. — Puxo o braço.

— Por favor, não fica brava. As crianças adoraram. — Percebo que ele está se esforçando muito para não rir. É a primeira vez que ele sorri para mim depois que não apareci na festa. — Aqui, me deixa te ajudar.

Fico parada enquanto ele pega o zíper e o desce pelas minhas pernas, puxando delicadamente para libertar o tecido dos dentes de metal. Seus dedos roçam no meu tornozelo, e uma sensação percorre meu corpo, como um tremor, mas quente.

*Para com isso.*

Ele agora é de Dara.

— Obrigada. — Cruzo os braços, hiperconsciente do fato de que ainda estou usando uma blusa transparente que faz meus peitos parecerem conchas do mar. Ele se endireita, pendurando o rabo de sereia em um dos braços.

— Não sabia que você estava pensando em seguir carreira de atriz — diz, ainda sorrindo.

— Na verdade, estou pensando em me concentrar mais na auto-humilhação profissional — digo.

— Humm. Boa ideia. Você tem um talento especial para isso. Apesar de eu ter ouvido falar que é uma especialização difícil. — Uma das suas covinhas aparece, a da esquerda, a mais funda. Quando eu era criança, tinha uns cinco ou seis anos, ele me desafiou a beijá-lo ali, e eu beijei.

— É, bom. — Dou de ombros e desvio o olhar para não encarar a covinha, que me lembra de outras coisas, épocas que eu preferiria esquecer. — Tenho um talento natural.

— Parece que sim. — Ele dá um passo para perto, me cutucando com o cotovelo. — Vem. Deixa eu te dar uma carona pra casa.

Eu quase digo não. As coisas estão diferentes agora, e não faz sentido fingir que não estão.

Foram-se os dias em que eu colocava os pés descalços no painel do carro e Parker fingia ficar zangado com as impressões dos meus dedões na parte de dentro do para-brisa, enquanto Dara se aninhava no banco traseiro, reclamando do fato de nunca se sentar na frente. Foram-se os dias de caçar coisas esquisitas em lojas de conveniência e postos de gasolina, de dividir um Big Gulp entre nós três ou simplesmente dirigir por aí sem nenhum lugar para ir, enquanto o mar trovejava em algum lugar ao longe e os grilos gritavam como se o mundo estivesse acabando.

Não tem como voltar ao passado. Todo mundo sabe disso.

Mas aí Parker joga um dos braços sobre o meu ombro. Ele está com o mesmo cheiro da combinação de sempre-vivas e algodão macio, e diz:

— Quer saber? Vou até deixar você colocar os pés pra cima. Apesar do chulé.

— Eu *não tenho* chulé — digo, me afastando. Mas não consigo evitar. Dou risada.

— Então, o que me diz? — ele pergunta, esfregando o nariz e depois ajeitando o cabelo atrás da orelha, código para quando ele quer muito alguma coisa. — Em nome dos velhos tempos?

E, naquele segundo, eu acredito de verdade que talvez a gente possa voltar ao passado.

— Tá bom — concordo. — Em nome dos velhos tempos. Mas...
— Levanto um dedo. — É melhor você não dizer *uma palavra* sobre aquele videogame idiota que você sempre joga. Já tive minha dose de sofrimento do dia, muito obrigada.

Parker finge estar ofendido.

— Ancient Civ não é um jogo — ele retruca. — É...

— Um estilo de vida — termino por ele. — Eu sei. Você já disse isso um milhão de vezes.

— Você sabe — ele comenta, conforme começamos a seguir para o estacionamento — que levei dois anos de jogo para construir minha primeira arena?

— Espero que essa não seja uma cantada que você usa nos primeiros encontros.

— No terceiro, na verdade. Não quero parecer um tarado.

É aí, andando ao lado de Parker, com aquela fantasia idiota balançando entre nós, jogando luzes nos nossos olhos, que o plano para o aniversário de Dara começa a tomar forma.

# 14 DE FEVEREIRO
# DIÁRIO DE DARA

O Parker terminou comigo hoje. De novo.

Feliz merda de Dia dos Namorados.

O estranho é que, o tempo todo em que ele estava falando, eu ficava encarando a marca de queimadura em seu ombro e pensando na época, no meu primeiro ano do ensino médio, em que deixamos um isqueiro aceso até esquentar e fizemos marcas idênticas na pele, jurando que sempre seríamos melhores amigos. Nós três. Mas a Nick não queria fazer, nem depois de implorarmos, nem depois de tomar duas doses de licor e quase vomitar.

Acho que tem um motivo para as pessoas sempre dizerem que ela é a inteligente.

Um erro, ele disse. Um erro. Tipo escrever a resposta errada numa prova de matemática. Tipo virar à esquerda em vez de à direita.

Você nem gosta de mim de verdade. Isso foi outra coisa que ele disse. E: éramos amigos antes. Por que não podemos ser amigos de novo?

Sério, Parker? Você passou no vestibular. Pense bem.

Conversamos durante quase duas horas. Ou eu devia dizer: *ele* falou. Eu não lembro nem metade do que ele disse. Aquela queimadura ficava me distraindo, a cicatriz em meia-lua, como um corrico. E eu ficava pensando no choque de dor quando o isqueiro encostou na minha pele, tão quente que quase pareceu frio no início. Estranho como a gente confunde duas sensações tão diferentes. Frio e quente.

Dor e amor.

Mas acho que essa é a ideia, né? Talvez seja por isso que eu ficava pensando naquela época com o isqueiro. Aqui está o que ninguém te diz: quando você se apaixona, em noventa por cento das vezes alguém se queima.

# 23 DE JULHO
# DARA

Quando chego em casa depois de mais um dia sem fazer absolutamente nada — matar o tempo, andar de bicicleta até o centro da cidade, folhear revistas na farmácia e roubar um brilho labial de vez em quando —, fico surpresa por ver Ariana em pé na varanda, segurando uma sacola de plástico embaixo do braço. Ela gira quando subo no gramado com a bicicleta.

— Ah — ela diz, como se não estivesse me esperando. — Oi.

Passa um pouco das oito horas, e minha mãe já deve estar em casa. Mesmo assim, a janela do quarto de Nick é a única iluminada. Talvez a mamãe esteja na cozinha, sentada descalça, os sapatos embaixo da mesa, tomando sopa direto da lata, banhada na luz azul da TV. A busca por Madeline Snow tem consumido minha mãe — tem consumido metade do estado —, apesar de a notícia ser sempre a mesma: não há notícias.

Já se passaram quatro dias.

Penso de novo no que Sarah Snow me disse ontem: *Mentir é a parte mais difícil.*

O que ela quis dizer?

Apoio a bicicleta no gramado, sem me importar em soltá-la, devagar e deixando Ariana suar enquanto vou em direção à varanda. Não lembro a última vez em que ela esteve aqui. Apesar de estar usando sua roupa de verão de sempre, sneakers pretos e shorts com franjas, tão curto que o bolso aparece, como um envelope, sob a barra, além de uma camiseta vintage desbotada para ficar cinza, ela quase parece uma desconhecida. O cabelo está penteado com gel, formando picos rígidos, como se ela tivesse enfiado a cabeça rapidamente num pote de iogurte.

— O que você está fazendo aqui? — A pergunta parece mais uma acusação, e Ariana hesita.

— É... — Ela leva um dedo ao lábio inferior, resquício de um hábito antigo: Ariana chupou o polegar até o terceiro ano do ensino fundamental. — Ver você na festa me fez lembrar. Tenho um monte de coisas pra você. — Ela coloca a sacola nas minhas mãos, parecendo envergonhada, como se houvesse pornografia ou uma cabeça cortada ali dentro. — Metade parece lixo, mas não sei. Pode ter alguma coisa aí que você queira.

Dentro da sacola tem uma mistura de coisas: pedaços de papel de carta, guardanapos e porta-copos de papel com coisas escritas, uma calcinha fio dental rosa brilhante, um tubo de brilho labial pela metade, um sapato com tiras que parece estar danificado, um frasco quase vazio de spray corporal. Levo um minuto para reconhecer tudo o que está na sacola como meu — coisas que eu devo ter deixado na casa de Ariana ao longo dos anos, que devem ter rolado para baixo do banco dianteiro do carro dela.

De repente, em pé na varanda de uma casa escura, com uma sacola de plástico frágil cheia de coisas minhas, sei que vou chorar. Ariana parece estar me esperando dizer alguma coisa, mas não consigo. Se eu falar, vou quebrar.

— É isso. — Ela se abraça e dá de ombros. — Então... a gente se vê por aí?

*Não*, quero dizer. *Não*. Mas eu a deixo atravessar metade do gramado, quase chegar ao Toyota marrom que herdou do meio-irmão, que sempre tem o cheiro dela, de cigarro de cravo e xampu de coco. Nesse momento, minha garganta parece estar sendo esmagada por um punho gigantesco, e três palavras escapam antes que eu consiga me arrepender delas:

— O que aconteceu?

Ariana para de repente, com uma das mãos na bolsa, onde ela estava procurando a chave. Ela não olha de imediato.

— O que aconteceu? — repito, desta vez um pouco mais alto. — Por que você não me ligou? Por que não veio ver se eu estava bem?

Ela se vira nesse momento. Não sei o que eu estava esperando — pena, talvez? —, mas não estou nem um pouco preparada para sua aparência: como se seu rosto fosse um molde de gesso à beira do colapso. Horrivelmente, o fato de ela estar prestes a chorar me faz sentir um pouquinho melhor.

— Eu não sabia o que dizer. Não sabia o que *podia* dizer. Eu me senti... — Ela se interrompe. E de repente está chorando, com soluços barulhentos, sem se preocupar em tentar esconder. Fico chocada a ponto de me calar. Não vejo Ariana chorar desde que ela estava no quinto ano, quando subornamos Nick para nos ajudar a furar a orelha e minha irmã estava tão nervosa que escorregou e enfiou o alfinete direto no pescoço de Ariana. — Desculpa. Foi tudo culpa minha. Fui uma péssima amiga. Talvez... talvez se eu fosse melhor...

Toda a minha raiva se transforma em pena.

— Para — digo. — Para. Você foi uma ótima amiga. Você *é* uma ótima amiga. Vamos lá — consolo, quando ela não para de chorar. — Está tudo bem. — Sem saber, atravesso o espaço que há entre nós. Quando a abraço, sinto suas costelas me espetando. Ela está tão magra que mal parece de verdade; penso em pássaros, em ossos ocos e em voar.

— Me desculpa — ela repete e se afasta, passando a mão no nariz. Seus olhos estão pesados, como se não dormisse há dias. — Eu ando meio fodida ultimamente.

— Bem-vinda ao clube — digo, e pelo menos arranco uma gargalhada dela. A risada irregular e grave que Ariana diz que herdou do avô, um caminhoneiro que atravessava o país e fumava dois maços de cigarro por dia.

Um par de faróis dobra a esquina, nos ofuscando temporariamente. Só aí percebo como está silencioso. Normalmente, mesmo enquanto a noite cai, há crianças correndo nos jardins, gritando, jogando bola, perseguindo umas às outras, entrando e saindo do bosque. Só quando Cheryl coloca a cabeça para fora da janela do lado do passageiro e grita "Iu-hu!" é que lembro que vou jantar com meu pai hoje.

Ariana segura meu pulso.

— Vamos sair, tá? Vamos sair, só eu e você. Podemos ir nadar no Drink ou alguma coisa assim.

Faço uma cara feia.

— Já esgotei minha cota de Drink por um tempo. — Ela parece tão decepcionada que acrescento rapidamente: — Mas, sim, claro. Alguma coisa assim. — Mesmo enquanto falo, sei que não vamos sair. Nós nunca fazíamos planos. Sair com Ariana simplesmente fazia parte do meu ritmo, tão fácil quanto dormir.

É como se o acidente tivesse aberto um buraco na minha vida. Agora só existe o Antes e o Depois.

Meu pai toca a buzina. Ele ainda não apagou os faróis, e sinto que estamos numa locação de cinema. Ariana dispara em direção ao carro, levando uma das mãos aos olhos, mas não acena. Meus pais adoravam Ariana, mas, desde que ela raspou metade da cabeça no primeiro ano do ensino médio e começou a enganar tatuadores para fazer piercings de graça, eles se irritaram com ela. "É uma pena", minha mãe gosta de dizer. "Ela era tão bonita."

Agora é a minha vez de pedir desculpas.

— Foi mal — digo. — Meu pai não vai abrir mão do jantar, parece.

Ariana revira os olhos. Estou feliz por ela ter parado de chorar. Ela se parece mais com seu antigo eu.

— Eu entendo, acredite em mim. — Os pais de Ariana se divorciaram quando ela tinha cinco anos, e, desde então, ela teve um padrasto e mais "tios" do que eu consigo contar. — Não esquece o que eu falei sobre sair, tá? Me liga a qualquer hora. É sério.

Ela está se esforçando tanto que me obrigo a sorrir.

— Claro.

Ela se vira e volta para o carro, fazendo uma careta quando passa na frente do brilho dos faróis do meu pai. Tenho uma vontade desesperada de correr atrás dela, de sentar no banco da frente e pedir para ela pisar fundo, sair em disparada na noite, deixando para trás o meu pai, Cheryl e a colcha de retalhos de casas adormecidas e gramados vazios.

— Ari! — eu chamo. Quando ela olha, eu levanto a sacola. — Obrigada.

— De nada. — Ela sorri de leve, apesar de ainda parecer triste. — Eu sempre gostei quando você me chamava de Ari.

E então ela vai embora.

### www.theShorelineBlotter.com_23dejulho

Por Margie Nichols

Será que a polícia finalmente conseguiu uma pista no caso Madeline Snow?

Fontes próximas à investigação revelaram a esta repórter que a polícia considera Nicholas Sanderson, 43, contador que possui uma casa na sofisticada comunidade praiana da Heron Bay, uma "pessoa a ser investigada".

O que isso significa exatamente? De acordo com Frank Hernandez, comandante responsável pelas buscas por Madeline Snow, "Estamos investigando uma possível conexão entre Sanderson e a família Snow. Só isso. Sem mais comentários".

Sem mais comentários? Sério? Depois de vasculhar um pouco, eis o que eu descobri: Nicholas Sanderson e sua esposa passam férias a uns bons setenta quilômetros da residência dos Snow. Eles frequentam igrejas diferentes, e o sr. e a sra. Snow jamais usaram os serviços de contabilidade de Sanderson. Nicholas Sanderson não tem filhos e nenhuma conexão óbvia em Springfield, onde os Snow moram.

Então, qual é a ligação? Postem suas ideias/comentários abaixo.

> Não significa nada. Sanderson poderia ter conhecido a Madeline em qualquer lugar – na praia, fazendo compras no Walmart, tanto faz. Talvez ele tenha falado com ela pela internet. A irmã da Madeline tem carro, né?
> Publicado por: bettyboop às 10h37

Por que você está supondo que há uma conexão? A polícia só está patinando sem sair do lugar, na minha opinião.
Publicado por: carolinekinney às 11h15

Esse cara é péssimo!!! Tentou me cobrar 3 mil só pra fazer meu imposto de renda. É um enganador.
Publicado por: alanovid às 14h36

A bettyboop está certa. Tudo acontece na internet hoje em dia. A Madeline tinha conta no Facebook?
Publicado por: corredor88 às 15h45

Não. Eu verifiquei.
Publicado por: carolinekinney às 15h57

Mesmo assim. Esses pervertidos sempre dão um jeito.
Publicado por: bettyboop às 16h02

**Ver mais 107 comentários**

## 23 DE JULHO

# DARA

### 20H30

Até eu fazer catorze anos, meus pais levavam Nick e eu ao Sergei a cada quinze dias. O Sergei fica entre um consultório de dentista e uma loja de sapatos infantis onde eu nunca vi ninguém comprar. Não existe um Sergei de verdade; o nome do dono é Steve, e o mais perto que ele chegou da Itália foi quando morou durante dois anos num bairro italiano no Queens, em Nova York. Eles usam alho em pote, e o queijo parmesão é daquele embalado a vácuo, do tipo que você pode guardar na despensa durante anos e até depois de catástrofes nucleares. As toalhas de mesa são de papel, e cada jogo americano vem com um lápis de cera de cor diferente.

Mas as almôndegas são grandes e macias como bolas de beisebol, e a pizza é servida em fatias grossas, cobertas de queijo derretido, e o penne está sempre borbulhando, tostado e crocante nos cantos, bem do jeito que eu gosto. Além do mais, o Sergei é *nosso*. Mesmo depois de minha mãe e meu pai começarem a inventar desculpas para evitar um ao outro, dizendo que tinham que trabalhar até tarde ou arrumando resfriados ou outras obrigações, Nick e eu costumávamos ir juntas. Por 12,95, comprávamos duas Cocas e uma pizza grande e também podíamos nos servir no bufê.

Il Sodi, o restaurante que Cheryl escolheu, tem toalhas de mesa de linho branco limpas e um arranjo de flores frescas no centro de cada mesa. O piso é de madeira polida, tão liso que até me levantar para ir ao banheiro me deixa nervosa. Os garçons deslizam por entre as mesas moendo pimenta fresca e ralando flocos de queijo em porções de massa tão pequenas que parecem acidentais. Todos os fregueses têm a aparência tensa, magoada e rebuscada dos ricos, como se fossem pedaços gigantescos de caramelo, prontos para serem moldados. Cheryl mora em Egremont, bem perto de Main Heights, na casa que herdou depois que o último marido morreu em decorrência de um ataque cardíaco fulminante, um dia antes do aniversário de cinquenta anos.

Já ouvi essa história, mas por algum motivo ela sente necessidade de me contar de novo, como se esperasse minha simpatia — o telefonema do hospital, sua corrida frenética até a cama dele, o remorso por todas as coisas que ela queria ter tido a chance de dizer —, enquanto meu pai fica sentado remexendo um copo suado de uísque com gelo. Não sei quando ele começou a beber. Ele nunca bebia mais que uma ou duas cervejas em churrascos; sempre dizia que o álcool era o modo como as pessoas chatas se divertiam.

— E é claro que foi terrível para a Avery e o Josh. — Josh é o filho de dezoito anos de Cheryl. Ele estuda na Duke, um fato que ela encontrou maneiras incríveis de inserir em quase todas as conversas. Eu o conheci uma vez, em um jantar de apresentação para a nova "família" em março, e juro que ele passou o jantar todo encarando meus peitos. Avery tem quinze anos, é quase tão divertida quanto um Band-Aid e quase tão grudenta quanto. — Para ser sincera, apesar de termos perdido o Robert cinco anos atrás, acho que *nunca* vamos deixar de sofrer. Você precisa se dar um tempo. — Dou uma olhada para meu pai (será que ela acha que essa é uma boa conversa para o jantar?), mas ele está evitando deliberadamente os meus olhos e, em vez disso, digita no celular embaixo da mesa. Apesar de este jantar ter sido ideia dele (ele queria ter um "tempo de qualidade" comigo, queria "ver como eu estava", e acho que foi por isso que não convidou Nick), meu pai mal me disse uma palavra desde que me sentei.

Cheryl continua tagarelando:

— Eu queria que você *conversasse* com a Avery. Talvez a gente possa marcar um dia só das meninas. Eu te levo para o spa. Que tal?

Eu preferiria passar o dia enfiando agulhas embaixo das unhas, mas é claro que, nesse exato momento, os olhos do meu pai verificam os meus, como um alerta e um comando. Sorrio e faço um barulho sem me comprometer.

— Eu ia *adorar*. E a Avery também ia *adorar*. — Três coisas sobre Cheryl: ela adora qualquer coisa que tenha a ver com "dia das meninas", "tempo no spa" e "sauvignon blanc". Ela se recosta na cadeira enquanto três garçons se materializam e colocam na nossa frente pratos idênticos com o que parece ser broto de feijão. — Microfolhas — Cheryl esclarece quando vê meu rosto. Ela fez questão de fazer o pedido. — Com coentro e cebolinha fresca. Vai em frente, cai de boca.

"Cair de boca" não foi a expressão certa. Acabei com o prato de comida de coelho em mais ou menos duas garfadas e não consigo evitar pensar no bufê liberado no Sergei: os cubos reluzentes de cheddar, as bandejas orgulhosas com montanhas de gelo e tubos individuais de croutons e picles de feijão verde. Até as beterrabas, que Nick e eu concordamos que têm gosto de túmulo aberto.

Eu me pergunto onde Nick está comendo esta noite.

— Então, como anda o seu verão? — Cheryl pergunta, depois que os pratos são esvaziados. — Ouvi dizer que você está trabalhando na FanLand.

Dou mais uma olhada para meu pai — Cheryl nem consegue distinguir entre mim e Nick. Pelo amor de Deus, somos só duas. Eu não fico perguntando se Avery gosta da Duke. Porém, mais uma vez, ele voltou para o celular.

— Tudo ótimo — digo. Não faz sentido dizer a verdade para Cheryl: que Nick e eu temos nos evitado completamente, que eu ando entediada até a alma, que minha mãe flutua pela casa como um balão, com os olhos grudados na TV.

— Escutem isso. — Meu pai resolve falar de repente. — "A polícia considera Nicholas Sanderson, 43, contador que possui uma casa na sofisticada comunidade praiana de Heron Bay..."

— Ah, Kevin. — Cheryl suspira. — Aqui não. Hoje não. Guarde o celular, pelo menos uma vez.

— "... uma 'pessoa a ser investigada'." — Meu pai levanta o olhar, piscando, como alguém que está acordando. — O que será que *isso* significa?

— Tenho certeza que o *Blotter* vai nos dizer — Cheryl comenta, esfregando o canto do olho com a unha francesinha perfeitamente pintada. — Ele está obcecado — ela diz para mim.

— É. Minha mãe também. — Não sei por quê, mas sinto prazer em falar da minha mãe na frente de Cheryl. — Tipo, é a única coisa que ela fala.

Cheryl simplesmente balança a cabeça.

Eu olho para meu pai, tendo uma ideia. Ainda estou pensando no que Sarah Snow disse: "Você me parece familiar".

— Os Snow já moraram em Somerville?

Ele franze a testa e volta para o celular.

— Não que eu saiba.

É um beco sem saída. Cheryl, que não consegue ficar de boca fechada por mais de meio segundo, entra no assunto:

— É terrível, simplesmente terrível. Minha amiga Louise não deixa mais os gêmeos saírem sozinhos. Só para o caso de haver um — ela baixa o tom de voz — *pervertido* à solta.

— Eu fico tão triste pelos pais dela — meu pai comenta. — Continuar a ter esperança... Não *saber*...

— Você acha que é melhor saber? — pergunto. Mais uma vez, meu pai me olha. Seus olhos estão vermelhos, injetados de sangue, e eu me pergunto se ele já está bêbado. Ele não responde.

— Vamos mudar de assunto, que tal? — Cheryl diz quando, mais uma vez, os garçons aparecem, desta vez carregando porções de espaguete do tamanho de um dedal em pratos brancos enormes. Cheryl bate palmas, e um rubi gigantesco brilha num de seus dedos. — Hummm. Parece delicioso, não? Espaguete com pedúnculo de alho e nirá. Eu simplesmente *adoro* nirá. Você não?

* * *

Depois do jantar, meu pai deixa Cheryl em casa primeiro, um sinal claro de que quer conversar comigo — o que é engraçado, tanto porque ele ficou quase em silêncio total durante o jantar como porque eu tenho noventa por cento de certeza de que ele vai dirigir de volta até Egremont depois de me deixar em casa. Eu me pergunto como deve ser dormir na cama do ex-marido morto de Cheryl, e tenho uma vontade sádica de perguntar. Ele aperta o volante até o nó dos dedos ficarem brancos enquanto dirige, se inclinando um pouco para frente, e eu me pergunto se é porque ele está tonto ou para não ter que olhar para mim.

Mesmo assim, ele não fala até parar na frente da minha casa. Como sempre, apenas algumas luzes estão acesas: a de Nick e a do banheiro do andar de cima. Ele coloca o carro em ponto morto e pigarreia.

— Como vai a sua mãe? — pergunta de repente, algo que eu não esperava de jeito nenhum que ele fizesse.

— Bem — digo, e é metade mentira. Pelo menos agora ela está indo trabalhar na hora certa. Na maioria dos dias.

— Que bom. Eu me preocupo com ela. Também me preocupo com você. — Ele ainda está agarrando o volante, como se, ao largar, pudesse sair voando para o espaço sideral. Pigarreia de novo. — A gente devia conversar sobre o dia 29.

É tão típico ele se referir ao meu aniversário pela data, como se fosse uma consulta ao dentista que ele não pode perder. Meu pai trabalha com seguros e riscos. Às vezes ele olha para mim como se eu fosse um retorno ruim para um investimento que ele fez.

— O que tem? — pergunto. Se ele vai fingir que não é nada de mais, eu também vou.

Ele me lança um olhar engraçado.

— Sua mãe e eu... — Sua voz fica presa. — Bom, estávamos pensando que devíamos reunir todo mundo. Talvez jantar no Sergei.

Não consigo lembrar a última vez que minha mãe e meu pai estiveram no mesmo ambiente. Foi alguns dias depois do acidente — e, mesmo naquela ocasião, eles ficaram em lados opostos do minúsculo quarto de hospital.

— Nós *quatro*?

— Bom, a Cheryl tem que trabalhar — ele diz, como se pedisse desculpas, como se eu fosse convidá-la. Ele finalmente solta o aperto mortal no volante e se vira para mim. — O que você acha? Você acha que é uma boa ideia? A gente queria comemorar *de algum jeito*.

Fico tentada a responder "De jeito nenhum", mas meu pai não está esperando uma resposta de verdade. Ele desliza os dedos por trás dos óculos e esfrega os olhos.

— Meu Deus. Dezessete anos. Eu lembro quando... eu lembro quando vocês duas eram bebês, tão pequenas que eu tinha pavor de segurá-las... Eu sempre achava que ia esmagar ou quebrar vocês de alguma forma... — A voz dele está pesada. Ele deve estar mais bêbado do que eu pensava.

— Parece ótimo, pai — concordo rapidamente. — Acho que o Sergei seria perfeito.

Felizmente, ele recupera o controle.

— Você acha?

— De verdade. Vai ser... especial. — Eu me aproximo para dar um beijo em seu rosto, me afastando antes que ele me puxe para um abraço de urso. — Dirija com cuidado até em casa, tá? Tem policiais para todo lado. — É estranho ter que ser mãe dos seus pais. Acrescente isso à lista de duas mil outras coisas que foram para o inferno desde o divórcio ou, talvez, desde o acidente, ou as duas coisas.

— Certo. — Meu pai agarra o volante de novo, inclinando a cabeça, obviamente envergonhado pelo desabafo. — Procurando a Madeline Snow.

— Procurando a Madeline Snow — ecoo enquanto saio do carro. Eu o observo dar ré na entrada de carros e levanto uma das mãos quando ele passa de novo por mim, acenando para sua silhueta fraca na janela. Observo até as luzes traseiras se transformarem em pontos vermelhos minúsculos e reluzentes, como pontas de cigarro acesas. Mais uma vez, a rua está parada, silenciosa, exceto pelo constante zumbido rouco dos grilos.

Penso em Madeline Snow, perdida em algum lugar da escuridão, enquanto metade do município procura por ela.

E isso me dá uma ideia.

## 28 DE JULHO
# NICK

No fim, minha aparição fracassada como sereia não foi tão fracassada assim — aparentemente, as crianças acharam tão escandalosamente engraçado que o sr. Wilcox decidiu tornar a comédia pastelão, e especificamente meu tombo de cara no chão, parte permanente do espetáculo. Como não podemos contar com um cachorro de verdade para mastigar as penas do rabo de Heather em segurança, Wilcox investiu num enorme fantoche de cachorro com as orelhas caídas, e Heather faz os dois papéis ao mesmo tempo — desfilando na fantasia enquanto usa o fantoche na mão direita e fingindo uma disputa de vontades até o momento culminante, quando o cachorro consegue pegar sua bunda.

Infelizmente, estou presa no papel de sereia até um futuro próximo. Ninguém mais cabe na cauda, e Crystal nunca mais voltou ao trabalho. Os boatos dizem que aconteceu algo muito ruim com ela — Maude até comentou que a polícia está envolvida.

— Os pais dela a pegaram posando para um site pornográfico — Maude diz, balançando uma batata frita para enfatizar. — Ela estava ganhando dinheiro pra postar fotos sem roupa.

— De jeito nenhum. — Douglas, que é magro e bicudo como uma ave de rapina, balança a cabeça. — Ela nem tem *peitos*.

— E daí? Alguns caras gostam disso.

— Ouvi dizer que ela estava namorando um cara mais velho — diz uma garota chamada Ida. — Os pais dela surtaram quando descobriram. Agora ela está de castigo.

— Ela sempre se gabava de ter dinheiro — Alice continua, pensativa. — E sempre tinha umas coisas bacanas. Lembra daquele relógio? O que tinha um monte de diamantes pequenos?

— Era um site — Maude insiste. — O irmão da namorada do meu primo é policial. Tem, tipo, *centenas* de garotas lá. Garotas do *ensino médio*.

— O Donovan não foi preso pela mesma coisa? — Douglas pergunta.

— Por *posar nu?* — Ida solta um gritinho.

— Por *acessar o site*. — Douglas revira os olhos. — O sonho de um pervertido.

— Exatamente. — Maude por fim coloca a batata frita na boca. Depois, passa o dedo numa massa grossa de ketchup que está no prato. É assim que ela come batata frita, em etapas: batata, depois ketchup.

— Não acredito — Alice comenta.

Maude olha para ela com pena.

— Você não precisa acreditar — ela diz. — A verdade vai aparecer em breve. Você vai ver.

A pior parte de ser a sereia é a fantasia em si, que exige uma limpeza especial e por isso não pode ser lavada mais de uma vez por semana. Depois de três dias, a cauda começa a feder. Então, sempre que estou fantasiada, dou um jeito de ficar o mais longe possível de Parker.

Após algumas exibições, descubro que não me incomodo tanto por estar no palco. Rogers até me ensina a cair com segurança — ele me contou, sem nenhum indício de ironia ou vergonha, que foi um ator *de teatro* na faculdade —, e, depois de um espetáculo, um grupinho de crianças até me cerca atrás das palmeiras plantadas em vasos e pede meu autógrafo. Eu escrevo: "Seja legal! Com amor, Melinda, a sereia". Não tenho ideia de onde vem o nome Melinda, mas parece adequado. E me vestir de Melinda me mantém afastada da tarefa de limpar a Piscina do Xixi ou de esfregar vômito no Dervixe Giratório.

Aos poucos, estou me acostumando à FanLand. Não fico mais perdida no parque. Conheço os atalhos — cortar por trás do Navio Assombrado me leva direto à piscina de ondas. Andar pela escuridão do Túnel elimina cinco minutos de caminhada entre a Lagoa e as terras secas. Também conheço os segredos: Rogers bebe em serviço; Shirley nunca tranca seu pavilhão direito porque não se entende com a trava defeituosa na porta dos fundos, e alguns dos funcionários mais antigos de vez em quando pegam uma cerveja no cooler; Harlan e Eva andaram se pegando durante três verões seguidos e usam a casa de bombas como esconderijo sexual particular.

Todo dia fazemos mais e mais enfeites para a festa de aniversário: sopramos montanhas de balões e os amarramos juntos em todas as superfícies disponíveis; limpamos e passamos verniz nas barracas de jogos; penduramos cartazes com propagandas de promoções e eventos especiais; realizamos manobras vigilantes, em estilo militar, para impedir bandos de guaxinins ladrões (a maior fonte de ansiedade do sr. Wilcox) de dizimarem as salsichas empanadas e as casquinhas de sorvete que armazenamos em todos os pavilhões.

O sr. Wilcox fica cada vez mais empolgado, como se estivesse tomando doses cada vez maiores de pílulas de cafeína. Finalmente, na véspera da festa, ele está praticamente vibrando de entusiasmo. Nem fala mais frases inteiras, simplesmente anda para todo lado repetindo fragmentos aleatórios, como: "Vinte mil pessoas! Setenta e cinco anos! O mais antigo parque independente do estado! Algodão-doce grátis para os menores de sete anos!"

Seu entusiasmo é contagiante. O parque todo está agitado com isso; um som percebido mas não exatamente escutado, uma sensação de expectativa como o instante pouco antes de todos os grilos começarem a cantar à noite. Até a careta permanente de Maude se transformou em algo parecido com uma expressão normal.

Quatro de nós somos designados para o turno da noite na véspera da festa: Gary, um homem de cara azeda que gerencia uma das barracas e trabalhou na FanLand durante três administrações — um fato que ele repete bem alto sempre que o sr. Wilcox está por perto; Caroline, uma universitária que passou quatro verões trabalhando no parque e está se acabando por causa de uma tese sobre o papel do espetáculo na diversão americana em parques; eu e Parker.

As coisas voltaram a ficar tranquilas entre nós; almoçamos juntos quase todos os dias e fazemos intervalos no mesmo horário. Em apenas seis semanas, Parker se tornou uma fonte infinita de conhecimento sobre a FanLand, a maior parte relacionada ao projeto e à engenharia do parque.

— Você estuda essas coisas à noite, quando vai pra casa? — pergunto um dia, depois que ele tagarelou sobre a diferença entre a energia potencial e a cinética e sua aplicação a montanhas-russas.

— Claro que não. Não seja ridícula — ele diz. — Estou ocupado demais jogando Ancient Civ. Além do mais, todo mundo sabe que a melhor hora pra estudar é de manhã cedo.

Quando está superquente, tiramos os sapatos e mergulhamos os pés na piscina de ondas, ou nos alternamos com uma mangueira, passando o fluxo de água pelo cabelo e saindo encharcados e felizes dos fundos da casa de bombas. Ele me apresenta ao "almoço clássico do Parker": pizza coberta com o spray de queijo que usamos nos nachos.

— Você é nojento — digo, observando-o dobrar uma fatia e enfiá-la na boca com desenvoltura.

— Sou um explorador culinário — ele diz, sorrindo para eu poder ver a comida mastigada em sua boca. — Somos muito mal compreendidos.

O turno da noite é o mais difícil e mais trabalhoso. Assim que o portão do parque se fecha depois que a última família sai, os outros funcionários correm para tirar suas camisetas e escapar por uma saída lateral — um longo fluxo, milagrosamente despojado de suas peles vermelhas idênticas, como uma cobra trocando a pele — antes que possam ser agarrados para ajudar o parque a fechar.

    Isso inclui esvaziar todas as cento e quatro latas de lixo e colocar sacos limpos; verificar duas vezes todos os reservados dos banheiros para garantir que nenhuma criança apavorada foi deixada para trás por pais esgotados; varrer a sujeira dos pavilhões; verificar se todas as entradas e saídas estão trancadas e seguras; tirar sujeiras flutuantes de todas as piscinas e ajustar os níveis de cloro, para combater o fluxo diário de crianças cobertas de filtro solar e seu xixi inevitável; trancar os carrinhos de comida para evitar a invasão de guaxinins e garantir que não haja nenhum lixo para atraí-los.

    Gary nos fornece as instruções com a intensidade de um general dando ordens de marcha a um exército invasor. Fico com a tarefa do lixo na Zona B, o que significa ir do Pavilhão do Destruidor de Navios até o Portal.

    — Boa sorte — Parker sussurra, se aproximando tanto que sinto sua respiração no meu pescoço, enquanto Gary distribui luvas de plástico e sacos de lixo industriais do tamanho e peso de lonas de plástico. — Lembre-se de respirar pela boca.

    Ele não está brincando: as latas de lixo do parque contêm uma mistura nojenta de comida meio estragada, fraldas de bebê e coisas piores. É um trabalho pesado, e, depois de uma hora, meus braços doem por causa do esforço de arrastar os sacos cheios até o estacionamento, onde Gary os coloca nas caçambas. O parque parece esquisito, falsamente iluminado pelo brilho elétrico dos refletores. As trilhas estão listradas com línguas profundas de sombras, e os brinquedos reluzem sob a luz da lua, parecendo quase insubstanciais, como estruturas fantasiosas que podem desaparecer a qualquer momento. De vez em quando uma voz chega até mim de longe — Caroline ou Parker gritando um com o outro —, mas, além do sussurro ocasional do vento nas árvores, tudo está silencioso.

    Estou passando embaixo do Portal quando escuto: um zumbido baixo, um sussurro monótono.

Congelo. O Portal se ergue sobre mim, aço e sombra, uma torre feita de teia de aranha prateada. Eu me lembro do que Alice me falou: *Dizem que ela ainda grita à noite.*

Nada. Nada além dos grilos escondidos na vegetação rasteira, o sibilo fraco do vento. São quase onze horas, e eu estou cansada. Só isso.

Mas, assim que começo a me movimentar de novo, o som retorna, como um grito muito fraco ou uma música sussurrada. Eu me viro. Atrás de mim há uma parede sólida de vegetação, um padrão geométrico intrincado de árvores que separa o Portal do Pavilhão do Destruidor de Navios. Meu estômago tem um nó rígido, e minhas palmas estão suando. Mesmo antes de escutar de novo, todos os pelos dos meus braços se eriçam, como se alguma coisa invisível tivesse roçado em mim. Desta vez o barulho está diferente, angustiado, como um soluço distante ouvido atrás de três portas trancadas.

— O-Oi? — gaguejo. O som para instantaneamente. É a minha imaginação ou tem algo se movendo nas sombras, uma leve impressão fantasmagórica na escuridão mais profunda? — Oi? — chamo de novo, um pouco mais alto.

— Nick? — Parker se materializa na escuridão de repente e ganha uma iluminação forte quando para sob o brilho circular de um poste. — Falta pouco para você acabar? Tenho um templo virtual no estilo romano construído pela metade me esperando em casa...

Fico tão aliviada que quase me jogo em seus braços, só para sentir que ele é sólido e real e está vivo.

— Você ouviu? — solto.

Parker, percebo, já tirou a camiseta de trabalho. Sua mochila velha, de veludo cotelê tão desbotado que é impossível dizer a cor, está pendurada num dos ombros.

— Ouviu o quê?

— Achei que você tivesse ouvido... — Eu me interrompo abruptamente. De repente, percebo que estou parecendo boba. Achei que tivesse ouvido um fantasma. Achei que tivesse ouvido uma garotinha gritando pelo pai enquanto caía no espaço vazio. — Nada. — Tiro as luvas, que fizeram meus dedos ficarem com um cheiro azedo, e afasto o cabelo do rosto com a parte interna do punho. — Esquece.

— Você está bem? — Parker faz aquilo que sempre faz quando não acredita em mim: abaixa o queixo, me encara com as sobrancelhas erguidas pela metade. De repente, vejo um flash de Parker com cinco anos, me olhando exatamente desse jeito quando eu disse que conseguia pular facilmente sobre o riacho da Pedra Velha. Quebrei o tornozelo; avaliei mal a altura da margem, caí direto na água, escorreguei, e Parker teve que me carregar nas costas até em casa.

— Tudo bem — digo rapidamente. — Só estou cansada.

E é verdade: de repente, estou. Uma dor de exaustão tão profunda que sinto nos dentes.

— Precisa de ajuda? — Parker aponta para os dois sacos que empilhei ao meu lado: a última carga que tenho que levar para fora para ser recolhida. Ele não me espera responder antes de se abaixar e colocar o saco mais pesado sobre o outro ombro. — Falei pro Gary que a gente trancaria tudo — ele diz. — Na verdade, tem uma coisa que eu quero te mostrar bem rapidinho.

— É uma caçamba de lixo? — Coloco o outro saco sobre o ombro, como Parker está fazendo, e o sigo até o estacionamento. — Porque eu acho que já vi lixo suficiente para a vida toda.

— Não diga isso. Como é que alguém pode ficar cansado do lixo? É tão *autêntico*.

Caroline está saindo quando chegamos ao estacionamento. Seu pequeno Acura e o Volvo de Parker são os últimos carros que restam. Ela abre a janela para acenar quando passa, e Parker coloca os sacos de lixo na caçamba, arremessando-os como um marinheiro dos velhos tempos jogando sacos de peixe no deque de um navio. Em seguida, ele pega minha mão — casualmente, inconscientemente, como fazia quando éramos crianças sempre que era a vez dele de escolher o jogo que íamos jogar. "Vamos, Nick. Por aqui." E Dara ia atrás de nós, choramingando que estávamos indo depressa demais, reclamando da lama e dos mosquitos.

Faz anos que eu não pego na mão de Parker. De repente, fico paranoica, com medo de minha palma ainda estar suada.

— É sério? — pergunto, enquanto Parker me arrasta de volta para os portões do parque. Não existe um centímetro da FanLand que eu não tenha visto. Neste momento, não existe um centímetro da FanLand que eu não tenha esfregado, limpado ou examinado em busca de lixo. — Tenho que estar de volta aqui às nove da manhã.

— Confie em mim — ele diz. E a verdade é que eu não quero resistir demais. Sua mão tem um toque agradável: familiar e, ao mesmo tempo, totalmente novo, como ouvir uma música da qual você lembra muito pouco.

Andamos pelo labirinto de trilhas em direção à Lagoa, deixando o Portal para trás em segurança, espirais escuras se erguendo como uma cidade distante sobre becos largos de barracas de madeira, quiosques e bolsões escuros de árvores. Agora, com Parker ao meu lado, não consigo acreditar que eu estava com medo antes. Não existem fantasmas, nem aqui nem em lugar nenhum; não tem ninguém no parque além de nós.

Ele me leva até a borda da piscina de ondas, uma praia artificial feita de pedras de concreto. A água, lisa, escura e parada, parece uma sombra comprida.

— Tá bom — digo. — E agora?

— Espere aqui. — Parker solta minha mão, mas a impressão do seu toque, o calor, a sensação de tremor agradável, leva um segundo a mais para se dissipar.

— Parker...

— Eu falei pra confiar em mim. — Ele já está recuando, se afastando. — Alguma vez eu menti pra você? Não responda — ele acrescenta rapidamente, antes que eu consiga falar.

E aí ele desaparece, mergulhando na escuridão. Eu me aproximo da água, chapinhando meu tênis no raso, meio chateada com Parker por ele me deixar aqui depois do turno e meio aliviada porque as coisas estão tão normais de novo que ele consegue *até* me chatear.

De repente, os motores começam a rugir, interrompendo a quietude. Dou um pulo para trás, com um gritinho, quando a água é iluminada abruptamente por baixo em tons alucinados de arco-íris: camadas de Technicolor que se alternam entre laranjas, amarelos, roxos e azuis em néon. Uma onda cresce na parte mais distante da piscina e vem devagar na minha direção, fazendo todas as cores se misturarem, quebrarem e se formarem de novo. Recuo quando a onda se quebra aos meus pés, se espalhando em tons de rosa.

— Viu? Eu falei que valia a pena. — Parker reaparece, dando uma corridinha, a silhueta desenhada pela demonstração alucinada de luzes atrás.

— Você ganhou — digo. Nunca vi a piscina de ondas iluminada assim; eu nem sabia que isso *podia* ser feito. Faixas de luz, cintilantes e translúcidas, se estendem em direção ao céu, e eu tenho uma súbita e ascendente sensação de felicidade. Como se eu também não fosse nada além de luz.

Parker e eu tiramos os sapatos, erguemos a calça jeans e nos sentamos com as pernas meio submersas na água, observando enquanto as ondas crescem, formam uma crista, quebram e recuam, cada movimento provocando alterações correspondentes nos padrões de cor. *Dara iria adorar isso,* penso. E sinto um aperto rápido de culpa.

Parker se deita de costas, apoiado nos cotovelos, de modo que seu rosto fica parcialmente obscurecido pela sombra.

— Lembra do último Baile do Dia dos Fundadores? Quando a gente invadiu a piscina e você me desafiou a escalar as vigas?

— E você tentou me puxar com vestido e tudo — digo. Uma explosão de dor surge atrás dos meus olhos. O carro de Parker. O para-brisa embaçado. O rosto de Dara. Fecho os olhos com força, como se pudesse fazer as imagens se dispersarem.

— Ei. — Ele se senta reto de novo, roçando levemente no meu joelho com uma das mãos. — Você está bem?

— Estou. — Abro os olhos novamente. Outra onda se quebra nos meus pés, desta vez verde. Puxo os joelhos até o peito, abraçando-os. — Amanhã é aniversário da Dara.

O rosto de Parker muda. Toda a luz se esvai da sua expressão de uma vez só.

— Merda. — Ele desvia o olhar, esfregando os olhos. — Esqueci completamente. Não acredito.

— É. — Arranho com a unha uma pedra artificial. Tem tanta coisa que eu quero dizer, tanta coisa que eu quero perguntar a ele e nunca perguntei. Parece que tenho um balão no peito, e ele pode explodir a qualquer momento. — Sinto como se estivesse... perdendo a Dara.

Ele olha para mim, o rosto retorcido com um tipo bruto de tristeza.

— É — ele diz. — É, eu entendo.

É aí que o balão estoura.

— Você ainda a ama? — solto de repente. Sinto um tipo esquisito de alívio por finalmente perguntar.

Parker parece inicialmente surpreso — depois, quase de imediato, se fecha e fica sem expressão.

— Por que você está me perguntando isso? — ele quer saber.

— Esquece — digo. E me levanto. As cores perderam a mágica. São apenas luzes, luzes idiotas com um gel idiota sobre elas, um espetáculo feito para pessoas idiotas demais para perceber a diferença. Como a fantasia de sereia, feita de lantejoulas baratas e cola. — Estou cansada. Só quero ir pra casa.

Parker também se levanta e coloca uma das mãos no meu braço quando me viro na direção do estacionamento.

— Espera.

Sacudo o braço para afastá-lo.

— Vamos, Parker. Esquece que eu perguntei.

— *Espera*. — Desta vez, sua voz me faz parar. Ele expira devagar.

— Olha. Eu amei a Dara, tá? Ainda amo. Mas...

— Mas o quê? — Envolvo os braços na cintura, esmagando a súbita sensação de que posso vomitar. Por que eu me importo? Parker pode amar quem ele quiser. Pode até amar minha irmã. Por que não a amaria? Todo mundo ama.

— Eu nunca fui *apaixonado* por ela — ele diz, um pouco mais baixo. — Eu... acho que nunca me apaixonei.

Há uma longa pausa. Ele me encara, como se estivesse me esperando dizer alguma coisa — perdoá-lo ou cumprimentá-lo, talvez as duas coisas. Alguma coisa se passa entre nós: uma mensagem sem palavras que não consigo nem começar a decifrar. De repente, percebo que estamos muito próximos — tão próximos que, mesmo no escuro, vejo sua barba rala no queixo e a marca de nascença no canto externo do olho esquerdo, como uma marca perfeita de caneta.

— Tá bom — respondo, finalmente.

Parker parece quase decepcionado.

— Tá bom — ele ecoa.

Espero perto da água enquanto Parker desliga a piscina de ondas. Refazemos em silêncio os passos até o estacionamento. Tento ouvir a voz, o chamado monótono de um fantasma no escuro, talvez chamando seu pai, talvez apenas gritando para ser ouvida. Mas não escuto nada além dos nossos passos, o vento e os grilos escondidos nas sombras, cantando sem nenhum maldito motivo.

### 28 DE JULHO
# MENSAGEM DE PARKER PARA DARA

> Oi.
> Não sei por que estou te mandando mensagem.
> Na verdade, sei, sim.
> Sinto muito a sua falta, Dara.

# 28 DE JULHO
# DARA

Antes de nascermos, o quarto principal ficava no andar de baixo e tinha um banheiro com uma banheira de hidromassagem enorme e enfeites dourados cafonas. O quarto foi convertido primeiro em gabinete, depois numa combinação de escritório e armário gigantesco para todas as porcarias aleatórias que acumulávamos e então abandonávamos: fragmentadoras de papel e aparelhos de fax extintos; iPads quebrados e fios de telefone antigos; uma casa de bonecas pela qual Nick ficou obcecada durante meio segundo antes de decidir que bonecas eram "imaturas".

Mas a banheira ainda está lá. Os jatos pararam de funcionar quando eu tinha uns cinco anos, e meus pais nunca se preocuparam em substituí-los, mas, com a água escorrendo pelas quatro torneiras, o barulho é forte e tem quase o mesmo efeito. A saboneteira tem a forma de uma concha recortada. Há cavidades onde podemos apoiar os pés. E, há uns dez anos, minha mãe mantém o mesmo frasco de sais de banho de verbena e limão perto da banheira, com o rótulo tão enrugado pelo vapor e pela fumaça que se tornou ilegível.

Quando éramos pequenas, Nick e eu costumávamos vestir o maiô e tomar banho juntas, fingindo que éramos sereias e que aquela era nossa lagoa particular. De alguma forma, o fato de usarmos maiôs — e às vezes óculos de natação também, para podermos piscar embaixo d'água uma para a outra, nos comunicando por gestos e rindo até formar bolhas enormes — deixava tudo mais divertido. Éramos tão pequenas que cabíamos deitadas, lado a lado, com os pés dela na minha cabeça e vice-versa, como duas sardinhas enlatadas.

Esta noite, depois de completar o ritual — todas as quatro torneiras abertas, uma colher e meia de verbena com limão, esperar até a água estar tão quente para deixar minha pele cor-de-rosa, depois entrar e fechar as torneiras uma por uma —, respiro fundo e submerjo. Minha dor evapora quase instantaneamente. Meu corpo quebrado e remontado fica leve, meu cabelo flutua atrás de mim, roçando nos ombros e braços como ramos de uma trepadeira. Tento ouvir ecos, mas só escuto o ritmo do meu coração, que parece, ao mesmo tempo, forte e estranhamente distante. Em seguida, um ritmo secundário se junta ao primeiro.

*Bum. Bum. Bum.*

O som me alcança mesmo embaixo d'água. Alguém está batendo — não, *socando* — na porta da frente. Eu me sento, ofegando um pouco.

Há uma interrupção temporária na batida, e por um instante penso, com otimismo, que foi engano. Algum bêbado achou que nossa casa fosse a casa de um amigo. Ou talvez fosse um trote bobo.

Mas aí acontece de novo, um pouco mais baixo, mas ainda insistente. Não pode ser Nick; tenho quase certeza de que ela está em casa e dormindo, sem dúvida se preparando para nosso jantar de família amanhã. Além do mais, Nick sabe que temos uma chave reserva embaixo de uma pedra falsa perto do vaso de plantas, como qualquer outra família dos Estados Unidos.

Irritada, eu me arrasto para fora da banheira, me mexendo com cuidado sobre pernas que ficam rígidas rapidamente. Tremendo, eu me seco e visto uma calça fina de pijama de algodão e uma camiseta velha dos Cougars que pertenceu ao meu pai no ensino médio. Meu cabelo escorre molhado pelas costas — não tenho tempo de secá-lo adequadamente. Pego meu celular sobre o vaso sanitário. 00h35.

No corredor, as janelas dividem a luz da lua em padrões geométricos. Alguém está se mexendo pouco atrás do vidro, iluminado por trás pela luz da varanda. Durante um segundo eu recuo, com medo — pensando, irracionalmente, em Madeline Snow, em boatos histéricos sobre maníacos, predadores e garotas pegas de surpresa.

Nesse momento, alguém coloca a mão na janela para espiar o lado de dentro, e meu coração se contrai. Parker.

Mesmo antes de eu abrir a porta, fica óbvio que ele está bêbado.

— Você — diz. Ele se apoia na parede, com dificuldade para se manter em pé. Estende uma das mãos, parecendo que vai tocar no meu rosto. Eu me afasto. Mesmo assim, sua mão fica parada, flutuando como uma borboleta. — Estou tão feliz por ser você.

Ignoro as palavras — ignoro como elas me fazem bem, como eu queria muito ouvi-las.

— O que você está fazendo aqui?

— Vim te ver. — Ele se empertiga, passa a mão no cabelo, oscilando um pouco. — Merda. Desculpa. Estou bêbado.

— Isso é óbvio. — Saio para a varanda, fechando a porta atrás de mim, e cruzo os braços, desejando agora não estar vestindo a camiseta velha do meu pai, que meu cabelo não estivesse molhado, que eu estivesse de *sutiã*, pelo amor de Deus.

— Desculpa. É que... a coisa toda do aniversário me fodeu de verdade. — Parker me olha daquele jeito que só ele sabe: queixo baixo, me observando com os olhos imensos e os cílios grossos como um pincel, que, em qualquer outra pessoa, iam parecer femininos. Seu lábio superior perfeito, com a forma exata de um coração. — Lembra do ano passado, quando todos nós fomos a East Norwalk juntos? E a Ariana conseguiu cerveja com aquele cara magrelo que trabalhava na loja de conveniência. Qual era o nome dele?

Uma lembrança vem à tona: estar com Parker no estacionamento, me dobrando de tanto rir porque Mattie Carson estava fazendo xixi numa caçamba de lixo perto do salão de beleza, apesar de ter um banheiro lá dentro. Eu nem lembro por que Mattie estava lá. Talvez porque ele tinha se oferecido para levar as arminhas de água que tinha pegado emprestadas com os irmãos mais novos.

Parker não espera minha resposta.

— A gente tentou invadir aquele farol assustador na praia dos Órfãos. E fizemos uma guerra de água. Eu te derrotei. Te derrotei totalmente. Vimos o sol nascer. Eu nunca tinha visto um nascer do sol como aquele. Lembra? Estava praticamente...

— Vermelho. É. Eu me lembro. — Estava congelante naquele dia, e meus olhos estavam cheios de areia. Mesmo assim, eu estava mais feliz do que me sentia havia anos, talvez mais feliz do que nunca.

Parker tinha me emprestado seu suéter (Dia Nacional do Pi), e eu ainda o tenho guardado em algum lugar. Ariana e Mattie tinham caído no sono numa pedra lisa enorme, aninhados embaixo da manta de microfibra dele, e Nick, Parker e eu sentamos lado a lado, com uma toalha de piquenique sobre os ombros como uma capa gigantesca, passando a última cerveja de mão em mão, os dedos dos pés enterrados na areia fria, tentando fazer pedrinhas pularem as ondas. O céu estava prateado, depois ficou num tom sem graça de cobre, como uma moeda velha. De repente, o sol se libertou do mar, vermelho elétrico, e nenhum de nós conseguiu dizer nada; simplesmente ficamos olhando e olhando, até ficar forte demais e não conseguirmos mais olhar.

De repente, estou com raiva de Parker: por reviver a lembrança daquela noite; por aparecer agora, quando eu já tinha me convencido de que o havia superado; por fazer tudo se abrir de novo. Pelos seus lábios perfeitos, seu sorriso, aqueles olhos tempestuosos e o fato de, mesmo ao lado dele, eu sentir uma força invisível entre nós.

*Magnetismo*, minha professora de química chamaria. A busca de uma coisa pelo seu par.

— Foi isso que você veio dizer? — Desvio o olhar, esperando que ele não consiga perceber como dói ficar ao lado dele. Quanto quero beijá-lo. Se eu não agir com raiva, se eu não *sentir* raiva, a dor só vai aumentar. — Para dar uma volta na rua da lembrança à uma da manhã de uma quarta-feira?

Ele estreita os olhos, esfregando a testa.

— Não — diz. — Não, é claro que não.

Sinto um aperto forte de culpa. Eu nunca aguentaria ver Parker triste. Mas lembro que foi culpa dele: que foi ele que surgiu do nada, depois desse tempo todo.

— Olha. — Parker ainda está oscilando, e suas palavras estão suaves na primeira e na última sílaba. Não exatamente emboladas; é como se ele não conseguisse emitir sons fortes. — Podemos ir a algum lugar pra conversar? Cinco minutos. Dez, no máximo.

Ele faz um movimento em direção à porta. De jeito nenhum eu vou deixá-lo entrar e arriscar acordar minha mãe — ou, pior, Nick. Ela nunca disse nada sobre mim e Parker, não diretamente, mas eu percebia em seu rosto quanto ela desaprovava. Pior. Eu percebia a pena e sabia o que ela estava pensando. Uma vez, até ouvi sua amiga Isha dizer em voz alta. Elas estavam no quarto de Nick, eu estava descendo pela treliça e a voz de Isha aumentou de repente.

— Ela não é mais bonita do que você, Nick — ela dissera. — Só que ela enfia os peitos na cara de todo mundo. As pessoas têm pena dela, sabe?

Não ouvi a resposta de Nick. Mas, naquele momento, ela se levantou, seus olhos deslizaram pela janela e eu juro, juro que ela me viu, congelada, agarrando a treliça com as duas mãos. Depois ela estendeu a mão e fechou as cortinas com força.

— Vem — digo e pego o braço de Parker, arrastando-o para fora da varanda. Fico surpresa quando ele procura minha mão. Eu puxo a mão, cruzando os braços de novo. Dói tocar nele.

Meu carro está destrancado. Abro a porta do lado do passageiro e faço sinal para ele entrar. Ele congela.

— E aí? — pergunto.

Ele está encarando o carro como se nunca o tivesse visto.

— Aí dentro?

— Você disse que queria conversar. — Vou até o lado do motorista, abro a porta e entro. Depois de mais um minuto, ele entra. Com as duas portas fechadas, fica muito quieto. O estofamento tem um leve cheiro de mofo. Ainda estou segurando o celular e meio que desejo que ele toque, só para interromper o silêncio.

Parker passa a mão no painel.

— Este carro — ele diz. — Faz um bom tempo que não entro aqui.

— E aí? — instigo. O carro está abafado e é tão compacto que, cada vez que ele se mexe, batemos os cotovelos. Não quero pensar no que a gente costumava fazer aqui dentro, e no que não fizemos, no que nunca fizemos. — Você tem alguma coisa para me dizer?

— É. — Parker passa a mão no cabelo, que imediatamente volta ao mesmo lugar. — Tenho, sim.

Espero durante um longo silêncio. Mas ele não diz nada. Nem olha para mim.

— Está tarde, Parker. Estou cansada. Se você só veio aqui pra...

Ele se vira de repente para mim, e as palavras ficam presas no meu peito. Seus olhos são duas estrelas pregadas no rosto, em chamas. Ele está tão perto que sinto o calor do seu corpo, como se já estivéssemos com o peito colado, abraçados. Mais. Nos beijando.

Meu coração dispara até a garganta.

— Vim falar com você porque preciso te dizer a verdade. Preciso te contar.

— Do que você está...?

Ele me interrompe.

— Não. É a minha vez. Escuta, tá bom? Eu andei mentindo. Eu nunca te falei... nunca expliquei.

No período infinito de silêncio antes de ele falar de novo, o mundo lá fora respira fundo.

— Estou apaixonado. Eu me apaixonei. — A voz de Parker não passa de um sussurro. Paro totalmente de respirar. Tenho medo de me mexer, medo de tudo desaparecer se eu me mexer. — Talvez eu *sempre* estive apaixonado e fosse burro demais pra perceber.

*Você*, penso. A única palavra que consigo alcançar, a única coisa em que consigo pensar: *você*.

Talvez, em algum nível, ele me escute. Talvez, em um universo paralelo, Parker saiba, porque bem nesse momento ele também fala.

— É você — ele diz. E suas mãos tocam meu pescoço, meu rosto, passando pelo meu cabelo. — Na minha vida toda, sempre foi você.

E aí ele me beija. E, naquele segundo, eu percebo que tudo o que fiz para esquecer, para negar, para fingir que nunca me preocupei com ele — todos os minutos, horas, dias gastos rasgando nossas lembranças, pedaço por pedaço —, foi tudo total e completamente sem sentido. No segundo em que seus lábios encostam nos meus — hesitantes no início, como se ele não tivesse certeza se quero —, no segundo em que sinto seus dedos em meus cabelos, sei que não adianta fingir e nunca adiantou.

Estou apaixonada pelo Parker. Sempre fui apaixonada pelo Parker.

Já se passaram meses desde que nos beijamos pela última vez, mas não tem nenhuma estranheza, nenhuma tensão, como havia com os outros caras com quem eu já fiquei. É fácil como respirar: empurrar e puxar; dar, pegar, dar. Ele tem gosto de açúcar e mais alguma coisa, algo profundo e picante.

Num certo ponto, nos separamos para respirar. Não estou mais segurando o celular; não tenho a menor ideia de quando o soltei e não poderia me importar menos.

Parker tira o cabelo do meu rosto, toca meu nariz com o polegar, passa os dedos no meu rosto. Eu me pergunto se ele consegue sentir o tecido da cicatriz, macio e estranho, e involuntariamente recuo um pouco.

— Você é tão linda — ele diz, e eu sei que está falando sério, o que me faz sentir pior. Faz tanto tempo, talvez uma eternidade, que alguém não me olha do jeito como ele está me olhando agora.

Balanço a cabeça.

— Estou destruída agora. — Minha garganta deu um nó, e as palavras saem agudas, estranguladas.

— Não está, não. — Ele pega meu rosto com as duas mãos, me obrigando a olhar para ele. — Você é perfeita.

Desta vez, eu o beijo. O nó afrouxa; mais uma vez, me sinto aquecida, feliz e relaxada, como se estivesse flutuando no oceano mais perfeito do mundo. Parker acha que eu sou linda. Parker está apaixonado por mim esse tempo todo.

Eu nunca mais vou ser infeliz.

Com uma das mãos, ele afasta o colarinho da minha camiseta, me beijando ao longo da omoplata e subindo até o pescoço, passando os lábios no meu maxilar e depois na minha orelha. Meu corpo todo está tremendo; ao mesmo tempo, estou fervendo. Quero tudo de uma vez, e naquele segundo eu sei: é hoje. Bem aqui, no meu carro idiota com cheiro de mofo: quero tudo dele.

Agarro sua camiseta e o puxo para perto, e ele faz um ruído entre um gemido e um suspiro.

— Nick — ele sussurra.

De repente, meu corpo todo fica gelado. Eu o solto, recuando, desajeitada, batendo a cabeça na janela.

— O que foi que você disse?

— O quê? — Ele estende a mão para mim de novo, e eu a afasto com um tapa. — O que foi? O que está errado?

— Você me chamou pelo nome da minha irmã. — De repente, me sinto enjoada. A outra coisa que eu tenho tentado negar, aquela sensação horrível e profunda de que o tempo todo eu nunca fui boa o suficiente, nunca *consegui* ser boa o suficiente, agora vem à tona, como um monstro feito para engolir toda a minha felicidade.

Ele me encara, depois balança a cabeça, devagar no início, depois com velocidade crescente, como se estivesse aproveitando o impulso para negar.

— De jeito nenhum — ele diz. Mas, por um segundo, vejo a culpa brilhar no seu rosto, e sei que estou certa, que ele fez isso. — De jeito nenhum. Eu nunca... Isso é maluquice... Quer dizer, por que eu...?

— Você chamou, sim. Eu ouvi. — Saio apressada e bato a porta com tanta força que o carro todo treme. Não me importo se vou acordar alguém.

Ele não me ama. Ele nunca me amou. O tempo todo, ele *a* amou. Eu fui só o prêmio de consolação.

— Espera. Sério, para. *Espera*.

Ele saiu do carro e está tentando me alcançar antes que eu chegue até a porta. Agarra meu pulso e eu me afasto, tropeçando na grama, torcendo o tornozelo de modo que uma dor aguda sobe até meu joelho.

— Me solta. — Começo a chorar sem saber. Parker está parado ali, me observando com uma expressão de horror, pena e mais culpa ainda. — Me deixa em paz, tá? Se você me ama tanto, se se importa um pouco comigo, me faça um favor. Me deixa em paz, porra.

Felizmente, ele me deixa. E não me segue até a varanda. Ele não tenta me parar novamente. E, depois que estou lá dentro, com o rosto pressionado no vidro frio, respirando fundo e ofegante para tentar controlar os soluços, vejo que ele nem espera tanto para desaparecer de novo.

## ANTES

## 16 DE FEVEREIRO

# NICK

— Fala de novo — Aaron mordisca minha orelha, puxando de leve. — A que horas a sua mãe vai voltar pra casa?

Ele já me fez repetir isso três vezes.

— Aaron — digo, rindo. — Não.

— Por favor — ele insiste. — É tão sexy quando você diz isso.

— Ela não vai voltar — respondo, cedendo. — Ela não vai voltar pra casa.

Aaron sorri e leva a boca do meu pescoço até o meu maxilar.

— Acho que essas devem ser as palavras mais excitantes do nosso idioma.

Alguma coisa dura e metálica está espetando minha lombar: provavelmente, a estrutura do sofá-cama. Tento ignorar, tento entrar no clima, o que quer que isso signifique. (Nunca entendi essa frase; parece que clima é alguma coisa que você escolhe, como vestir uma calça. Dara e eu decidimos que "clima de sexo" seria uma calça de couro bem apertada. Mas na maior parte do tempo eu simplesmente me sinto uma enorme calça de moletom.)

Quando Aaron muda de posição e se inclina em cima de mim com um joelho entre minhas pernas, solto um grito agudo.

— O que foi? — Ele recua, instantaneamente arrependido. — Desculpa... Eu te machuquei?

— Não. — Agora estou com vergonha e recuo, instintivamente cobrindo os seios com o braço. — Desculpa. Alguma coisa estava espetando as minhas costas. Não foi nada.

Aaron sorri. Seu cabelo, preto e sedoso, cresceu. Ele o afasta dos olhos.

— Não se cobre — ele diz, estendendo a mão e tirando o meu braço do peito. — Você é linda.

— Você é suspeito — digo. Aaron é o lindo do casal. Adoro sua altura e como ele me faz parecer pequena; adoro como o basquete definiu seus ombros e braços. Adoro a cor da sua pele, bege-dourada, como uma luz atravessando folhas de outono; adoro o formato dos seus olhos e o modo como seu cabelo cresce liso feito seda.

Adoro tantas coisas separadas, ponteiros de uma bússola, pontos num diagrama. Mas, de alguma forma, quando se trata do todo, de *amá-lo*, não amo. Ou não consigo. Não sei qual dos dois, e não sei se isso importa.

Aaron estende a mão e agarra meu pulso, se recostando e, ao mesmo tempo, me puxando para seu colo, de modo que eu fico por cima. E ele me beija de novo, explorando minha língua cuidadosamente com a dele, passando as mãos levemente pelas minhas costas, me tocando do jeito como ele faz tudo: com um otimismo cauteloso, como se eu fosse um bicho que poderia fugir do seu toque. Tento relaxar, tento impedir meu cérebro de disparar imagens e pensamentos idiotas, mas de repente só consigo me concentrar na TV, que ainda está ligada, passando episódios antigos de um programa de competição de compras de mercado.

Eu me afasto, e, só por um segundo, Aaron deixa a frustração aparecer.

— Desculpa — digo. — Não sei se consigo fazer isso com a vinheta do *Price Chopper*.

Ele pega o controle remoto, que está no chão, perto das nossas camisetas.

— Quer mudar de canal?

— Não. — Começo a afastá-lo. — Quer dizer, não é isso... Só não sei se consigo fazer isso. Agora.

Ele me puxa pelo cinto antes que eu consiga sair totalmente do seu colo. Está sorrindo, mas seus olhos estão ainda mais escuros que o normal, e eu percebo que está se esforçando muito para não ficar chateado.

— Vamos lá, Nick — ele diz. — A gente nunca conseguiu ficar sozinho.

— O que você quer dizer? Estamos sempre sozinhos.

Ele se apoia no cotovelo, sacudindo o cabelo dos olhos.

— Não de verdade — ele retruca. — Não desse jeito. — Ele dá um meio sorriso. — Sinto como se você sempre estivesse fugindo de mim. — Ele coloca uma das mãos na minha cintura e se deita de novo, me puxando para cima dele.

— O que você quer? — solto de repente, antes que consiga me impedir. Ele hesita, seus lábios bem perto dos meus, e se afasta para me olhar.

— Todo mundo acha que a gente transou na Noite dos Fundadores, você sabe — ele desabafa.

Meu coração começa a disparar como uma lebre no peito.

— E daí?

— E daííí... — Ele beija meu pescoço de novo, subindo devagar na direção da orelha. — Se todo mundo acha que a gente *já* transou...

— Você não pode estar falando sério. — Desta vez eu me sento totalmente, saindo do seu colo.

Ele exala o ar com força.

— Só vinte e cinco por cento sério — ele diz, se ajeitando no sofá para poder sentar de pernas cruzadas. Ele apoia os cotovelos nos joelhos e passa as costas da mão na minha coxa. — Você ainda não me contou o que aconteceu na Noite dos Fundadores. — Ele ainda está com aquele meio sorriso que não chega até os olhos. — A misteriosa namorada desaparecida. — Sua mão sobe pela minha coxa; ele está me provocando, fazendo uma piada, ainda tentando me colocar no clima. — A mágica garota desaparecida...

— Não posso fazer isso. — Nem sei que vou dizer essas palavras antes de falar, mas sinto um alívio instantâneo. É como se eu estivesse carregando alguma coisa dura e pesada atrás das costelas e agora sumiu, foi liberada, arrancada.

Aaron suspira e tira a mão.

— Tudo bem — ele diz. — A gente pode ver TV ou alguma coisa assim.

— Não. — Fecho os olhos, respiro fundo, penso nas mãos e no sorriso de Aaron e no modo como ele fica na quadra de basquete: fluido, sombrio e lindo. — Quero dizer que eu não posso fazer isso. Você e eu. Não dá mais.

Aaron recua de repente, como se eu tivesse batido nele.

— O quê? — Ele começa a balançar a cabeça. — Não. De jeito nenhum.

— Sim. — Agora a sensação terrível voltou, desta vez no meu estômago, um nó apertado de culpa e arrependimento. Que diabos há de errado comigo? — Desculpa.

— Por quê? — Seu rosto é tão sincero nesse momento, tão cru e vulnerável, que uma parte de mim quer abraçá-lo, beijá-lo e dizer que eu estava brincando. Mas não consigo. Fico sentada ali com as mãos no colo, meus dedos paralisados e parecendo alheios a mim.

— Acho que isso não está certo — digo. — Eu... não sou a garota certa pra você.

— Quem disse? — Aaron começa a vir na minha direção de novo. — Nicole... — Mas ele para quando não me mexo, não consigo nem olhar para ele. Durante um instante horrivelmente longo, enquanto ficamos sentados ali um ao lado do outro, o ar entre nós fica carregado com alguma coisa fria e terrível, como se uma janela invisível estivesse aberta e uma tempestade varresse o ambiente. — Você está falando sério — ele diz finalmente. Não é uma pergunta. Sua voz mudou. Ele parece um desconhecido. — Você não vai voltar atrás.

Balanço a cabeça. Minha garganta está apertada, e eu sei que, se olhar para ele, posso fracassar. Vou começar a chorar ou a implorar para ele me perdoar.

Aaron se levanta sem mais uma palavra. Pega a camiseta com raiva e a coloca sobre a cabeça.

— Não acredito nisso — ele diz. — E o feriado de primavera? E a praia da Virgínia?

Alguns caras do time de basquete planejam fazer uma viagem de carro até a praia da Virgínia em março. Minha amiga Audrey vai com o namorado, Fish; Aaron e eu conversamos sobre ir juntos e alugar uma casa com todo mundo. Imaginamos piqueniques na praia e dias longos com gosto de sal. Imaginei acordar com todas as janelas abertas, o cheiro fresco do ar do oceano e braços quentes ao redor da minha cintura...

Mas não os braços dele. Não ele.

— Desculpa — repito. Tenho que ficar de quatro para pegar minha blusa. Eu me sinto horrível e exposta, como se todas as luzes estivessem cem vezes mais fortes. Cinco minutos atrás, estávamos nos beijando, com as pernas entrelaçadas, o sofá surrado se deformando com o peso do nosso corpo. Apesar de eu ter sido a pessoa que estragou tudo, me sinto tonta, desorientada, como se estivesse vendo um filme em velocidade acelerada. Visto a blusa pelo avesso, mas não tenho forças para consertar. Nem me preocupo com o sutiã.

— Não acredito — Aaron diz, falando meio para si mesmo. Quando sente raiva, ele na verdade fica mais calmo. — Eu falei que te amava... Eu comprei aquele gato de pelúcia idiota no Dia dos Namorados...

— Não é idiota — corrijo automaticamente, apesar de ser um pouco. Achei que fosse essa a ideia.

Ele parece não me escutar.

— O que o Fish vai dizer? — Ele passa a mão no cabelo, que imediatamente cai de novo nos olhos. — O que os *meus pais* vão dizer?

Não respondo. Simplesmente fico ali sentada, apertando os punhos com tanta força que as unhas se enterram na carne macia das palmas, fechados por uma sensação terrível e fora de controle. Que diabos há de errado comigo?

— Nick... — A voz de Aaron fica mais suave. Levanto o olhar. Ele já vestiu o casaco de moletom, o verde, que ele conseguiu fazendo trabalho voluntário na Habitat para a Humanidade, em New Orleans, no verão depois do segundo ano, e que, misteriosamente, sempre tem cheiro de mar. Naquele instante, eu quase fracasso. Vejo que ele está pensando a mesma coisa. Dane-se tudo. Vamos fingir que isso não aconteceu.

No andar de cima, uma porta bate. E Parker grita:

— Ei! Tem alguém em casa?

Num piscar de olhos, o momento se dissolve, fugindo para as sombras, como um inseto assustado por uma pisada. Aaron desvia o olhar, murmurando alguma coisa.

— O que você disse? — Meu coração voltou a bater, como se fosse um punho querendo socar alguma coisa.

— Nada. — Ele fecha o zíper do moletom. Agora ele nem olha para mim. — Esquece.

Parker deve ter nos ouvido ou sentido. Ele está descendo a escada fazendo barulho antes que eu consiga gritar para ele parar. Quando vê Aaron, ele congela. Seus olhos disparam para mim e para meu sutiã, ainda caído sobre o carpete bolorento. Seu rosto fica pálido — e então, uma fração de segundo depois, completamente vermelho.

— Ai, merda. Eu não queria... — Ele começa a voltar. — Desculpa.

— Tudo bem. — Aaron olha para mim. Conheço todos os seus humores, mas essa expressão eu não consigo identificar. Raiva, definitivamente. Mas tem mais alguma coisa, alguma coisa mais profunda do que isso, como se ele finalmente tivesse encontrado a resposta para um problema impossível de matemática. — Eu estava de saída.

Ele sobe a escada dois degraus de cada vez, obrigando Parker a se espremer contra a parede. Parker e Aaron não se gostam, jamais gostaram. Não sei por quê. O instante em que eles ficam juntos na escada parece elétrico, carregado e perigoso; do nada, tenho medo de Aaron bater em Parker ou vice-versa. Mas Aaron continua, e o momento passa.

Parker permanece parado, mesmo depois de a porta da frente bater de novo, indicando que Aaron saiu.

— Desculpa — ele diz. — Espero não ter interrompido nada.

— Não interrompeu. — Meu rosto está quente. Eu queria poder estender a mão e pegar meu sutiã idiota (rosa, com margaridas estampadas, como o de uma menina de doze anos) e escondê-lo embaixo do sofá, mas isso seria ainda mais ostensivo. Em vez disso, nós dois fingimos não percebê-lo.

— Tá bom. — Parker fala devagar, esticando as palavras, como se soubesse que estou mentindo. Durante um segundo, ele não diz nada. Depois, devagar, desce a escada, se aproximando aos poucos, como se eu fosse um animal que pode estar raivoso. — Você está bem? Você parece...

— Pareço o quê? — Levanto o olhar para ele nesse momento, sentindo um fluxo quente de raiva.

— Nada. — Ele para de novo, a uns três metros de mim. — Não sei. Chateada. Com raiva ou alguma coisa assim. — Suas palavras seguintes são pronunciadas com muito cuidado, como se cada uma delas fosse um vidro que pudesse se partir na sua boca. — Está tudo bem com o Aaron?

Eu me sinto idiota sentada no sofá enquanto ele está em pé, como se, de alguma forma, eu estivesse em desvantagem, então também me levanto, cruzando os braços.

— Estamos ótimos — digo. — Eu estou ótima. — Eu estava planejando contar a Parker sobre o término; no instante em que vi seus sapatos idiotas na escada, eu sabia que ia contar para ele, e talvez até dizer o motivo, chorar e confessar que tem alguma coisa errada comigo, que eu não sei ser feliz e que sou muito, muito idiota.

Mas agora não consigo contar. Não vou. Então digo:

— A Dara não está em casa. — Parker hesita e se vira para o outro lado, com um músculo se mexendo no maxilar. Mesmo no meio do inverno, ele tem o tipo de pele que sempre parece bronzeada. Eu queria que ele estivesse com uma aparência pior. Queria que ele estivesse com a aparência tão ruim quanto a minha. — Bom, você veio aqui para vê-la, não foi?

— Caramba, Nick. — Ele olha de novo para mim. — A gente precisa... não sei... *consertar* isso. Consertar *a gente*.

— Não sei o que você quer dizer — comento, apertando minhas costelas com força. Sinto que, se não fizer isso, posso simplesmente me despedaçar.

— Sabe, sim — ele diz. — Você é... era... minha melhor amiga. — Com uma das mãos, ele aponta para o espaço entre nós, a longa faixa do porão onde, durante anos, construímos fortes de travesseiros e competimos para ver quem aguentava a guerra de cócegas por mais tempo. — O que aconteceu?

— Aconteceu que você começou a namorar a minha irmã — digo. As palavras saem mais altas do que eu pretendia.

Parker dá um passo na minha direção.

— Eu não queria te magoar — ele diz, com a voz baixa. Por um segundo, quero acabar com a distância entre nós e me enterrar no espaço macio entre seu braço e sua omoplata e dizer que eu fui burra, e deixá-lo me animar com versões ruins de músicas da Cyndi Lauper e perguntas esquisitas sobre os maiores hambúrgueres do mundo ou estruturas independentes construídas com palitos de dente. — Eu não queria magoar *nenhuma* das duas. Simplesmente... aconteceu. — Ele está praticamente sussurrando agora. — Estou tentando acabar com isso.

Dou um passo para trás.

— Você não está se esforçando muito — concluo. Sei que estou sendo uma vaca, mas não me importo. Foi ele que estragou tudo. Foi ele que beijou Dara, que *continua* beijando Dara, que fica dizendo sim para ela, não importa quantas vezes eles terminem. — Eu aviso a Dara que você esteve aqui.

O rosto de Parker muda. E, naquele momento, sei que o magoei, talvez no mesmo nível que ele me magoou. Sinto um fluxo doentio de triunfo que quase parece um enjoo, como prender um inseto entre as dobras de uma toalha de papel e espremer. Em seguida, ele só parece com raiva — rígido, quase como se sua pele tivesse se transformado em pedra de repente.

— É, tá bom. — Ele dá dois passos para trás antes de se virar. — Diz que estou procurando por ela. Diz que estou *preocupado* com ela.

— Claro. — Minha voz parece desconhecida, como se viesse por um cano de algum lugar a mil quilômetros de distância. Terminei com Aaron. E para quê? Parker e eu nem somos mais amigos. Eu estraguei tudo. De repente, acho que vou vomitar.

— Ah, Nick? — Ele para no início da escada. Sua expressão é impossível de decifrar; por um segundo, acho que ele pode tentar pedir desculpas de novo. — Sua blusa está do avesso.

E aí ele desaparece, correndo escada acima, me deixando sozinha.

## 29 DE JULHO
# CARTÃO DE ANIVERSÁRIO DE NICK PARA DARA

Feliz aniversário, D.
Tenho uma surpresa pra você.
Hoje, às dez da noite. Fantasy Land.
Tudo que desce tem que subir.
Te vejo no jantar.

                           Com amor,
                               Nick

P.S.: Vai valer a pena.

DEPOIS

# 29 DE JULHO

# NICK

No aniversário de Dara, acordo antes do despertador. Hoje é o dia: quando Dara e eu vamos voltar no tempo. Quando vamos nos tornar melhores amigas de novo. Quando tudo vai ser consertado.

Salto da cama, visto a camiseta da FanLand (limpa, felizmente) e um shorts jeans e prendo o cabelo num rabo de cavalo. No pouco tempo em que estou no parque, já fiquei mais forte, graças ao carregamento de lixo, à esfregação do Dervixe Giratório e às corridas pela rede claustrofóbica de trilhas da FanLand. Meus ombros doem como depois das primeiras semanas da temporada de hóquei sobre grama, e eu tenho músculos e manchas roxas que não tinha percebido.

No corredor, ouço o chuveiro no banheiro da minha mãe. Esta semana ela tem ido para a cama às oito da noite — logo depois do jornal da noite e dos relatórios diários sobre o caso Madeline Snow: se Nicholas Sanderson, o único suspeito da polícia, está escondendo alguma coisa; se é bom ou ruim o fato de a polícia não ter encontrado o corpo dela; se ela pode, talvez, ainda estar viva. Qualquer um poderia pensar que Madeline é filha *dela*.

Na ponta dos pés, subo a escada até o sótão, como se Dara pudesse se assustar se me ouvir chegando. Na noite passada toda pensei o que ia dizer a ela. Até pratiquei as palavras no espelho do quarto.

*Me desculpa.*

*Sei que você me odeia.*

*Por favor, vamos começar de novo.*

Surpreendentemente, a porta do quarto da minha irmã está entreaberta. Empurro devagar com o pé.

À meia-luz sombria, o quarto parece um planeta alienígena esquisito, repleto de superfícies cobertas de musgo e pilhas sólidas não identificáveis. A cama de Dara está vazia. O cartão de aniversário que deixei para ela na noite passada ainda está sobre o travesseiro. Não sei dizer se foi lido ou não.

Há anos, Dara tem dormido na sala de TV — nós a encontramos na manhã seguinte no sofá, enrolada numa coberta, diante do comercial de uma faca de cozinha multitarefa ou de um aquecedor de tampo de vaso sanitário. Uma vez, no ano passado, desci e senti o fedor de vômito, e descobri que ela tinha vomitado no pote de cerâmica indígena da minha mãe antes de dormir. Eu a limpei, passando uma toalha úmida nos cantos da sua boca, tirei os cílios postiços pendurados, peludos e parecendo uma lagarta, da sua bochecha. Em certo momento, ela acordou de leve e sorriu para mim através dos olhos semicerrados.

— E aí, Conchinha — ela disse, usando o apelido que inventara para mim quando criança.

Essa era eu: a zeladora da família. Sempre limpando as bagunças de Dara.

O dr. Lichme dizia que talvez eu gostasse disso, só um pouco. Ele dizia que talvez ajudar a resolver os problemas dos outros me impedisse de pensar nos meus.

Esse é o problema dos psicólogos: você tem que pagar para dizerem a mesma merda idiota que outras pessoas dizem de graça.

Desço a escada fazendo barulho, sem me preocupar em fazer silêncio desta vez. Meu joelho esquerdo está me matando. Devo ter batido em alguma coisa.

Quando chego ao andar de baixo, minha mãe está acabando de sair do banheiro, secando o cabelo com uma toalha, usando apenas a calça de trabalho e um sutiã. Ela congela quando me vê.

— Você esteve no quarto da Dara? — pergunta, me observando de perto, como se achasse que eu poderia me transformar em outra pessoa. Sua aparência é horrível, o rosto pastoso, como se não tivesse dormido.

— Sim. — Quando entro no meu quarto para pegar os sapatos, minha mãe me segue, parando na porta como se esperasse um convite.

— O que você estava fazendo? — ela pergunta com cuidado. Por mais que esteja fora do ar, não tem como ela não ter percebido que Dara e eu aperfeiçoamos a arte de nos contornar sem encostar uma na outra, esvaziar ambientes antes de a outra entrar, alternar os padrões de sono.

Enfio os pés nos tênis, que, ao longo do verão, ficaram deformados, pois foram esticados pela água e pelo suor.

— É aniversário dela — digo, como se minha mãe não soubesse. — Eu só queria falar com ela.

— Ah, Nick. — Minha mãe abraça a si mesma. — Tenho sido tão egoísta. Eu nunca penso em como deve ser difícil para você estar aqui. Estar em casa.

— Estou bem, mãe. — Odeio que agora ela fique assim: num instante, ela está bem; no seguinte, está toda arrasada e destruída.

— Que bom. — Ela esfrega o dorso da mão em cada olho, como se estivesse pressionando para evitar uma dor de cabeça. — Isso é bom. Eu te amo, Nick. Você sabe disso, não sabe? Eu te amo e me preocupo com você.

— Estou bem. — Coloco a alça da bolsa no ombro e passo ao lado dela. — Está tudo bem. Te vejo hoje à noite, tá? Sete e meia. Sergei.

Minha mãe faz que sim com a cabeça.

— Você acha... você acha que é uma boa ideia? Hoje à noite, quero dizer? Todos nós juntos?

— Acho que vai ser ótimo — digo; e, caso você esteja computando, já é a terceira mentira que eu conto esta manhã.

\* \* \*

Dara não está na sala de TV, apesar de as cobertas estarem todas emboladas no sofá e de haver uma lata de Coca Zero sobre o pufe, dando a impressão de que passou parte da noite ali. Minha irmã é assim, misteriosa e desgovernada, sempre aparecendo e desaparecendo quando quer e sem avisar, ou talvez sem se importar que as outras pessoas se preocupam com ela.

Talvez ela tenha saído ontem à noite para uma comemoração antecipada do aniversário e tenha acabado dormindo no sofá de um cara qualquer. Talvez tenha acordado cedo, em um de seus raros surtos de penitência, e vá aparecer na porta da frente daqui a vinte minutos, assobiando, sem maquiagem, carregando uma sacola enorme cheia de donuts de canela e uma bandeja cheia de copos de isopor com café.

Do lado de fora, o termômetro já marca trinta e seis graus. Há uma onda de calor prevista para esta semana, uma rajada enorme, um recorde de ar com temperatura de forno. Tudo de que precisávamos para hoje. Mesmo antes de chegar ao ponto de ônibus, já sequei minha garrafa de água, e, apesar de o ar-condicionado do ônibus estar na potência máxima, o sol ainda parece atacar através das janelas e transformar a parte de dentro no calor sombrio e mofado de um refrigerador com defeito.

A mulher ao meu lado está lendo um jornal, um daqueles irritantemente grossos, cheios de folhetos, cupons e panfletos anunciando ofertas numa concessionária Toyota próxima de você. As manchetes ainda estão, sem surpresa, voltadas para o caso Snow. Na página da frente há uma foto granulada de Nicholas Sanderson deixando a delegacia com a esposa — os dois andando de cabeça baixa, como se estivessem sob uma chuva muito forte.

"Nicholas Sanderson instantes depois de ser liberado da suspeita de envolvimento no desaparecimento de Madeleine Snow," diz a legenda.

— É uma pena — a mulher diz, balançando a cabeça de modo que seu queixo também balança. Eu me viro para o outro lado e olho pela janela, observando a orla e a parte comercial aparecerem e, mais longe, o mar, branco e liso como um disco.

O cartaz da FanLand está parcialmente obscurecido atrás de uma multidão gigantesca de balões, como uma nuvem multicolorida. A uma pequena distância, o proprietário do Boom-a-Rang, o Maior Empório de Fogos de Artifício da Virgínia, está do lado de fora, fumando um charuto marrom fino, parecendo triste. Nos meus nove dias na FanLand, nunca consegui determinar o motivo do horário de funcionamento do Boom-a-Rang, que parece extravagante até quase chegar à insanidade. Quem compra fogos de artifício às oito da manhã?

Dentro do parque, está um caos. Doug está conduzindo um grupo de voluntários — nenhum deles tem mais de treze anos — em direção ao anfiteatro, gritando para ser ouvido acima do barulho constante da falação de pré-adolescentes. Mesmo à distância de seis metros, ouço Donna gritando ao telefone, provavelmente brigando com um fornecedor que esqueceu de entregar mil pães de cachorro quente, então fico longe do escritório, pensando que posso deixar minha bolsa lá mais tarde. Até o sr. Wilcox parece infeliz. Ele passa por mim no caminho que leva à roda-gigante e mal rosna uma resposta ao meu olá.

— Não liga pra ele. — Alice passa a mão nas minhas costas ao passar correndo por mim, já suando livremente, com um pacote comprido de guardanapos sob o braço. — Ele está estressado hoje. Parker ligou pra dizer que está doente, e ele está surtando por causa da quantidade de funcionários.

— O Parker está doente? — Penso na sua aparência ontem à noite em frente à piscina de ondas, as cores formando padrões no seu rosto e o transformando em alguém irreconhecível, a luz lançando faixas para o céu.

Alice já está uns seis metros à minha frente.

— Acho que sim. — Ela se vira, mas continua a caminhar pela trilha. — Mas o Wilcox está tendo um surto de birra. E nem chegue perto da Donna. Alguém esqueceu de tomar sua dose de alegria hoje de manhã.

— Tá bom. — O sol está ofuscante. Todas as cores parecem exageradas, como se alguém tivesse aumentado o contraste com um controle remoto enorme. Eu me sinto estranhamente desconfortável em relação a Parker, em relação a como deixamos as coisas na noite passada. Por que eu me irritei tanto?

Tenho mais um flashback com Dara, o carro dele, a noite em que a chuva caía pesada, como se o céu estivesse desmontando. Pisco e balanço a cabeça, tentando afastar a lembrança.

— Tem certeza que ele está bem? — grito para Alice. Mas ela está longe demais para me ouvir.

Às dez da manhã, fica óbvio que até mesmo o sr. Wilcox subestimou as multidões. O parque nunca esteve tão cheio, apesar de as temperaturas estarem acima dos trinta e nove graus. Encho minha garrafa de água meia dúzia de vezes e, mesmo assim, não preciso fazer xixi. É como se o líquido estivesse evaporando direto da minha pele. Como um agrado especial e porque o nosso pequeno número musical se tornou uma sensação, pelo menos para a galera com menos de seis anos, vamos fazer três apresentações diferentes: dez e meia, meio-dia e duas e meia.

Entre os espetáculos, tiro com dificuldade o rabo de sereia e me jogo no escritório principal, o único espaço fechado com ar-condicionado funcionando, cansada demais do calor para me preocupar com o fato de a minha calcinha estar visível para Donna, enquanto Heather tira a fantasia de papagaio e anda de um lado para o outro do escritório usando apenas sutiã e legging.

Está quente demais para comer. Está quente demais para sorrir. E as pessoas continuam chegando: correndo, invadindo, atravessando desorganizadas os portões do parque, uma enxurrada de crianças, pais e avós, meninas adolescentes usando a parte de cima do biquíni com bermuda e seus namorados, sem camisa, com shorts de cós baixo sobre sungas, fingindo estarem entediados.

Quando chega a hora do show das duas e meia, mal consigo manter um sorriso no rosto. O suor está escorrendo por entre meus seios, atrás dos joelhos, em lugares em que eu nem sabia que era *possível* suar. O sol é implacável, como uma lupa gigantesca, e eu me sinto uma formiga fritando sob ele. O público não passa de um borrão de cores.

Heather finge ser atacada pelo boneco de meia. Nesse exato momento, a coisa mais esquisita acontece: todos os sons do mundo são desligados. Vejo o público rindo, vejo mil bocas escuras cavernosas, mas é como se alguém tivesse cortado o retorno para meus ouvidos. Não escuto nada além de um zumbido, como se eu estivesse num avião a vários quilômetros do chão.

Quero dizer alguma coisa — eu sei que devia dizer alguma coisa. Mas é a minha vez de me levantar, tentar interferir, salvar Heather do cachorro, e eu não sei como falar, assim como não sei mais ouvir. Dou um impulso para ficar em pé.

Pelo menos eu acho que fico em pé. De repente, estou no chão de novo, não de cara, como eu costumo cair, mas de costas, e o rosto de Rogers aparece acima de mim, vermelho e inchado. Ele está gritando alguma coisa — vejo sua boca se mexendo, arreganhada e urgente, enquanto o rosto de Heather aparece ao lado dele, sem a cabeça de ave, com o cabelo colado na testa — e então eu me sinto leve, flutuando num trecho do céu azul ou sendo embalada como um bebê nos braços do meu pai.

Demoro um minuto para perceber que Rogers está me carregando, como faz antes do espetáculo. Estou cansada demais para protestar. *Sereias não andam.*

Depois sua voz, brusca nos meus ouvidos, atravessando o silêncio estático do meu cérebro:

— Respire fundo agora.

Antes que eu consiga perguntar por quê, seus braços me soltam e estou caindo. Sinto um choque, elétrico e congelante, quando bato na água. É uma reinicialização sólida: de repente, todas as sensações são religadas. O cloro incomoda meu nariz e meus olhos. Embaixo d'água, a cauda fica absurdamente pesada, grudando na minha pele como um invólucro apertado de algas. A piscina está totalmente lotada de crianças e balsas, perninhas batendo na água e formando espuma e corpos passando acima de mim, bloqueando momentaneamente a luz. Levo mais ou menos um segundo para perceber que Rogers simplesmente me jogou, com fantasia e tudo, na piscina de ondas.

Chuto o fundo da piscina. Pouco antes de vir à tona, eu a vejo: um pouco submersa, os olhos arregalados e o cabelo se estendendo como uma auréola, brevemente visível entre pernas se agitando para flutuar e crianças mergulhando sob as ondas.

Madeline Snow.

Eu esqueço que estou embaixo d'água e abro a boca para gritar; nesse momento, atravesso a superfície e saio num pulo, cuspindo água, o cloro queimando a parte de trás da minha garganta. O som foi religado, assim como todo o resto; o ar está repleto de gritinhos e risadas e da batida de ondas artificiais no concreto.

Eu me debato em direção à parte rasa, tento me virar, vasculhando a multidão em busca de Madeline. Deve ter umas sessenta crianças na piscina de ondas, talvez mais. O sol está ofuscante. Há crianças loiras por toda parte: mergulhando, saindo da água sorrindo, cuspindo água como fontes, todas elas mais ou menos idênticas. Para onde ela foi?

— Você está bem? — Rogers está agachado na borda da piscina, ainda com o chapéu de pirata. — Melhorou?

Bem nesse momento eu a vejo de novo, se esforçando para subir no deque com braços finos como pregos. Vou em direção a ela, espirrando água, tropeçando na cauda idiota, caindo de cara na água e depois nadando cachorrinho pelo restante do caminho. Alguém está chamando meu nome. Mas eu tenho que chegar até ela.

— Madeline.

Coloco a mão em volta do seu braço e ela cai de novo na água, soltando um grito de surpresa. Assim que se vira, vejo que não é Madeline, na verdade. Essa garota deve ter uns onze ou doze anos, é muito dentuça e tem franjas mal cortadas na testa.

— Desculpa — digo, soltando seu braço depressa, enquanto a mãe dela, uma mulher de macacão jeans curto e maria-chiquinhas, apesar de ter uns quarenta anos, vem correndo até nós, com o chinelo batendo no piso molhado.

— Addison? Addison! — Ela cai de joelhos no deque da piscina e estende a mão para a filha, me olhando furiosa, como se eu fosse uma maníaca. — Vem pra cá. Agora.

— Desculpa — repito. A mulher simplesmente me lança mais um olhar furioso enquanto a garota, Addison, se empurra para fora da piscina. Acima do barulho constante de gritos e risadas, ouço meu nome de novo; quando me viro, vejo Rogers com a testa franzida, contornando a borda da piscina, tentando chegar até mim. Saio da água pingando, exausta de repente, me sentindo uma idiota, e me jogo no deque, com a cauda gotejando no piso. Uma garotinha de fralda aponta e ri, se divertindo.

— O que está acontecendo? — Rogers se senta ao meu lado. — Você vai desmaiar de novo?

— Não. Achei que eu tivesse visto... — Eu me interrompo, me dando conta de que vou parecer ridícula. *Achei que eu tivesse visto Madeline Snow embaixo d'água.* Abro o zíper até o pé e me levanto, segurando a cauda fechada para não mostrar nada para alguém e acabar presa por atentado ao pudor. Mas me sinto um pouco melhor agora que minhas pernas não estão grudadas. — Eu realmente desmaiei?

Rogers também se levanta.

— Caiu como uma pilha de pedras — ele diz. — Não se preocupe, as crianças acharam que era parte do espetáculo. Você comeu alguma coisa no almoço?

Balanço a cabeça.

— Quente demais.

— Venha comigo — ele chama, colocando a mão no meu ombro. — Vou tirar você do sol.

Passamos por dois palhaços e um malabarista no caminho de volta para o escritório — todos contratados de uma empresa de entretenimento local, apesar de eu saber que Doug está em algum lugar por ali, vestido de mágico, fazendo truques com cartas —, cercados por grupos densos de crianças encantadas.

Mais pessoas continuam chegando: tantas que a gente se pergunta como todas elas existem, como pode haver tantas vidas, histórias, necessidades e decepções individuais. Olhando para a fila que serpenteia até a Prancha, enquanto o Dervixe Giratório roda no eixo, atirando seus passageiros em elipses apertadas e emitindo ondas sonoras que sobem e descem, tenho um estranho momento de clareza: todos os grupos de busca, todas as reportagens, todas as atualizações e tuítes vinte e quatro horas por dia do perfil @EncontreMadelineSnow são inúteis.

Madeline Snow se foi para sempre.

Encontro Alice no escritório, aproveitando sua vez na frente do ar-condicionado. Donna não está aqui, felizmente, e o telefone fica tocando, latindo estridente quatro vezes e depois silenciando de novo quando a mensagem automática — "Alô e bem-vindos à Fantasy Land!" — entra. Rogers insiste que eu beba três copos de água gelada e coma metade de um sanduíche de peru antes de bater o ponto.

— Não podemos ter acidentes no caminho para casa — ele late, em pé na minha frente e me olhando furioso, como se a mera força do contato visual fosse fazer minha digestão acelerar.

— Você vai voltar para os fogos, né? — Alice pergunta. Ela está com os pés sobre a mesa, e a pequena sala está com um cheiro levemente azedo. Dando de ombros, Alice explica que estava trabalhando na Cobra quando uma garota saiu cambaleando do brinquedo, rindo, olhou para ela e vomitou direto nos seus sapatos.

— Vou voltar — digo. O parque vai funcionar até mais tarde por causa da festa de aniversário: ficaremos abertos até as dez da noite, e o início dos fogos de artifício é às nove. Estou começando a ficar nervosa. Só faltam mais algumas horas. — Vou voltar, com certeza.

Hoje à noite, Dara e eu vamos acordar o monstro juntas. Hoje à noite, vamos subir no Portal até as estrelas.

# 22 DE FEVEREIRO
# DIÁRIO DE DARA

Ariana e eu fomos até o Loft para ficar com o PJ e o Tyson, e ela passou a noite toda enfiando a língua na garganta do Tyson e tentando nos convencer a nadar pelados apesar de estar fazendo, tipo, uns dez graus. Tinha outro cara lá que é dono de uma boate chamada Beamer, em East Norwalk. Ele até levou champanhe de verdade e ficou dizendo que eu podia ser modelo, até eu pedir para ele parar de falar merda. Modelos têm, tipo, três metros de altura. Mesmo assim, ele era bonitinho. Mais velho, mas definitivamente bonito.

Ele disse que, se um dia eu precisasse de emprego, podia ser garçonete dele e ganhar duzentos ou trezentos por dia, fácil (!!). Isso com certeza é muito melhor do que ser babá do Ian Sullivan de vez em quando e tentar impedi-lo de enfiar o gato no micro-ondas ou queimar lagartas com fósforos. Juro que esse garoto vai ser um serial killer quando crescer.

O PJ estava de mau humor porque devia arranjar uns ácidos, mas acho que o cara sumiu. Em vez disso, bebemos o champanhe do Andre e umas doses de um bagulho forte que uma garota trouxe da França, que tinha gosto de alcaçuz e álcool gel ao mesmo tempo.

Sei que o dr. Que Se Lixe diria que eu estava só tentando evitar meus sentimentos de novo, mas me deixe dizer uma coisa:

não funcionou. A noite toda fiquei pensando no Parker. Por que de repente ele está agindo como se eu tivesse uma doença que corrói a pele? Quente e frio nem começa a descrever a situação. Está mais para morno e frígido.

Então fiquei decifrando as pequenas pistas e sensações que ele vinha me dando nas últimas semanas e, por fim, tive um insight. Fui uma completa idiota, porra.

O Parker está apaixonado por outra pessoa.

# NICK
## 19H15

Vou encontrar minha mãe e meu pai no Sergei, já que os dois vão direto do trabalho. Não tenho ideia de como Dara está planejando chegar ao jantar, mas ela não está em casa quando passo para trocar de roupa. O ar-condicionado está ligado no máximo e todas as luzes estão apagadas; de qualquer maneira, a casa é velha e, assim como tem seus próprios ritmos, padrões de rangidos, gemidos e sons misteriosos, também tem sua própria temperatura interna, que hoje parece estar definida em mais ou menos vinte e seis graus.

Tomo um banho frio, ofegando quando a água atinge minhas costas, e depois visto a roupa mais fresca que tenho: um vestido de linho que Dara sempre odiou, dizendo que eu pareço vestida para um casamento ou pronta para ser sacrificada como virgem.

O Sergei fica a uma caminhada de dez minutos — quinze, se andar devagar, e é o que eu faço, tentando não suar. Contorno a casa e atravesso o quintal dos fundos, olhando, como sempre, para o carvalho, meio que esperando uma bandeira vermelha presa nos seus galhos, uma mensagem secreta de Parker. As folhas se acumulam nos galhos pesados, reluzindo como esmeraldas ao sol que vai enfraquecendo.

Atravesso o emaranhado de árvores que separam nossa propriedade da dos nossos vizinhos. É óbvio que Dara anda escapando ultimamente. Há uma trilha reta sobre a vegetação rasteira, onde os galhos foram quebrados e a grama está pisada.

Saio na Old Hickory Lane, a duas casas de distância da de Parker. Por capricho, decido passar lá e ver se ele está bem. Não é do seu feitio faltar ao trabalho. O carro dele está na entrada, mas a casa está quieta, e eu não consigo perceber se Parker está lá dentro. As cortinas da janela do seu quarto — com listras azul-marinho, escolhidas por ele mesmo quando tinha seis anos — estão fechadas. Toco a campainha — a primeira vez que a uso, a primeira vez que percebo que os Parker *têm* uma campainha — e espero, cruzando e descruzando os braços, odiando o fato de me sentir subitamente nervosa.

Acho que vejo as cortinas do quarto dele se mexerem. Dou um passo para trás, inclinando o pescoço para ver melhor. As cortinas estão balançando de leve. Alguém definitivamente está lá em cima.

Envolvo a boca com as duas mãos e grito para ele, como costumava fazer quando éramos pequenos e eu precisava que ele descesse para um jogo de basquete ou para pular corda com a gente. Mas desta vez as cortinas ficam paradas. Nenhum rosto aparece na janela. Finalmente, sou obrigada a me virar e descer a rua, me sentindo desconfortável sem motivo, como se alguém estivesse me observando, vendo minha caminhada. Olho uma vez, da esquina; de novo, eu poderia jurar que as cortinas se mexem, como se alguém tivesse acabado de fechá-las depressa.

Frustrada, sigo para o outro lado. Já estou atrasada, mas ainda está quente demais para fazer qualquer coisa além de seguir lentamente pela rua. Em menos de vinte minutos estarei sentada na frente de Dara.

Ela vai ter que falar comigo. Não vai ter escolha.

Meu estômago tem um nó que quase chega até a garganta.

E então, pouco antes de chegar ao Upper Reaches Park, eu a vejo: ela está esperando para entrar no ônibus 22, o que eu pego para a FanLand, dando passagem para uma senhora que precisa desmontar um andador. As luzes de halogênio do ponto de ônibus deixam sua pele praticamente branca e transformam seus olhos em buracos. Ela está com os braços ao redor de si mesma e, de longe, parece muito mais jovem.

Paro no meio da rua.

— Dara! — grito. — Dara!

Ela levanta o olhar, com uma expressão perturbada. Eu aceno, mas estou longe demais e parada numa parte da rua engolida por longas sombras, e ela não deve estar me vendo. Com uma última olhada por sobre o ombro, ela entra no ônibus. As portas se fecham com um zumbido, e ela vai embora.

Meu celular vibra. Meu pai está ligando, provavelmente para me repreender por estar atrasada. Aperto o botão de ignorar e continuo andando até o Sergei, tentando lutar contra uma sensação ruim. O número 22 *realmente* passa pelo centro de Somerville, mas não antes de contornar a parte norte do parque. Se ela está planejando aparecer no jantar, seria bem mais rápido ir a pé.

Mas como ela poderia perder o próprio jantar de aniversário?

Talvez seus joelhos estejam doendo, ou as costas incomodando. Mesmo assim, diminuo o ritmo inconscientemente, com medo de chegar e ela não estar lá, e aí eu vou saber: ela não vai aparecer.

Faltam quinze para as oito quando chego ao Sergei, e meu estômago revira: os carros dos meus pais estão no estacionamento, um ao lado do outro, como se fosse apenas mais um jantar em família. Como se eu pudesse entrar e ser sugada de volta no tempo, ver meu pai verificando os dentes na parte polida de uma faca enquanto minha mãe o repreende, ver Dara já ao redor do bufê de saladas, concentrada, como uma artista dando os toques finais numa pintura e pegando croûtons ou picles de vagem.

Em vez disso, vejo minha mãe sozinha à mesa. Meu pai está em pé no canto, com uma das mãos no quadril, o celular grudado na orelha. Enquanto observo, ele desliga, franzindo um pouco a testa, e disca de novo.

Dara não está aqui.

Durante um segundo, me sinto nauseada. Depois, a raiva volta com força.

Contorno o bufê de saladas e passo pela multidão de sempre — crianças provocando umas às outras com lápis de cera, pais virando taças enormes de vinho. Enquanto me aproximo da mesa, meu pai se vira e faz um gesto impotente para minha mãe.

— Não consigo falar com elas — ele diz. — Não consigo falar com *nenhuma* das duas. — Nesse momento, ele me vê. — Ah, aí está você — fala, me mostrando a bochecha, que parece áspera e com cheiro de loção pós-barba. — Eu estava te ligando.

— Desculpa. — Sento em frente à minha mãe, ao lado da cadeira vazia destinada a Dara. Melhor falar logo de uma vez. — A Dara não vem.

Minha mãe me encara.

— O quê?

Respiro fundo.

— A Dara não vem — digo. — Não precisamos guardar uma cadeira pra ela.

Minha mãe ainda está me olhando como se eu tivesse criado uma segunda cabeça.

— O que você está...?

— Uhuuu! Nick! Sharon! Kevin! Estou chegando. Com licença.

Ergo o olhar e vejo tia Jackie vindo na nossa direção, contornando habilidosamente as mesas, agarrando uma bolsa enorme de couro multicolorido como se quisesse impedir que ela saísse voando e derrubando copos de água. Como sempre, ela está usando várias cores de cordões com joias grandes ("cristais de poder", ela me corrigiu seriamente, quando perguntei por que ela usava tantas pedras), de modo que parece um pouco uma versão humana de uma árvore de Natal. O cabelo está comprido e solto, balançando até quase chegar à bunda.

— Desculpa, desculpa, desculpa — ela diz. Quando se inclina para me beijar, sinto um breve cheiro de algo que parece um pouco com terra úmida. — O trânsito estava terrível. Como vocês estão? — Tia Jackie segura o rosto da minha mãe por um instante antes de beijá-la.

— Estou bem — minha mãe diz, com um sorriso fraco.

Tia Jackie analisa o rosto dela por um minuto antes de soltá-la.

— O que foi que eu perdi?

— Nada. — Meu pai sacode o guardanapo e mostra a bochecha para tia Jackie, como fez comigo. Ela dá um beijão nele, exagerando no barulho, e meu pai limpa cuidadosamente o rosto quando ela não está olhando. — Nick estava nos *informando* que a irmã dela não vem.

— Não fiquem com raiva de mim — peço.

— Ninguém está com raiva — tia Jackie diz, alegre, enquanto se senta ao meu lado. — Ninguém está com raiva, certo?

Meu pai olha para a garçonete e faz sinal de que quer mais um drinque. Já tem um copo de uísque — principalmente gelo derretido, a esta altura — deixando anéis largos na toalha de mesa de papel.

— Eu... eu não entendo. — Os olhos da minha mãe estão desfocados, um sinal claro de que ela teve um dia ruim e precisou duplicar a dose dos remédios contra ansiedade. — Achei que tínhamos concordado em ter uma noite agradável. Em ter uma noite *em família*.

— Talvez o que a Nick *quis* dizer — tia Jackie me lança um olhar de alerta — é que a Dara *ainda* não chegou. É o aniversário dela — acrescenta, quando abro a boca para protestar. — Este é o restaurante preferido dela. Logo ela vai estar aqui com a gente.

De repente, minha mãe começa a chorar. A transformação é súbita. As pessoas sempre falam que o rosto desaba, mas o da minha mãe não faz isso; seus olhos ficam brilhantes, de um verde vívido, pouco antes de as lágrimas começarem a escorrer, mas, fora isso, ela parece igual. Ela nem tenta cobrir o rosto, simplesmente fica ali chorando como uma criancinha, com a boca aberta e o muco borbulhando no nariz.

— Mãe, por favor. — Estendo a mão para pegar a dela, que está fria. As pessoas já estão começando a encarar. Faz muito tempo que minha mãe não tem um surto desse porte em público.

— É tudo culpa minha — ela diz. — Foi uma péssima ideia... idiota. Achei que vir ao Sergei ia ajudar... Achei que seria como nos velhos tempos. Mas com apenas nós três...

— E eu? Sou um tofu cortado em pedaços? — tia Jackie brinca, mas ninguém ri.

A raiva se move como uma comichão pelas minhas costas, chega ao pescoço e desce para o peito. Eu devia saber que ela ia faltar. Eu devia saber que ela ia dar um jeito de estragar isso também.

— É tudo culpa da Dara — acuso.

— Nick — tia Jackie diz rapidamente, como se eu tivesse dito um palavrão.

— Não piore as coisas — meu pai solta. Ele olha para minha mãe e coloca uma das mãos nas suas costas, mas recua imediatamente, como se tivesse se queimado. — Vai ficar tudo bem, Sharon.

— Nada está bem — ela contesta, a voz aumentando até virar um lamento. Nesse instante, metade do restaurante está olhando para nós.

— Você está certa — digo. — Nada está bem.

— Nicole — meu pai cospe meu nome. — Chega.

— Tá bom — tia Jackie diz, com a voz baixa, tranquilizadora, como se estivesse falando com um grupo de crianças. — Vamos todos nos acalmar, certo? Vamos nos acalmar.

— Eu só queria ter uma noite agradável. Com todo mundo junto.

— Vamos lá, Sharon. — Meu pai se movimenta como se fosse tocar nela de novo, mas sua mão acaba indo em direção ao copo de uísque, que uma garçonete colocou sobre a mesa antes de se afastar rapidamente. Uma dose dupla, a julgar pelo tamanho. — Não é culpa sua. Foi uma ótima ideia.

— Nada está bem — repito, um pouco mais alto. Não faz sentido manter a voz baixa. Todo mundo já está nos encarando. Um ajudante que vem na nossa direção com água gelada vê minha mãe, se vira e volta depressa para a cozinha. — Não faz sentido fingir. Vocês *sempre* fazem isso... vocês dois.

Pelo menos minha mãe parou de chorar. Em vez disso, ela me encara, boquiaberta, os olhos totalmente turvos e vermelhos. Meu pai aperta o copo com tanta força que eu não me surpreenderia se ele quebrasse.

— Nick, querida... — tia Jackie começa a dizer, mas meu pai a interrompe.

— Do que você está falando? — ele diz. — Nós sempre fazemos o quê?

— Fingem — digo. — Agem como se nada tivesse mudado. Agem como se nada estivesse errado. — Embolo meu guardanapo e o jogo sobre a mesa, de repente indignada e arrependida de ter aparecido. — Não somos mais uma família. Você garantiu isso quando foi embora, pai.

— Já chega — ele diz. — Está me ouvindo? — Quanto mais raiva meu pai sente, mais baixo ele fala. Agora está praticamente sussurrando. Seu rosto está com vários tons de vermelho, como alguém que está sufocando.

Estranhamente, minha mãe está totalmente parada, totalmente calma.

— Ela está certa, Kevin — ela diz com serenidade, seus olhos flutuando de novo para além da minha cabeça.

— E você. — Não consigo evitar, não consigo parar. Eu nunca fico com tanta raiva, mas tudo ferve ao mesmo tempo, uma coisa preta e horrível, como um monstro no meu peito que só quer rasgar, rasgar e rasgar. — Você vive em outro planeta metade do tempo. Você acha que a gente não percebe, mas a gente percebe, sim. Remédios para dormir. Remédios para acordar. Remédios pra te ajudar a comer e remédios para te impedir de comer demais.

— Eu disse que *já chega*. — De repente, meu pai estende a mão por sobre a mesa e agarra meu pulso com força, derrubando um copo de água no colo da minha mãe. Tia Jackie grita. Minha mãe solta um gritinho e dá um pulo para trás, fazendo sua cadeira cair no chão. Os olhos do meu pai estão enormes e injetados de sangue; ele está segurando meu pulso com tanta força que lágrimas espetam meus olhos. O restaurante está em total silêncio.

— Solte ela, Kevin — tia Jackie diz, com muita calma. — *Kevin*.

— Ela tem que colocar a mão na dele e arrancar seus dedos do meu pulso. O gerente, um cara chamado Corey (a Dara flertava com ele), está vindo devagar na nossa direção, evidentemente constrangido.

Meu pai finalmente me solta. Deixa a mão cair no colo. Pisca.

— Meu Deus. — A cor desaparece do seu rosto de uma vez só. — Meu Deus. Nick, me desculpe. Eu nunca devia ter... Não sei o que eu estava pensando.

Meu pulso está ardendo, e eu sei que vou chorar. Esta deveria ser a noite em que Dara e eu consertaríamos tudo. Meu pai estende a mão para mim de novo, desta vez para tocar meu ombro, mas eu me levanto, de modo que minha cadeira arrasta no linóleo, fazendo muito barulho. Corey para no meio do restaurante, como se estivesse com medo de ser fisicamente interpelado se chegar mais perto.

— Não somos mais uma família — repito num sussurro, porque, se eu tentar falar mais alto, a pressão na minha garganta vai aumentar e as lágrimas vão escorrer. — É *por isso* que a Dara não está aqui.

Não fico para ver a reação dos meus pais. Tem um zumbido no meu ouvido, como aconteceu hoje mais cedo, pouco antes de eu desmaiar. Não me lembro de atravessar o restaurante nem de sair para o ar noturno, mas de repente lá estou eu: na outra ponta do estacionamento, correndo pela grama, engolindo ar profundamente e desejando uma explosão, um fim de mundo, um desastre cinematográfico; desejando que a escuridão desça como água sobre a nossa cabeça.

Nicole Warren
Literatura americana
28 de fevereiro
"Eclipse"

**Tarefa:** Em *O sol é para todos,* o mundo natural muitas vezes é usado como metáfora para a natureza humana e muitos dos temas do livro (medo, preconceito, justiça etc.). Escreva entre oitocentas e mil palavras sobre uma experiência no mundo natural que possa ser vista como metaforicamente significativa, usando algumas das técnicas poéticas (aliteração, simbolismo, antropomorfismo) que abordamos nesta unidade.

Uma vez, quando minha irmã e eu éramos pequenas, meus pais nos levaram até a praia para ver um eclipse solar. Foi antes da inauguração do cassino no condado de Shoreline e antes de Norwalk ser construída também, e se tornar uma longa cadeia de motéis e restaurantes familiares e, mais ao longe, clubes de strip e bares. A FanLand ficava lá, e uma loja de armas; nada além de areia salpicada de cascalho, a orla e pequenas dunas, como creme batido pelo vento, com alguns gramados clareados pelo sol.

Havia centenas de outras famílias na praia fazendo piquenique, estendendo toalhas sobre a areia enquanto o disco da lua se movia preguiçosamente em direção ao sol, como um ímã atraindo lentamente seu par. Eu me lembro da minha mãe descascando uma laranja com o polegar, do cheiro azedo da seiva.

Eu me lembro do meu pai dizendo: "Olhem! Olhem, meninas, está acontecendo".

Também me lembro do momento da escuridão: quando o céu ficou cinza texturizado como giz, e depois como um crepúsculo, porém mais rápido do que qualquer crepúsculo que eu já vira. De repente, fomos todos engolidos pelas sombras, como se o mundo tivesse escancarado a boca e nós tivéssemos caído numa garganta negra.

Todo mundo aplaudiu. Houve uma pequena constelação de flashes na escuridão, explosões em miniatura enquanto as pessoas tiravam fotos. Dara segurou a minha mão, apertou e começou a chorar. E o meu coração parou. Naquele momento, achei que poderíamos ficar perdidas para sempre na escuridão, suspensas num local entre o dia e a noite, entre o sol e a terra, entre a terra e as ondas que transformavam a terra de novo em água.

Mesmo depois de a lua se afastar do sol e de a luz do dia voltar, como uma aurora clara e artificial, Dara não parava de chorar. Meus pais acharam que ela estava de mau humor por ter perdido seu cochilo e ter pedido um sorvete no caminho para lá, e acabamos conseguindo sorvetes em cones grandes demais para nós duas comermos e que pingava no nosso colo no caminho de volta para casa.

Eu entendia por que ela estava chorando. Porque, naquele momento, eu também senti; um terror absoluto e vigoroso de que a escuridão fosse permanente, de que a lua fosse parar sua rotação, de que o equilíbrio nunca mais fosse restabelecido.

Porque, mesmo naquela época, eu sabia. Não era um truque. Não era um espetáculo. Às vezes, o dia e a noite se invertem. Às vezes, o que sobe desce e o que desce sobe, e o amor se transforma em ódio, e as coisas com as quais contávamos são arrancadas de debaixo dos nossos pés e nos deixam pedalando no ar.

Às vezes, as pessoas deixam de amar você. E esse é o tipo de escuridão que nunca se ajeita, não importa quantas luas nasçam novamente, preenchendo o céu com uma fraca aproximação de luz.

# NICK
## 20H35

Abro a porta da frente com tanta força que ela bate na parede, mas estou irritada demais para me preocupar.

— Dara? — chamo, apesar de saber, por impressão, por intuição, que ela não voltou para casa.

— Oi, Nick. — Tia Jackie sai da sala de TV, segurando um copo cheio do que parece uma gosma verde-néon. — Vitamina?

Ela deve ter ido para nossa casa de carro direto do restaurante. Talvez minha mãe e meu pai a tenham mandado na frente para falar comigo.

— Não, obrigada. — Eu realmente não estou no clima para lidar com tia Jackie e sua "sabedoria" de autoajuda, que sempre parece ter saído da tampa de um frasco. *Deixe a verdade irradiar por você. Foco é presença. Deixe para lá, senão você vai ser arrastada.* Mas ela está na frente da escada, bloqueando o acesso ao meu quarto. — Você vai passar a noite aqui?

— Estou pensando — ela diz, tomando um longo gole da vitamina, que deixa um bigode verde no lábio superior. Então: — Esse não é o jeito certo de conseguir uma resposta, sabe? Não se você realmente quiser falar com ela.

— Acho que eu conheço a minha irmã — retruco, irritada.

Tia Jackie dá de ombros.

— Que seja. — Ela me encara durante um longo segundo, como se estivesse debatendo para saber se me conta um segredo.

— O que é? — pergunto finalmente.

Ela se inclina, deixando a bebida na escada. Quando se levanta de novo, estende a mão para as minhas.

— Ela não está *com raiva* de você, sabe? Ela só está sentindo a sua falta.

Suas mãos estão congelando, mas eu não me afasto.

— Ela te *falou* isso? — Tia Jackie faz que sim com a cabeça. — Você... você conversa com ela?

— Quase todo dia — ela diz, dando de ombros. — Falei com ela durante muito tempo hoje de manhã.

Eu me afasto, dando um passo para trás, quase tropeçando na bolsa da minha tia, que jaz como um cadáver no meio do corredor. Dara costumava ridicularizar tia Jackie por causa do seu cheiro de patchuli e misturas veganas esquisitas e das conversas sem fim sobre meditação e reencarnação. E agora elas são melhores amigas?

— Ela não fala comigo *de jeito nenhum*.

— Você já pediu? — ela arrisca, com um olhar de pena. — Você realmente *tentou*?

Não respondo. Passo depressa por ela e subo a escada dois degraus de cada vez até o quarto de Dara, que também está escuro e vazio. O cartão de aniversário ainda está sobre o travesseiro, exatamente onde deixei hoje de manhã. Será que ela está na rua desde ontem à noite? Para onde ela pode ter ido? Para a casa de Ariana, talvez. Ou talvez — de repente a resposta é tão óbvia que não consigo acreditar que não tenha me ocorrido antes — esteja com Parker. Eles provavelmente estão juntos numa aventura inspirada por Dara, tentando chegar até a Carolina do Norte e voltar em vinte e quatro horas, ou estão acampados em um motel de East Norwalk, jogando batatas chips para as gaivotas pela janela.

Pego meu celular e ligo para o número de Dara. Ele toca cinco vezes antes de cair na caixa postal. Então, ou ela está ocupada — se *estiver* com Parker, não quero pensar com o que ela está ocupada — ou está me ignorando.

Mando uma mensagem de texto.

> Me encontra em frente ao Portal na FanLand. 10 da noite.

Aperto o botão de enviar.

Pronto. Pedi, do jeito que tia Jackie disse que eu devia fazer.

No andar de baixo, ela voltou para a sala de TV. Procuro as chaves do carro de Dara na cozinha. Finalmente encontro a chave extra escondida no fundo da gaveta de tralhas, atrás de um monte de canetas marca-texto e meia dúzia de caixas de fósforo.

— Você vai a algum lugar? — tia Jackie grita enquanto vou em direção à porta.

— Trabalho — grito de volta e não espero sua resposta.

O carro de Dara está com um cheiro de terra esquisito, como se houvesse fungos crescendo sob o estofamento. Já se passaram meses desde que estive atrás do volante de um carro, e um leve tremor de pânico percorre meu corpo quando viro a chave na ignição. A última vez que dirigi foi na noite do acidente, naquela parte sombria da 101 que dá na costa cheia de pedras, com seus largos arbustos de flores e ameixeiras-de-praia retorcidas. Nunca mais fui até lá; não quis.

Aquela estrada leva ao nada.

Dou ré na entrada de carros, com cuidado para evitar as latas de lixo, me sentido desajeitada e um pouco tensa atrás do volante. Mas, depois de alguns minutos, relaxo. Abrindo as janelas, pegando a rodovia, aumentando a velocidade, sinto a tensão no meu peito se dissolver um pouco. Dara ainda não respondeu minha mensagem, mas isso não significa nada. Ela nunca foi capaz de resistir a uma surpresa. Além do mais, o ônibus 22 vai direto para a FanLand. Ela pode ter faltado ao jantar só para chegar ao parque um pouco mais cedo.

Na FanLand, o estacionamento ainda está lotado, apesar de eu imediatamente perceber que a multidão mudou: há menos minivans e SUVs, mais Accords surrados de segunda mão, alguns com som de baixo ecoando, alguns soltando plumas suaves de fumaça com cheiro doce pelas janelas ligeiramente abertas, enquanto jovens entram e saem do estacionamento para beber ou ficar chapados. Assim que estaciono, começo a procurar Dara, me abaixando para ver além das janelas embaçadas sem parecer que estou espionando.

— Oi, queridinha. Bela bunda! — um cara grita de um carro próximo, e seus amigos caem na gargalhada. Ouço uma garota gritar no banco traseiro:

— Ela é uma tábua!

Três garotos, talvez um pouco mais novos que eu, estão parados na frente do Boom-a-Rang, acendendo bombinhas no chão e jogando estalinhos com o máximo de força para eles explodirem numa nuvem de gás.

Os fogos de artifício já começaram. Assim que passo pelos portões da FanLand, uma enorme chuva dourada ilumina o céu, formando longos tentáculos como uma criatura marinha reluzente pregada no céu. O próximo é azul, depois vermelho, explosões breves e firmes, pequenos punhos de cor.

Dara deve estar aqui. Ela deve ter vindo.

Atravesso as multidões que ainda caminham pela Rua Verde, fazendo fila para jogar bolas de basquete em cestas ou para tentar socar o martelo de força. Está tudo cheio de luzes e flashes, além do *ring--ring-ring* dos jogos começando e terminando, jovens dando gritinhos de alegria ou decepção, o céu iluminado de verde, roxo ou azul-royal enquanto os fogos de artifício chegam a uma certa altura e, milagrosamente, se transformam, se espalhando como cinzas sob a parte inferior das nuvens. Eu me pergunto até que altura eles podem chegar.

Eu olho na direção do Portal: também está iluminado por flashes, a parte mais alta reluzindo como uma unha polida.

Os gramados estão cheios de cobertores e famílias fazendo piquenique. Estou contornando o carrossel quando sinto um braço ao redor do meu pescoço. Eu me viro, pensando que é Dara, mas me decepciono ao ver Alice, rindo, com o cabelo se soltando das tranças. Imediatamente percebo que ela está um pouco bêbada.

— Conseguimos! — ela diz, estendendo um braço como se quisesse pegar o céu, os brinquedos, tudo, e eu me lembro do que ela disse, que queria morrer no topo da roda-gigante. — Aonde você foi?

— Eu tinha um compromisso — digo. Ela já tirou a blusa de trabalho e está vestindo uma regata leve que mostra mais duas tatuagens, pontas de asas espiando por baixo das alças. Nunca a vi sem uniforme antes, e, naquele momento, ela parece quase uma desconhecida.

— Pegue um pouco — ela diz, como se adivinhasse o que estou pensando, e me dá um frasco que estava no bolso traseiro. — Você parece estar precisando.

— O que é? — Abro o frasco e cheiro para tentar identificar. Alice ri quando faço uma careta.

— Jame-o. Jameson. Vai fundo — ela brinca, me cutucando com o cotovelo. — Tira um peso das costas. A FanLand fez setenta e cinco anos hoje. E o gosto não é *tão* ruim, eu juro.

Tomo um gole, não porque a FanLand fez setenta e cinco anos, mas porque ela está certa, eu realmente preciso, e imediatamente começo a tossir. O gosto é de fluido de isqueiro.

— Isso é nojento — engasgo.

— Você vai me agradecer mais tarde — ela retruca, me dando um tapinha nas costas.

Ela está certa: quase imediatamente, um calor efervescente viaja do meu estômago para o peito, se aninhando em algum lugar na minha omoplata, como uma risadinha que estou tentando impedir.

— Quer ver lá da colina? — ela pergunta. — É a melhor vista. E o Rogers até trouxe — ela baixa a voz — tipo uns *trinta gramas* de maconha. Estamos nos revezando no galpão de manutenção.

— Vou pra lá daqui a pouco — digo. De repente, a insanidade do que estou prestes a fazer, do que Dara e eu estamos prestes a fazer, me atinge. E então eu *realmente* sinto vontade de rir. Tomo mais um gole de Jameson antes de devolver o frasco para Alice.

— Venha agora — ela chama. — Você nunca vai nos encontrar.

— Daqui a pouco — repito. — Prometo.

Ela dá de ombros e começa a dar pulinhos para trás na trilha.

— É você quem sabe. — Levanta o frasco bem alto, de modo que ele capta momentaneamente o reflexo colorido do céu: desta vez, um deslumbre súbito de brasas cor-de-rosa. — Feliz festa de aniversário!

Levanto um copo falso e observo até ela se misturar nas sombras com o resto da multidão. Em seguida, pego um atalho, entrando na fileira de árvores que mantém o Portal relativamente isolado: uma parte do parque que foi projetada, como todas as outras partes com árvores, para parecer tropical e exótica. Sair da trilha é como entrar em outro mundo. Diferentemente das outras partes selvagens, esta teve liberdade para crescer desordenada, e eu tenho que golpear ramos de trepadeiras para tirá-los do caminho e me abaixar sob as folhas largas e gordas das palmeiras, que se estendem como mãos para me dar tapas quando eu passo.

Quase instantaneamente, o som fica abafado, como se passasse por uma camada fina de água; os mosquitos e grilos estão zumbindo em locais não vistos, e eu sinto o roçar, leve como uma pena, de asas de mariposa nos meus braços nus. Atravesso a vegetação, tropeçando um pouco no escuro, mantendo os olhos no ponto reluzente do Portal. Ao longe, escuto um *pop-pop-pop* e o rugido da multidão: o grande final. De repente, o céu assume uma coloração maluca, cheia de cores sem nome, azul-verde-rosa e laranja-roxo-dourado, enquanto os fogos de artifício sobem com força e rapidez.

Ouço um farfalhar à esquerda e uma risada abafada; me viro e vejo um garoto fechando a calça e uma garota rindo, puxando-o pela mão. Congelo, apavorada, sem motivo, com medo de eles pensarem que eu estava espionando; em seguida, fico sozinha de novo e vou em frente.

A exibição final de fogos de artifício acontece enquanto luto para atravessar a última parte da vegetação; com o brilho, uma chuva súbita de verde forte que ilumina a parte inferior das nuvens com a mesma cor de um oceano sombrio, vejo que alguém está em pé ao lado do Portal, olhando para a parte mais alta.

Meu coração dá um salto. Dara. Em seguida, hastes de luz verde chiam de novo, e ela se torna apenas uma pincelada escura, uma silhueta pontiaguda em frente à paisagem de aço.

Ando metade do caminho entre nós antes de perceber que não é Dara. Claro que não. A postura está toda errada, e a altura, e as roupas também. Mas aí é tarde demais para parar, e eu já meio que gritei, de modo que, quando ele se vira — *ele* —, eu recuo, horrorizada, sem nada para dizer e nenhuma desculpa para dar.

Seu rosto é muito magro e está coberto de barba rala, que, na meia-escuridão, parece apenas uma sombra espalhada pelo maxilar. Seus olhos são fundos e, apesar disso, muito grandes, como bolas de sinuca caídas apenas pela metade nos buracos. Apesar de nunca tê-lo visto antes, eu o reconheço instantaneamente.

— Sr. Kowlaski — digo, num reflexo. Talvez eu precise dar um nome a ele. De outra maneira, vê-lo, encontrá-lo aqui, desse jeito, seria terrível demais. Do mesmo jeito que Dara e eu costumávamos dar nomes para os monstros do nosso armário, para não ter tanto medo deles, nomes bobos que reduziam seu poder: Timmy era um deles, e Sabrina. Porque existe alguma coisa terrível nele, alguma coisa feroz e também assombrada. É como se não estivesse olhando para mim, e sim para uma fotografia que mostra uma imagem terrível.

Antes que ele possa dizer alguma coisa, Maude aparece, passando direto por mim e entrelaçando imediatamente o braço no do sr. Kowlaski, como se fossem parceiros prestes a dançar quadrilha. Ela deve ter sido enviada para interceptá-lo. Assim que ele começa a se mexer, percebo que está bêbado. Ele dá passos cuidadosos demais, do jeito que as pessoas fazem quando se preocupam em parecer sóbrias.

— Venha, sr. Kowlaski — Maude diz, parecendo surpreendentemente animada. Engraçado como ela só parece feliz durante uma crise.

— O espetáculo acabou. O parque vai fechar daqui a pouco. O senhor veio de carro? — Ele não responde. — Que tal um café antes de ir embora?

Quando os dois passam por mim, tenho que olhar para o outro lado, abraçando a mim mesma. Seus olhos parecem dois poços; e agora sinto que sou eu quem está vendo coisas horríveis, vendo todas as vezes que tentei ajudar Dara, salvá-la, mantê-la em segurança: as vezes em que menti para minha mãe e meu pai por ela, vasculhei seu quarto em busca de saquinhos cheios de resíduos brancos ou fiapos verdes, confisquei seus cigarros e depois, por pena, devolvi quando ela colocava os braços ao meu redor e o queixo no meu peito e me encarava através daqueles cílios escuros sedosos; as vezes em que a encontrei desmaiada no banheiro e a levei para a cama, enquanto ela exalava o fedor penetrante de vodca; os bilhetes que falsifiquei por ela, pedindo dispensa das aulas de ginástica ou matemática, para ela não se encrencar por faltar; todas as barganhas que fiz com Deus, em quem eu nem tenho certeza se acredito, quando eu descobria que ela tinha saído de carro sem rumo, bêbada e doidona, com o grupo aleatório de esquisitos e fracassados que se acumulavam ao redor dela como neve pesada, caras que dançavam em boates ou administravam bares vagabundos e andavam com garotas do ensino médio porque todas as garotas da idade deles eram espertas demais para falar com eles. *Se a Dara voltar para casa em segurança, prometo que nunca mais vou pedir nada. Contanto que nada ruim aconteça com a Dara, prometo ser mais boazinha do que nunca. E o que aconteceu no Baile do Dia dos Fundadores nunca mais vai acontecer.*

*Eu juro, meu Deus. Por favor. Contanto que ela esteja bem.*

Como fui burra de pensar que Dara ia voltar, que ela seria atraída para mim como um ímã, como quando éramos mais novas. Ela provavelmente está em algum lugar em East Norwalk, bêbada e feliz ou bêbada e infeliz ou chapada, comemorando o aniversário, deixando algum cara enfiar a mão entre suas pernas. Talvez *Parker* seja esse cara.

Agora os fogos de artifício acabaram, e o parque está começando a esvaziar. Já detecto a ação dos coveiros — sete deles no turno de limpeza de hoje à noite, incluindo o próprio sr. Wilcox — nas evidências que estão deixando, sacos de lixo empilhados de um jeito arrumado perto dos portões e cadeiras empilhadas em torres altas.

Dois seguranças estão plantados perto dos portões, garantindo que o parque seja desocupado. O estacionamento esvaziou. Os garotos saíram da frente do Boom-a-Rang, apesar de o ar ainda estar com o cheiro prolongado de pólvora dos fogos de artifício. Quando finalmente entro no carro de Dara, estou tão cansada que sinto, no corpo todo, uma dor indistinta em todas as minhas juntas e atrás dos olhos.

— Feliz aniversário, Dara — digo em voz alta. Pego o celular no bolso. Nenhuma surpresa: ela não respondeu minha mensagem.

Não sei o que me faz ligar para ela. O simples desejo de ouvir sua voz? Não exatamente. Porque eu estou com raiva? Não exatamente isso, também — estou cansada demais para sentir raiva. Porque eu quero saber se estou certa, se ela simplesmente se esqueceu do jantar, se está agora mesmo sentada no colo de Parker, quente, tonta e falando alto, e ele está com o braço ao redor da cintura dela, pressionando os lábios entre as omoplatas dela?

Talvez.

Assim que o toque começa no meu ouvido, um toque secundário, ligeiramente abafado, soa no carro, de modo que, por um instante, não sei quem é quem. Enfio a mão no espaço entre o banco do motorista e a porta, fecho os dedos ao redor do metal frio e desencavo o celular de Dara, que, de alguma forma, deve ter ficado perdido ali.

Não é surpresa ela estar usando o carro quando não deveria: Dara pode não ser a melhor aluna, mas sempre tira dez em qualquer assunto que envolva descumprir regras. Mas é estranho, e preocupante, ela não estar com o celular. Minha mãe costumava brincar que Dara devia grudar o celular cirurgicamente na mão, e minha irmã sempre disse que, se os cientistas descobrissem um jeito de fazer isso, ela seria a primeira a se candidatar.

Meu dedo flutua sobre o ícone de mensagens. De repente, me sinto desconfortável. Uma vez, no quinto ano, no meio de uma prova de estudos sociais, eu estava preenchendo o nome dos países da Europa, lembro, num mapa impresso. Tinha acabado de chegar à Polônia quando senti uma dor aguda súbita no peito, como se alguém tivesse colocado a mão ao redor do meu coração e o esmagado. E eu soube, eu senti, que alguma coisa tinha acontecido com Dara. Não percebi que me levantei, jogando a cadeira para trás, até todo mundo estar me encarando e o professor, sr. Edwards, me mandar sentar.

Eu me sentei, porque não tinha como explicar que alguma coisa havia acontecido. Troquei a localização da Alemanha e da Polônia e nem me lembrei de identificar a Bélgica, mas não importava; na metade da prova, a vice-diretora apareceu na porta, com o rosto retesado como a ponta de uma meia de náilon, e fez sinal para que eu fosse com ela.

Durante o intervalo, Dara tinha tentado escalar a cerca que separava o asfalto do complexo industrial do outro lado: uma fábrica que produzia componentes para aparelhos de ar-condicionado. Ela conseguiu chegar até o topo antes que uma professora, ao vê-la, a mandasse parar; Dara perdeu o apoio do pé e despencou de uns três metros e meio, caindo com a ponta afiada e enferrujada de um cano galvanizado, descartado sem nenhum motivo aparente nos arbustos baixos, parcialmente enfiada no esterno. Ela ficou em silêncio no caminho até o hospital. Nem chorou, só ficou mexendo no cano e na mancha de sangue na camiseta como se estivesse fascinada, e o médico conseguiu tirar o metal com sucesso e costurá-la com tanta leveza que a cicatriz mal era visível, e durante as semanas seguintes ela falou das injeções de tétano que recebeu.

Agora, sentada no carro, a sensação volta como naquele dia: a mesma pressão terrível e esmagadora no peito. E eu sei, simplesmente *sei*, que Dara está em apuros.

\* \* \*

O tempo todo eu estava supondo que ela simplesmente tinha dado um bolo na gente hoje. Mas e se não foi isso? E se alguma coisa ruim aconteceu? E se ela ficou bêbada, desmaiou em algum lugar, acordou e não tem como voltar para casa? E se um dos seus amigos fracassados tentou enganá-la e ela fugiu sem o celular?

*E se, e se, e se.* O ritmo das últimas quatro horas da minha vida.

Abro o Facebook. A foto no perfil de Dara é antiga, do Halloween de quando eu tinha quinze anos, e ela, Ariana, Parker e eu invadimos uma festa de alunos do último ano do ensino médio, apoiados no fato de que todo mundo estaria bêbado demais para perceber. Na foto, Dara e eu estamos abraçadas, rosto com rosto, vermelhas, suadas e felizes. Eu queria que as fotografias fossem espaços físicos, como túneis; que a gente pudesse entrar nelas e voltar no tempo.

Existem dezenas e mais dezenas de mensagens de aniversário publicadas no mural dela: *Te amamos para sempre! Feliz aniversário! Toma uma por mim quando for celebrar hoje à noite!* Ela não respondeu nenhuma — não é surpresa, já que está sem o celular.

E agora? Não posso ligar para ela. Volto para meu celular e ligo para o número de Parker, pensando que, afinal, ele pode estar com ela ou, pelo menos, saber para onde ela foi. Mas o celular dele toca apenas duas vezes antes de ir para o correio de voz. A pressão está aumentando, esmagando meus pulmões, como se o ar estivesse lentamente escapando do carro.

Apesar de saber que ela me mataria por ler suas mensagens, abro as mensagens, passando rapidamente pela que mandei mais cedo e várias seguidas de Parker, sem saber o que estou procurando, mas sentindo que estou chegando perto de *alguma coisa*. Encontro dezenas de mensagens de números e nomes que não reconheço: fotos de Dara, com os olhos arregalados e as pupilas dilatadas e pretas como jabuticabas, em várias festas das quais eu nunca soube. Uma foto sem foco — talvez um erro? — do ombro nu de um cara. Analiso por um minuto, me perguntando se é Parker, e, depois de decidir que não é, sigo em frente.

A próxima mensagem e as imagens anexadas fazem meu coração parar.

Essa é quase profissional, como se tivesse sido estilizada e iluminada. Dara está sentada num sofá vermelho, num quarto quase sem móveis. Tem um aparelho de ar-condicionado no canto, e uma janela tão suja que não consigo ver através dela. Dara está apenas de calcinha; os braços estão rígidos nas laterais, de modo que seus seios, e as pequenas marcas escuras dos mamilos, estão no centro da imagem. Seus olhos estão focados em alguma coisa à esquerda da câmera, e sua cabeça está inclinada, como ela faz quando está prestando atenção em algo. Imagino, imediatamente, uma pessoa atrás da câmera — talvez mais de uma pessoa — dando instruções a ela.

*Abaixe os braços, querida. Mostre o que você tem.*

A próxima foto é um close: somente o seu tronco está visível. Ela está com a cabeça inclinada para trás, os olhos estreitos, o suor umedecendo o pescoço e a clavícula.

As duas fotos foram enviadas de um número de telefone que não reconheço; um número de East Norwalk, em 26 de março.

Um dia antes do acidente. Tenho a sensação de estar finalmente chegando ao chão depois de uma longa queda. Solto a respiração e, estranhamente, tenho uma sensação de alívio, de finalmente tocar a terra firme, de saber.

É isso: de alguma forma, nessas fotos, o mistério do acidente está escondido, e a explicação para o comportamento subsequente de Dara, para seus silêncios e desaparecimentos.

Não me pergunte como eu sei. Eu simplesmente sei. Se você não entende isso, acho que nunca teve uma irmã.

# 2 DE MARÇO
# DIÁRIO DE DARA

Todo mundo está sempre me acusando de adorar ser o centro das atenções.

Mas quer saber? Às vezes eu queria simplesmente poder desaparecer.

Eu lembro uma vez, quando era pequena. A Nick ficou com raiva porque eu quebrei sua caixinha de música preferida, presente da vovó. Eu falei que foi um acidente, mas na verdade não foi. Admito: eu estava com ciúme. A vovó não tinha me dado nada. Até aí, nenhuma grande surpresa, certo? A Nick sempre foi a preferida.

Mas depois eu me senti mal. Muito mal. Eu me lembro de ter fugido e me escondido na casa da árvore do Parker com o plano de viver ali em cima para sempre. Claro que fiquei com fome depois de mais ou menos uma hora e desci. Nunca vou me esquecer de como foi bom ver minha mãe e meu pai andando pelas ruas juntos com uma lanterna, gritando meu nome.

Acho que essa é a coisa legal de desaparecer: a parte em que as pessoas procuram você e imploram que volte para casa.

# NICK
## 22H15

Um punho atinge a janela e eu dou um pulo, soltando um gritinho. Uma lanterna passeia pelo vidro. O segurança faz sinal para eu abrir a janela.

— Tudo bem? — ele pergunta. Eu o reconheço como um dos homens que estavam ao lado dos portões, garantindo que todo mundo saísse de maneira ordenada. Ele provavelmente tem instruções para esvaziar o estacionamento também. Meus olhos vão para o painel. Estou sentada no carro há mais de vinte minutos.

— Estou bem — respondo. O guarda parece não acreditar em mim. Ele aponta a lanterna para o meu rosto, quase me cegando, provavelmente para verificar minhas pupilas e ter certeza de que não estou bêbada ou doidona. Consigo sorrir. — Sério. Eu estava de saída.

— Tudo bem, então — ele diz, dando uma batidinha na lateral do meu carro com o nó dos dedos, para enfatizar. — Mas termine de mandar essa mensagem antes de começar a dirigir.

Percebo que ainda estou agarrando o celular de Dara.

— Pode deixar — digo, enquanto ele se vira, satisfeito, em direção aos portões. Fecho a janela novamente, giro a chave na ignição, ligo o ar-condicionado. As palavras do segurança me deram uma ideia.

Pego o número de East Norwalk que aparece nas duas fotografias quase nuas e colo numa nova mensagem. Durante um minuto, fico ali sentada, ponderando, digitando e apagando. Por fim, acabo enviando um simples:

> Ei. Tá por aí?

É uma aposta maluca, um tiro no escuro. Eu nem espero uma resposta. Mas o celular de Dara apita quase que imediatamente. Sinto um fluxo de adrenalina correndo até a ponta dos meus dedos.

> Quem é?

Ignoro a pergunta.

> Eu estava olhando nossas fotos de novo. Elas são bem ousadas.

Seco o suor da testa com a parte interna do pulso.

Durante um minuto, o celular fica em silêncio. Meu coração está batendo com tanta força que consigo escutá-lo. Aí, bem quando estou quase desistindo e engato a primeira no carro, o celular apita duas vezes.

> Sério, quem é?

Inconscientemente, eu estava prendendo a respiração. Agora expiro, soltando uma lufada de ar, me sentindo como um balão furado.

Racionalmente, sei que as fotos não devem significar nada. Dara ficou bêbada, tirou a roupa, deixou um imbecil tirar umas fotos e agora ele nem se lembra. Fim da história. Não consigo explicar a sensação, incômoda, persistente, de que tem alguma conexão aqui, um modo de costurar a história dos últimos quatro meses e dar sentido a ela. É a mesma sensação que tenho quando estou tentando me lembrar da letra de uma música que toca repetidas vezes na minha cabeça em algum lugar fora do meu alcance.

Escrevo tudo em maiúscula, e mais nada.

Um minuto se passa, dois. Apesar de o rosto do segurança estar perdido na escuridão, percebo que ele está me observando.

*Ping.*

> Vc acha q isso é uma brincadeira, porra?

Antes que eu consiga pensar em como responder, outra mensagem aparece:

> Não sei com o q vc acha q está brincando, mas é melhor ter cuidado.

E mais uma:

> Essa merda é séria. Se vc sabe de alguma coisa, é melhor ficar de boca fechada. Senão...

O segurança está vindo na minha direção outra vez. Arremesso o celular de Dara no porta-copo, com força, como se pudesse estilhaçá-lo e estilhaçar as mensagens que estão nele. Engato a primeira e me vejo a meio caminho da orla antes mesmo de perceber que estou indo para casa. Estou dirigindo rápido demais — cento e cinco, de acordo com o velocímetro — e piso no freio, com o sangue latejando nos ouvidos e o ar espancando do lado de fora das janelas, espelhando o som distante das ondas.

O que isso significa?

*Vc acha q isso é uma brincadeira, porra?*

Penso em Dara como a vi mais cedo: entrando num ônibus, com os braços cruzados, se assustando ao ouvir o próprio nome.

*É melhor ficar de boca fechada. Senão...*
Em que foi que Dara se meteu desta vez?

# 28 DE JULHO
# DIÁRIO DE DARA

QUERIDA NICK,

INVENTEI UM JOGUINHO.
O NOME É: ME PEGUE SE FOR CAPAZ.

         D

# NICK
## 22H35

Parece até que eu bebi um galão de café. Eu me sinto ultraligada, inquieta e alerta. No caminho para casa, fico olhando pelo retrovisor, meio que esperando ver um desconhecido sentado no banco traseiro, me olhando atravessado.

Assim que entro em casa, vejo que a bolsa de tia Jackie sumiu — ela deve ter decidido ir embora, no fim das contas. Minha mãe caiu no sono na sala de TV, com as pernas enroladas nas cobertas: um sinal claro de que tomou remédios para dormir. A luz da tela envolve o ambiente em azul, projeta padrões que se movem nas paredes e no teto e faz o cenário todo parecer submerso. O apresentador do telejornal, tingido de laranja, encara a câmera com seriedade acima de um gráfico vermelho resplandecente que diz: "CONSPIRAÇÃO SNOW? UMA VIRADA NO CASO MADELINE".

O apresentador está dizendo:

— Teremos mais informações sobre os novos relatos da vizinha dos Snow, Susan Hardwell, depois do intervalo. — Desligo a TV, grata pelo súbito silêncio.

Quantas vezes ouvi isso na última semana? Quando uma pessoa desaparece, as primeiras setenta e duas horas são as mais importantes.

Eu vi Dara pouco antes do jantar, apenas algumas horas atrás, entrando no ônibus. Mas ela não estava com uma bolsa nem levou o celular. Então, para onde ela poderia estar indo?

No quarto de minha irmã, acendo todas as luzes, me sentindo um pouco melhor, menos ansiosa, quando o ambiente é revelado em toda sua bagunça e simplicidade. Desta vez eu sei exatamente o que estou procurando. Apesar de todas as reclamações de Dara sobre privacidade, ela é preguiçosa demais para esconder bem as coisas, e eu encontro seu diário onde sempre está: no fundo da gaveta menor da mesinha de cabeceira estreita, atrás de uma bagunça confusa de canetas, velhos carregadores de celular, camisinhas e embalagens de chiclete.

Sento na cama, que geme de um jeito apavorante, como se protestasse contra minha invasão, e abro seu diário no colo. Minhas palmas estão coçando, como sempre ficam quando estou nervosa. Mas estou sendo compelida pelo mesmo instinto indescritível que me atingiu há tantos anos durante aquela prova idiota de geografia. Dara está em apuros. Ela está em apuros há muito tempo. E eu sou a única que pode ajudá-la.

A letra de Dara parece que vai escapar do papel: as páginas do diário estão lotadas, cobertas de bilhetes rabiscados, desenhos e observações aleatórias.

"Aconteceu", começa um deles, datado do início de janeiro. "O Parker e eu ficamos de verdade."

Avanço uma semana.

Ficadas, términos, reclamações sobre a mamãe, o papai, o dr. Lichme e sobre mim: está tudo lá, toda a raiva e o triunfo, tudo canalizado em linhas cruzadas de tinta. Algumas coisas eu já vi antes — eu *realmente* li o diário dela uma vez, depois que descobri com minha amiga Isha que Dara e Ariana tinham começado a usar cocaína —, e li seu recado para mim depois, provocando, sobre o que aconteceu no Baile do Dia dos Fundadores. "Vou contar para a mamãe e o papai que o anjinho da casa não é tão anjinho assim."

Ah, se ela soubesse.

De 15 de fevereiro: "Feliz Dia Depois do Dia dos Namorados. Eu gostaria de levar quem inventou esse feriado para o quintal e colocá-lo na linha de fuzilamento. Melhor ainda, amarrar o Cupido e atirar flechas na sua bunda idiota".

De 28 de fevereiro: "O Parker está apaixonado por outra pessoa". Isso faz meu coração revirar um pouco.

E de 2 de março: "Acho que essa é a coisa legal de desaparecer: a parte em que as pessoas procuram você e imploram que volte para casa". Diminuo o ritmo quando chego a 26 de março: o dia em que as fotografias foram enviadas para ela do número de East Norwalk, do cara que me alertou — que alertou *Dara* — para ficar de boca fechada. Essa publicação é relativamente curta, só algumas linhas:

> Tem mais uma festa hoje à noite!! O Andre estava certo. Fica mais fácil. Na última vez, trabalhei durante três horas e ganhei mais de duzentas pratas de gorjeta. As outras garotas são legais, mas uma delas me alertou sobre me aproximar demais do Andre. Acho que ela só está com ciúme, porque ele obviamente gosta mais de mim. Ele me disse que vai produzir um programa para a TV. Você pode imaginar o que a Nick faria se eu tivesse meu próprio reality show? Ela ia simplesmente morrer. E o Parker ia se sentir um merda de verdade, não é?

Conheço esse nome: Andre. Dara me falou de um Andre meses atrás. Ela tinha fotos dele no celular.

Viro outra página. A anotação de Dara na manhã do acidente é ainda mais curta.

> Droga. Eu realmente achei que o estava esquecendo. Mas hoje acordei me sentindo um monte de merda.
> A Ariana diz que eu devia falar com o Parker. Não sei. Talvez eu fale. Talvez o Que Se Lixe estivesse certo. Não posso simplesmente fingir para conseguir escapar.
> Ou talvez eu finalmente esteja amadurecendo.

Imagens daquela noite aparecem na minha mente: o molhado de chuva com cor de aço no moletom de Parker e faróis dividindo o mundo em blocos de luz e sombras. O olhar de triunfo de Dara, como se ela tivesse acabado de cruzar uma linha de chegada em primeiro lugar.

Continuo em frente. As anotações param por um tempo, e eu viro várias páginas vazias. Dara estilhaçou os ossos do pulso direito no acidente; ela não conseguia segurar uma caneta nem um garfo. O próximo registro — o último, parece — tem a data de ontem e está escrito em letras maiúsculas, como um cartaz ou alguma coisa gritada:

QUERIDA NICK,

INVENTEI UM JOGUINHO.
O NOME É: ME PEGUE SE FOR CAPAZ.

D

Durante um segundo, não consigo fazer nada além de encarar, impressionada, lendo a mensagem várias e várias vezes, dividida entre sensações iguais de alívio e raiva. A raiva vence. Fecho o diário com força e me levanto, jogando-o para o outro lado do quarto, onde ele bate na janela e derruba um porta-lápis vazio da mesinha.

— Você acha que isso é um jogo, porra? — digo em voz alta e, de repente, sinto um tremor, como se alguém tivesse soprado nas minhas costas. É quase exatamente o que o Desconhecido falou em resposta à minha mensagem.

*Você acha que isso é uma brincadeira, porra?*

Eu me levanto, chutando as pilhas de porcarias dela, procurando qualquer coisa fora do lugar, qualquer coisa que possa ser uma pista de aonde ela foi e por quê. Nada. Só as roupas e o lixo de sempre, o mesmo caos de tornado que Dara deixa para trás em toda parte. Há quatro caixas de papelão novas empilhadas no canto — acho que minha mãe finalmente pediu para ela guardar essas merdas —, mas estão vazias. Chuto uma delas e sinto um breve surto de satisfação quando ela atravessa o quarto e bate na parede oposta.

Estou perdendo a cabeça.

Respiro fundo e, em pé no canto, olho de novo para o quarto dela, tentando sobrepor mentalmente uma imagem do quarto que eu vi alguns dias atrás, como juntar slides e ver se alguma coisa está desalinhada. E aí eu percebo. Tem uma sacola de plástico no pé da cama que eu tenho certeza de que não estava ali no início da semana.

Dentro da sacola há um conjunto aleatório de coisas: um babyliss, um frasco de viagem de spray de cabelo, uma calcinha fio dental brilhosa que eu pego com o dedo mindinho, sem saber se está limpa ou suja. Quatro cartões de visita, todos de negócios aleatórios, como pintores de paredes ou avaliadores. Coloco todos eles sobre a cama, um por um, esperando encontrar algum tipo de mensagem.

O último cartão é de um bar: Beamer. Conheço o lugar. É numa saída da 101, a uns oitocentos metros da FanLand, e só um quilômetro e meio, mais ou menos, do ponto onde Dara e eu sofremos o acidente.

Viro o cartão e, nesse exato momento, o mundo todo fica mais aguçado e se condensa, se afunilando para um nome, Andre, e alguns números rabiscados a caneta. Mais uma vez, sinto aquela dor aguda, como se parte do meu cérebro estivesse em chamas. Conheço esse número. Mandei uma mensagem para ele há menos de duas horas.

*É melhor ficar de boca fechada. Senão...*

Estranhamente, não sinto medo. Não sinto quase nada.

Não são nem onze horas, e a viagem até o Beamer vai levar menos de vinte minutos.

Tempo suficiente.

# NICK
## 23H35

Assim que paro no estacionamento do Beamer, fico decepcionada. Eu esperava ver mais uma pista, um sinal imediato da conexão de Dara com este lugar. Mas o Beamer se parece com qualquer um das dezenas de bares que povoam East Norwalk, só que mais solitário: aqui perto da praia dos Órfãos, onde as correntes marítimas são cruéis e mortais, os visitantes são mais escassos, assim como os negócios. Mesmo assim, o estacionamento está cheio.

Folhetos nas janelas escurecidas anunciam a Noite das Mulheres, drinques com nomes do tipo Mamilo Macio e uma festa VIP com o nome nada criativo de Blackout. Tem até uma corda de veludo na frente das portas de vidro, o que é ridículo, considerando que não tem ninguém esperando para entrar e o único cliente que está no estacionamento, fumando e falando ao celular, está vestindo um jeans sujo e uma camiseta regata da Budweiser.

Observo o Budweiser amassar o cigarro num balde supostamente fornecido para esse objetivo, exalando a fumaça pelo nariz, como um dragão. Estou prestes a sair do carro e segui-lo quando a porta se abre e vejo um segurança, mais ou menos do formato e do tamanho de uma baleia jubarte, interceptar Budweiser antes de entrar. Budweiser levanta a mão, provavelmente mostrando um carimbo, e o segurança recua.

Eu não tinha pensado que ia precisar de identidade. Mas é claro que preciso. Durante um instante, uma onda de exaustão me atinge, e eu penso em voltar, virar o carro na direção de casa e deixar Dara ir para o inferno.

Mas tem uma parte teimosa em mim que se recusa a ceder tão rapidamente. Além do mais, Dara não tem uma identidade falsa, pelo menos que eu saiba. Ela sempre se gabou de não precisar, porque flertava para entrar em qualquer bar.

Se ela consegue fazer isso, eu também consigo.

Viro o espelho para baixo, me arrependendo agora da camiseta de gola canoa e do shorts que vesti antes de sair de casa de novo e do fato de eu ter decidido colocar apenas um pouco de gloss e rímel. Pareço pálida e jovem.

Eu me viro e estendo a mão para o banco traseiro. Assim como o quarto de Dara, o estofamento está coberto com uma camada grossa de roupas e lixo acumulado. Não demoro muito para encontrar uma camiseta de lantejoulas, um brilho labial e até mesmo um estojo rachado com três sombras escuras. Passo um pouco de cor escura com o polegar, tentando me lembrar do que Dara sempre dizia nas poucas vezes em que me convenceu a deixá-la me maquiar e eu saía do banheiro irreconhecível e sempre um pouco desconfortável, como se ela tivesse me colocado numa pele totalmente diferente: mistura de baixo para cima, esfuma na dobra.

Passo um pouco de gloss, solto o rabo de cavalo e passo os dedos no cabelo. Depois de checar se o estacionamento está vazio, troco de camiseta. A de lantejoulas de Dara tem um decote tão fundo que um pouco do meu sutiã — preto, felizmente, e não o amarelo estampado que costumo usar, com uma mancha de café diretamente sobre o mamilo esquerdo — aparece.

Verifico meu reflexo mais uma vez e sinto um choque momentâneo. Vestida com as roupas de Dara, usando a maquiagem de Dara, eu me pareço mais com ela do que achei ser possível.

Respiro fundo, pego minha bolsa e saio do carro. Pelo menos troquei o tênis para ir ao jantar, sabendo que meu pai me daria um sermão se eu não fizesse isso. Minha sandália gladiador dourada tem até um saltinho.

 O segurança se materializa antes mesmo de eu conseguir colocar a mão na porta, parecendo sair da escuridão sombria do outro lado dos painéis de vidro como uma criatura subaquática submergindo. Um fluxo de sons o acompanha porta afora: um hip-hop abafado, mulheres rindo, a conversa de dezenas de pessoas bêbadas.

 — Identidade — ele diz, parecendo entediado. Seus olhos estão a meio mastro, com a pálpebra baixa como a de um lagarto.

 Forço uma risada. Parece que alguém está me estrangulando com uma mangueira de jardim.

 — Sério? — Abaixo o queixo, do jeito que Dara sempre faz quando quer alguma coisa, e pisco para ele. Mas sinto minha perna esquerda tremendo. — São só cinco minutos. Menos. Só preciso entregar a carteira da minha amiga.

 — Identidade — ele repete, como se minhas palavras não tivessem sido registradas.

 — Olha — digo. Ele está mantendo a porta aberta com um pé, e eu consigo ver apenas uma parte do bar atrás dele, com uma iluminação fraca de luzes de Natal fora de época. Várias garotas estão reunidas ao redor de alguns drinques. Será que uma delas é Dara? Está escuro demais para dizer. — Não estou aqui pra beber, tá? Só estou procurando a minha amiga. Você pode ficar me olhando. Vou entrar e sair.

 — Sem identidade, não entra. — Ele aponta o polegar na direção do cartaz colado na porta, que diz exatamente isso. Embaixo tem outro cartaz: "SEM SAPATOS, SEM CAMISA, SEM CHANCE".

 — Você não entende. — Agora estou ficando furiosa. E, por um segundo, presa dentro daquele flash quente de raiva, alguma coisa faz sentido, e eu entendo e entro na pele dela sem querer. Jogo o cabelo e enfio a mão no bolso de trás, tirando o cartão de visitas que encontrei no quarto de Dara. — O Andre *me convidou* pra vir.

 É uma aposta alta. Não sei quem é Andre, nem mesmo se ele trabalha aqui. Pode ser apenas um babaca aleatório que Dara conheceu no bar. Na foto no celular, ele estava usando uma jaqueta de couro e olhando para Dara com uma expressão de que eu não gostei. Ele pode ter simplesmente pegado um cartão para anotar seu número.

Mas estou apostando no instinto agora, escutando um zumbido de certeza em algum lugar profundo do meu cérebro. Por que anotar o número? Por que não enviá-lo por mensagem ou salvá-lo diretamente no celular de Dara? Tem uma mensagem nesses números, tenho certeza: um código secreto, um convite, um alerta.

O segurança examina o cartão durante o que parece uma eternidade, virando-o de trás para frente, de frente para trás, enquanto eu prendo a respiração, tentando não ficar inquieta.

Quando ele me olha de novo, alguma coisa mudou — seus olhos passam devagar pelo meu rosto e descem até meus peitos, e eu luto contra a vontade de cruzar os braços. Ele não está mais entediado. Está *avaliando*.

— Pra dentro — ele rosna. Eu me pergunto se seu vocabulário é limitado às palavras de que ele precisa para o emprego: "identidade", "pra dentro", "não entra". Ele abre a porta um pouco mais com o cotovelo, de modo que eu só tenho espaço para deslizar por ele. Um sopro de ar-condicionado me recebe, e uma nuvem pesada de cheiro de álcool. Meu estômago se contrai.

O que estou fazendo?

Mais importante: o que *Dara* está fazendo?

O bar está lotado, principalmente com caras que parecem pelo menos uma década velhos demais para serem tão barulhentos e estarem tão bêbados. Há bancos forrados de vinil vermelho organizados sobre uma plataforma elevada: um cara está apalpando uma mulher enquanto ela bebe um drinque rosa-forte no maior copo que eu já vi. Um DJ está tocando uma house music ruim num canto, mas também há quatro TVs penduradas atrás do bar e jogos de beisebol em todas elas, como se o Beamer não tivesse decidido se quer ser um cenário de boate Eurotrash ou um bar de esportes. Meu alarme de perigo está apitando acima dos limites. Tem alguma coisa... *errada* neste lugar, como se não fosse um lugar de verdade, mas uma imitação, um cenário construído às pressas para esconder alguma coisa.

Vasculho a multidão, procurando Dara ou até mesmo alguém que pareça amiga da minha irmã. Mas todas as mulheres são mais velhas, com pelo menos uns vinte e cinco anos. No diário, ela dizia que estava trabalhando para Andre. Mas todas as garçonetes também são mais velhas: usando minissaias minúsculas e tops apertados com o logo do Beamer — dois faróis que eu tenho quase certeza de que foram feitos para parecerem mamilos — bordado sobre o peito, parecendo entediadas, sobrecarregadas ou apenas irritadas.

Penso naquela foto de Dara no sofá, reclinada, com os olhos vidrados, e meu estômago dá um nó.

Passamos por um corredor estreito que leva aos banheiros. As paredes têm folhetos multicoloridos colados — *Happy Hour de Quarta! Bonanza do Quatro de Julho! Noite das Mulheres Todo Domingo!* e mais cartazes estranhamente monocromáticos anunciando a *Blackout* — e fotos. Eu meio que espero ver uma foto de Dara e meio que rezo para não ver. Mas deve ter umas quinhentas fotos na parede, quase todas praticamente idênticas — garotas bronzeadas de blusinha mandando beijos para a câmera, caras sorrindo com doses de tequila —, e estamos indo rápido demais para eu distinguir mais do que uma dezena de rostos, e nenhum é o dela.

No fim do corredor tem uma porta com a palavra "privativo" escrita. O segurança bate duas vezes e, em resposta a um comando abafado que eu novamente não escuto, abre a porta. Fico surpresa ao ver uma mulher sentada atrás de uma mesa, num escritório lotado de caixas cheias de canudos de plástico e guardanapos de bar com o logo do Beamer impresso.

— Casey — o segurança diz. — Uma garota pro Andre. — Depois de me conduzir para dentro, ele imediatamente nos abandona. A porta isola a maior parte do barulho de fora. Mesmo assim, ainda sinto o ritmo pulsante do baixo, subindo pelos meus pés.

— Senta — a mulher, Casey, diz, com os olhos grudados na tela do computador. — Me dá um segundo. Essa merda de sistema... — Ela digita no teclado como se estivesse tentando socá-lo até a morte, depois, abruptamente, afasta o computador para o lado. Deve ter uns quarenta anos, cabelo castanho com mechas loiras e uma mancha de alguma coisa (chocolate?) no lábio superior. Ela parece muito uma orientadora, exceto pelos olhos, que têm um tom vívido e artificial de azul.

— Tudo bem — ela fala finalmente. — O que eu posso fazer por você? Me deixe adivinhar. — Seus olhos passeiam por mim, pousando no meu peito, do mesmo modo que o segurança. — Você está procurando emprego.

Decido que a melhor coisa é não falar nada. Apenas faço que sim com a cabeça.

— Você tem dezoito? — ela pergunta. Faço que sim novamente. — Bom, muito bom. — Ela parece aliviada, como se eu tivesse passado num teste. — Porque é a lei estadual, sabe? Você tem que ter vinte e um pra ser garçonete, já que não servimos comida. Mas, nas festas particulares, conseguimos contornar as regras. — Ela está falando tão rápido que mal consigo acompanhar. — Você vai ter que preencher uma ficha de inscrição e um termo de responsabilidade, declarando que está falando a verdade sobre sua idade.

Ela desliza uma folha de papel sobre a mesa para mim. Descaradamente, não pede minha identidade, e a "ficha de inscrição" só pede meu nome, telefone e e-mail, e para eu assinar uma declaração garantindo que tenho dezoito anos. Quando comecei a trabalhar na FanLand, achei que fossem pedir um teste de DNA.

Eu me inclino sobre o papel e finjo que estou refletindo sobre ele quando, na verdade, estou ganhando tempo e tentando descobrir minha próxima jogada.

— Não tenho experiência como garçonete — digo de um jeito arrependido, como se tivesse acabado de pensar naquilo. Atrás de Casey tem uma fileira de arquivos cinza, alguns deles meio abertos porque o conteúdo não cabe mais. E eu sei que, em algum lugar, enterrada entre todas aquelas pastas, faturas e mouse pads cafonas do Beamer, está a ficha de inscrição de Dara, com sua assinatura rabiscada confiante.

Agora eu tenho certeza. Ela se sentou aqui, nesta cadeira. Talvez tenha trabalhado aqui antes do acidente. E não é coincidência o fato de, na noite do seu aniversário, ela ter desaparecido sem levar o celular. Tudo leva a este lugar, a este escritório e a Casey, com seu sorriso iluminado e os olhos frios e ofuscantes. A Andre. Àquelas fotos e às ameaças dele.

*Você acha que isso é uma brincadeira, porra?*

Preciso saber.

Casey ri.

— Se conseguir andar e mastigar chiclete ao mesmo tempo, você vai dar conta. Como eu disse, não pedimos às nossas hostess pra servir. É contra a lei estadual. — Ela se recosta na cadeira. — Aliás, como foi que você ouviu falar da gente?

Ela mantém a voz leve, mas percebo uma clara intenção oculta por baixo das palavras. Durante uma fração de segundo, minha mente fica totalmente vazia; não preparei uma história para disfarçar e não tenho ideia do que, exatamente, eu deveria saber. Sinto como se estivesse tateando para pegar alguma coisa escorregadia na água fria: tudo o que consigo é uma forma indefinida, bordas grosseiras e nenhum detalhe.

Solto de repente:

— Conheci o Andre numa festa. Foi ele que me falou.

— Ah. — Ela parece relaxar aos poucos. — Sim, o Andre é nosso gerente geral e recrutador. Ele é encarregado dos eventos especiais. Mas preciso te alertar. — Ela se inclina de novo para a frente, cruzando as mãos sobre a mesa, fazendo papel de orientadora preocupada pouco antes de jogar a bomba: "você vai repetir em química, você não vai para a faculdade". — Não temos festas agendadas. Honestamente, não sei dizer quando vamos voltar à atividade.

— Ah. — Faço o possível para parecer decepcionada, apesar de ainda não saber exatamente o que ela quer dizer com *festas*. — Por que não?

Ela sorri levemente. Mas sua expressão continua cautelosa.

— Estamos resolvendo algumas coisas — diz. — Problemas com funcionários. — Ela enfatiza um pouco a palavra "problemas", e eu não consigo deixar de me lembrar da mensagem que Andre mandou para mim, ou melhor, para Dara: *É melhor ficar de boca fechada. Senão...*

Será que Dara é um dos problemas dele?

Durante um segundo, imagino que Casey sabe exatamente quem eu sou e por que vim. Depois, piedosamente, ela desvia o olhar, voltando a atenção para o computador.

— Não vou te entediar com os detalhes — ela diz. — Se quiser ir em frente e deixar seu telefone, a gente liga quando precisar de você. — Ela faz um gesto com a cabeça em direção à ficha de inscrição de uma página, que eu ainda não preenchi, e, num piscar de olhos, sei que fui dispensada.

Mas não posso ir embora ainda, já que não descobri nada.

— O Andre está aqui? — digo, desesperada, antes de tomar a decisão de perguntar. — Posso falar com ele?

Ela voltou a digitar. Agora fica tensa, os dedos flutuando sobre as teclas.

— Você pode falar com ele. — Desta vez, quando olha para mim, ela estreita os olhos, como se estivesse me vendo de longe. Desvio o olhar, corando, esperando que ela não perceba a semelhança com Dara; agora estou arrependida de ter me maquiado como ela. — Mas ele vai te dizer a mesma coisa que eu disse.

— Por favor — digo, e aí, só para ela não perceber que estou desesperada, acrescento rapidamente: — É que... eu realmente preciso do dinheiro.

Ela me analisa por um segundo a mais. Depois, para minha surpresa, sorri.

— Todo mundo precisa, não? — diz, piscando. — Está bem, então. Você sabe onde encontrá-lo? Desça a escada em frente ao banheiro feminino. Mas não diga que não te avisei. E não se esqueça de deixar a ficha de inscrição comigo antes de ir embora.

— Não vou esquecer — respondo, me levantando tão rápido que a cadeira arrasta no chão. — Quer dizer, obrigada.

De volta ao corredor, paro por um instante, desorientada na escuridão repentina. Mais à frente, o globo de espelhos está girando, projetando luz roxa para todo lado na pista de dança praticamente vazia. A música está tão alta que me dá dor de cabeça. Por que alguém frequenta este lugar? Por que *Dara* frequenta este lugar?

Fecho os olhos e penso na época antes do acidente. Estranhamente, a única coisa que aparece é uma imagem do carro de Parker e aquele para-brisa embaçado, a chuva batendo no vidro. *A gente não queria...*

Abro os olhos de novo. Duas garotas saem do banheiro, de mãos dadas e rindo. Assim que elas seguem pelo corredor, eu me coloco atrás delas, notando, pela primeira vez, uma alcova escura exatamente em frente ao cartaz de "FEMININO" e degraus que levam ao porão.

Os degraus descem em espiral de um patamar pequeno e limitado e se transformam abruptamente de madeira em concreto. Mais alguns passos e estou num corredor comprido e sem acabamento, com paredes de tijolo cinza e piso de concreto respingado de tinta. O porão todo parece esquecido e sem uso. Num filme de terror, este seria o local aonde a mocinha loira vai para morrer na cena de abertura.

Estremeço no frio súbito. Está gelado aqui embaixo e tem o mesmo cheiro de todos os porões, como uma umidade mal contida. Lâmpadas sem lustre presas em redes estão penduradas no teto, e a música se torna apenas uma batida maçante, como o batimento cardíaco de um monstro distante. Caixas estão empilhadas na ponta mais distante do corredor, e, através de uma porta entreaberta, vejo o que deve ser o vestiário dos funcionários: armários cinza horríveis, vários pares de tênis enfileirados sob um banco e um celular zumbindo desesperado, girando noventa graus na madeira. Tenho a sensação súbita e incômoda de estar sendo observada e me viro, meio que esperando alguém pular em cima de mim.

Ninguém. Mesmo assim, minha pulsação não volta ao normal.

Estou prestes a voltar para o andar de cima, pensando que devo ter entendido mal as instruções de Casey, quando vozes ao longo do corredor se elevam, nítidas e de repente, acima da música. Apesar de não escutar nem uma palavra, percebo imediatamente: uma discussão.

Continuo pelo corredor, me movimentando com cuidado, prendendo a respiração. A cada passo, a coceira na minha pele piora, como se pessoas invisíveis estivessem se aproximando para respirar em mim. Eu me lembro, nesse momento, de quando Parker desafiou a mim e a Dara para atravessarmos o cemitério no Círculo Cressida à noite quando éramos crianças.

— Mas vão em silêncio — ele disse, baixando a voz —, senão eles estendem a mão e... — Ele apertou minha cintura de repente, e eu gritei. Depois, ele não conseguia parar de rir; mesmo assim, nunca atravessei o cemitério, com medo demais de aparecer uma mão para me agarrar, me puxando para dentro da terra apodrecida.

Passo por outra porta, esta entreaberta e revelando um banheiro encardido com vedação escapando como lagartas grossas por entre fendas na parede. Agora, as vozes estão mais altas. Tem uma última porta, fechada, alguns centímetros à frente. Deve ser o escritório de Andre.

As vozes de repente ficam em silêncio, e eu congelo, prendendo a respiração, me perguntando se fui detectada, pensando se devo bater na porta ou me virar e sair correndo.

Então uma garota diz, baixinho mas com muita clareza:

— A polícia me interrogou durante, tipo, quatro horas. E eu não tinha nada pra dizer pra eles. Eu não *podia* dizer nada.

Uma voz masculina — *Andre* — responde:

— Então, por que você está preocupada?

— Ela é minha melhor amiga. Ela estava bêbada. Ela nem se lembra de chegar em casa. E a *irmã* dela está desaparecida. Claro que estou preocupada, porra.

Meu coração para de bater no intervalo de uma respiração, um nome: *Madeline Snow*. *Eles estão falando de Madeline Snow.*

— Baixe o tom de voz. E não venha com essas merdas. Você está tentando tirar o seu da reta. Mas você sabia no que estava se metendo quando se apresentou.

— Você disse que ia ser tudo confidencial. Que ninguém ia saber.

— Já falei pra baixar a voz.

Mas é tarde demais. A voz da garota está aumentando de tom, como vapor sendo forçado para fora da chaleira.

— E aí, o que aconteceu naquela noite, hein? Porque, se você sabe de alguma coisa, precisa falar. Você tem que me contar.

Há um momento de silêncio. Meu coração está martelando com força na garganta, como um punho querendo sair com um soco.

— Ótimo. — A voz dela agora está tremendo, perdendo o registro. — Ótimo. Então não me conte. Acho que você pode simplesmente esperar a polícia bater na sua porta.

A maçaneta treme, e eu dou um pulo para trás, me encostando na parede, como se isso me deixasse invisível. Ouço um barulho de arrastar, o som de uma cadeira dando um pulo para trás, e a maçaneta fica parada.

Andre diz:

— Não sei que merda aconteceu com aquela garotinha. — O modo como ele diz "garotinha" me deixa enjoada, como se eu tivesse comido alguma coisa podre por acidente. — Mas, se eu soubesse... se eu *realmente* sei... você acha mesmo que é uma boa ideia vir aqui brincar de detetive? Você acha que eu não sei dar um fim nos problemas?

Há uma pausa curta.

— Você está me ameaçando? Porque eu não tenho medo de você.

— Essa última parte obviamente é mentira. Mesmo através da porta, percebo que a voz da garota está tremendo.

— Então você é mais burra do que eu pensava — Andre diz. — Agora saia da porra do meu escritório.

Antes que eu consiga recuar ou reagir, a porta se abre com tanta força que bate na parede, e uma garota sai em disparada. Ela está com a cabeça baixa, mas eu a reconheço imediatamente dos jornais: a pele pálida, a franja preta reta e o batom vermelho, como se ela estivesse fazendo teste para um papel num filme de vampiro da década de 20. É a melhor amiga de Sarah Snow, a garota que supostamente a acompanhou para comprar sorvete na noite em que Madeline desapareceu. Ela passa me empurrando e nem pede desculpas. Antes que eu consiga chamá-la, ela desaparece, disparando como um animal escada acima.

Quero ir atrás dela, mas Andre já me viu.

— O que você quer? — Seus olhos estão injetados de sangue. Ele parece cansado, impaciente. É ele: o cara da foto, o cara da jaqueta de couro. *Ele não é ninguém*, Dara dissera meses atrás. *Eles todos são ninguéns. Não importam.*

Mas ela estava errada em relação a esse cara.

Tento vê-lo como Dara pode ter visto. Ele é mais velho, talvez tenha uns vinte e poucos anos, e o cabelo já está rareando, apesar de ele passar gel para esconder esse fato. Ele é bonito de um jeito óbvio, como alguém que passa muito tempo passando fio dental. Seus lábios são finos demais.

— Casey me mandou vir aqui embaixo — solto de repente. — Quer dizer, eu estava procurando o banheiro.

— O quê? — Andre estreita os olhos para mim. Ele ocupa a maior parte do batente da porta. É alto, pelo menos um metro e noventa e cinco, com mãos que parecem cutelos.

Meu coração ainda está batendo com força. *Ele sabe o que aconteceu com Madeline Snow. Não é uma suspeita. É uma certeza. Ele sabe o que aconteceu com Madeline Snow, ele sabe onde Dara está, ele resolve os problemas.* De repente, me ocorre que ninguém me escutaria se eu gritasse. A música no andar de cima está alta demais.

— Você está procurando emprego? — Andre pergunta quando não respondo, e percebo que ainda estou segurando a ficha de inscrição idiota.

— Sim. Não. Quer dizer, eu estava. — Enfio o papel na bolsa. — Mas a Casey disse que vocês não estão fazendo festas no momento.

Andre está me olhando de lado, como uma cobra observando um rato que se aproxima cada vez mais.

— Não estamos — ele diz. Seus olhos passeiam pelo meu corpo todo, devagar, como um toque cuidadoso e demorado. Ele sorri, um daqueles sorrisos de estrela de cinema, com vários megawatts, um sorriso para fazer as pessoas dizerem *sim*. — Mas que tal você entrar e sentar? Nunca se sabe quando vamos começar de novo.

— Não precisa — digo rapidamente. — Eu não... quer dizer, eu meio que estava procurando um emprego pra agora.

Andre ainda está sorrindo, mas alguma coisa se mexe atrás de seus olhos. É como se o interruptor de *agradável* tivesse sido desligado. Agora, seu sorriso está frio, examinador, suspeito.

— Ei — ele exclama, apontando um dedo para mim, e a certeza se abre no meu estômago: ele me reconhece, sabe que sou irmã de Dara, sabe que eu vim para encontrá-la. O tempo todo ele estava me enrolando. — Ei. Você parece familiar. Eu te conheço, não?

Não respondo. Não consigo. Ele *sabe*. Sem intenção de me mexer, disparo pelo corredor, andando o mais rápido que consigo sem correr, subindo dois degraus de cada vez. Saio de repente na pista de dança, esbarrando num cara vestido com um terno roxo escuro fedendo a colônia.

— Por que a pressa? — ele grita atrás de mim, rindo.

Desvio de um pequeno grupo de garotas se balançando, bêbadas, sobre saltos altos, berrando a letra da música. Por sorte, o segurança abandonou temporariamente o seu posto — talvez seja tarde demais para chegarem mais pessoas. Empurro a porta e saio para o ar noturno, pesado de umidade e sal, respirando fundo e agradecida, como alguém que sai da água.

O estacionamento ainda está lotado, uma formação de Tetris apertada, para-choque com para-choque — carros demais para o número de pessoas lá dentro. Durante um instante desorientador, não consigo lembrar onde estacionei. Procuro as chaves na bolsa, apertando o botão para destravar as portas, me sentindo reconfortada quando escuto o bipe conhecido e vejo os faróis piscarem à minha espera. Corro em direção ao carro, desviando dos outros.

De repente, fico cega pelo movimento de faróis. Um VW pequeno e escuro passa por mim cuspindo cascalho, e, quando passa embaixo da luz, vejo a amiga de Sarah Snow encolhida atrás do volante. Seu nome, ouvido e lido uma dezena de vezes nos últimos dez dias, me vem à mente de repente. *Kennedy.*

Coloco a mão com força no porta-malas do carro dela antes de ela passar totalmente por mim.

— Espera!

Ela pisa no freio de repente. Contorno até o lado do motorista, mantendo uma das mãos no carro o tempo todo, como se isso a impedisse de ir embora.

— Espera. — Nem planejei o que vou dizer. Mas ela tem respostas, eu sei que tem. — Por favor. — Coloco a palma da mão na janela. Ela recua um centímetro, como que esperando que eu atravesse o vidro e bata nela. Depois de um segundo, baixa o vidro.

— O que foi? — Ela está segurando o volante com as duas mãos, como se tivesse medo que ele escapasse. — O que você quer?

— Eu sei que você mentiu sobre a noite em que Madeline desapareceu. — As palavras saem da minha boca antes que eu perceba que estava pensando nelas. Kennedy inspira com nitidez. — Você e a Sarah vieram aqui.

É uma declaração, não uma pergunta, mas Kennedy faz que sim com a cabeça, um movimento tão discreto que eu quase não percebo.

— Como você sabe? — ela pergunta num sussurro. Sua expressão fica assustada. — Quem é você?

— Minha irmã. — Minha voz falha. Engulo o gosto de serragem. Tenho mil perguntas, mas não consigo me concentrar em nenhuma delas. — Minha irmã trabalha aqui. Ou pelo menos trabalhava. Acho...

acho que ela está encrencada. Acho que alguma coisa ruim pode ter acontecido com ela. — Estou observando o rosto de Kennedy em busca de sinais de reconhecimento ou culpa. Mas ela ainda está me encarando com olhos enormes e vazios, como se devesse ter medo de *mim*. — Alguma coisa parecida com o que aconteceu com Madeline.

Imediatamente, percebo que disse a coisa errada. Agora ela não parece com medo. Parece com raiva.

— Não sei de nada — ela diz com firmeza, como se fosse uma fala que praticasse repetidas vezes. Ela começa a subir o vidro. — Me deixa em paz.

— Espera. — No desespero, enfio a mão no vão entre a porta do carro e a janela. Kennedy solta um sopro de irritação, mas pelo menos abre o vidro de novo. — Preciso da sua ajuda.

— Já te falei. Não *sei* de nada. — Ela está surtando de novo, como aconteceu no escritório no porão de Andre. Sua voz fica mais aguda, as palavras indecisas. — Eu saí cedo naquela noite. Achei que a Sarah tivesse ido pra casa. Ela estava bêbada. Foi o que eu pensei quando cheguei no estacionamento e vi a porta do carro aberta: que a Sarah estava chapada demais pra se lembrar de fechar. Que ela tinha levado a Maddie pra casa de táxi.

Imagino o carro, a porta aberta, o banco traseiro vazio. A luz saindo do Beamer do mesmo jeito que está hoje, o barulho abafado da música, a batida distante das ondas. Na rua, o telhado pontudo de um Applebees, alguns apartamentos de aluguel barato perto da orla, uma lanchonete e uma loja de surfe. Do outro lado da rua, um quiosque seboso de mariscos, uma antiga loja de camisetas, agora falida. Tudo é tão normal, tão implacavelmente *igual* — é quase impossível acreditar em todas as coisas ruins, tragédias, nas viradas sombrias de contos de fadas.

Num segundo ela estava ali; no seguinte, tinha desaparecido.

Sem perceber, continuei segurando o carro como se ele me ajudasse a ficar de pé. Para minha surpresa, Kennedy estende a mão e pega a minha. Seus dedos estão congelantes.

— Eu não sabia. — Apesar de ela estar sussurrando, lá está ele: o tom alto, o crescendo. — Não foi culpa minha. *Não foi culpa minha.*

Seus olhos estão enormes e escuros, espelhos do céu. Durante um segundo, ficamos paradas ali, a centímetros de distância, encarando uma à outra, e sei que, de alguma forma, nós nos entendemos.

— Não foi culpa sua — digo, porque eu sei que é isso que ela quer, ou precisa, que eu diga.

Ela afasta a mão, suspirando um pouco, como alguém que passou o dia todo andando e finalmente consegue sentar.

— Ei!

Eu me viro de repente e congelo. Andre acabou de atravessar as portas da frente. Iluminado por trás, ele parece totalmente feito de sombras.

— Ei, você!

— Merda. — Kennedy se mexe no assento. — Vai — ela me diz, com a voz baixa, urgente. Depois a janela se fecha de repente e ela sai em disparada, os pneus derrapando um pouco no cascalho. Tenho que dar um pulo para trás para não ser atropelada; bato a canela numa placa de carro e sinto uma pontada seca de dor na perna.

— Ei, você. Para!

O pânico me deixa lenta. Disparo pelo estacionamento, arrependida pelas sandálias. Meu corpo parece desajeitado, inchado e estranho, como naqueles pesadelos em que você tenta correr e descobre que não foi a lugar nenhum.

Andre é rápido. Ouço seus passos batendo no cascalho enquanto ele ricocheteia por entre os carros estacionados.

Finalmente chego ao carro e me jogo lá dentro. Meus dedos estão tremendo tanto que preciso de três tentativas para enfiar a chave na ignição. Mas finalmente consigo e começo a dar marcha a ré.

— Para. — Andre bate com força na minha janela com as palmas das mãos, o rosto retorcido de raiva, e eu grito. Aperto fundo o pedal do acelerador, me afastando dele ao mesmo tempo em que ele soca o meu capô. — Para, merda!

Engato a primeira, virando o pneu para a esquerda, a palma das mãos escorregadia de suor, apesar de meu corpo todo estar congelando. Pequenos soluços estão tentando escapar pela minha garganta, espasmos de som. Ele se arremessa uma última vez contra mim, como se fosse se jogar na frente do carro, mas já estou me afastando, entrando na Route 101 e pisando fundo, observando o velocímetro subir devagar.

*Vamos lá, vamos lá, vamos lá.*

Eu meio que espero que ele apareça de novo na estrada. Mas olho pelo retrovisor e não vejo nada além da estrada vazia, e ela faz uma curva e me leva para longe do Beamer e de Andre, em direção à minha casa.

# 30 DE JULHO
# NICK
## 00H35

Saio da rodovia em Springfield, onde Dara e eu fazíamos aulas de música antes de nossos pais perceberem que tínhamos um talento abaixo de zero, e ando pelas ruas em zigue-zague, ainda paranoica porque Andre pode estar me perseguindo. Finalmente, paro no estacionamento de um McDonald's vinte e quatro horas, tranquilizada pelo movimento dos funcionários atrás do balcão e pela visão de um casal jovem comendo hambúrguer numa mesa perto da janela, rindo.

Pego meu celular e faço uma busca rápida pelo caso Madeline Snow.

Os resultados mais recentes aparecem primeiro, um fluxo de novos posts em blogs, comentários e artigos.

"O que a família Snow sabe?" A primeira notícia em que cliquei foi publicada no *Blotter* há apenas algumas horas, às dez da noite.

"Novas questões atrapalham a investigação do caso Madeline Snow", diz a matéria.

"A polícia recentemente encontrou provas de que a declaração de Sarah Snow sobre a noite do desaparecimento de sua irmã pode não ser verdadeira, ou até mesmo ter sido inventada. De acordo com uma vizinha dos Snow, Susan Hardwell, Sarah só voltou para casa perto das cinco horas daquela manhã. Quando chegou, estava evidentemente embriagada.

'Ela entrou direto no meu jardim', Hardwell me disse, apontando para uma área de gramado amassado perto da caixa de correio. 'Essa garota é encrenca há anos. Não é como a pequena. Madeline era um anjo.'

Então, onde estava Sarah esse tempo todo? E por que ela mentiu?"

Clico para sair da notícia e seco as mãos no shorts. Isso se encaixa no que Kennedy me disse sobre Sarah: ela estava bebendo na noite em que a irmã desapareceu, talvez numa das "festas" misteriosas de Andre. Continuo passando pelos resultados de busca e abro um artigo sobre Nicholas Sanderson, o cara que foi brevemente interrogado sobre o desaparecimento de Madeline e rapidamente liberado, sem saber muito bem o que estou procurando, mas repleta da sensação vaga e incômoda de que estou chegando perto, rodeando uma verdade enorme, esbarrando nela sem perceber completamente a sua forma.

Mal consigo firmar o celular. Minhas mãos ainda estão tremendo. Leio metade de uma matéria antes de perceber que só estava processando algumas palavras.

"A polícia nunca prendeu formalmente o sr. Sanderson nem apresentou um motivo para interrogá-lo ou soltá-lo depois.

A esposa do sr. Sanderson não quis comentar...

'... mas estamos confiantes de que em breve teremos uma mudança radical no caso', declarou o tenente chefe Frank Hernandez, do Departamento de Polícia de Springfield."

Abaixo da notícia, vinte e dois comentários. "Esperamos que sim", diz o primeiro, supostamente em resposta à última declaração do tenente Hernandez.

"Esses porcos são abaixo de inúteis. Não valem o dinheiro dos impostos gastos com suas pensões", escreveu alguém chamado Passarolivre337.

Outra pessoa respondeu esse comentário: "Pessoas como você me dão vontade de pegar minha arma, e, se não houver policiais para me prender, talvez eu faça isso".

Mais abaixo, Anônimo escreveu: "ele gosta de garotinhas".

Encaro essas quatro palavras várias vezes: "ele gosta de garotinhas". Sem letra inicial maiúscula, sem pontuação, como se quem se sentou para digitar tivesse que fazer isso o mais rápido possível. Há uma sensação de enjoo e reviravolta no meu estômago, e de repente percebo que estou suando. Ligo o ar-condicionado, com medo demais para baixar o vidro, imaginando que, se eu fizer isso, uma mão sombria pode sair do nada e me estrangular com um aperto monstruoso.

Já é quase uma da manhã, mas abro o número fixo de casa mesmo assim. Cada vez mais estou convencida de que Dara esbarrou em alguma coisa perigosa, alguma coisa que envolve Andre, Sarah Snow, Kennedy e talvez até Nicholas Sanderson, quem quer que ele seja. Talvez Dara tenha percebido que Andre foi responsável pelo que aconteceu com Madeline.

Talvez ele tenha decidido dar um jeito de garantir que ela ficasse de boca fechada.

Levo o celular à orelha, meu rosto úmido de suor. Depois de um tempo, a secretária eletrônica de casa atende — a voz de Dara, baixinha e inesperada, dizendo para a pessoa: "Fale agora ou cale-se para sempre". Desligo rapidamente e tento mais uma vez. Nada. Minha mãe provavelmente está desmaiada.

Tento o celular do meu pai, mas a chamada vai direto para o correio de voz, um sinal seguro de que Cheryl está dormindo com ele. Desligo, xingando, afastando uma imagem mental súbita de Cheryl, toda gostosa e cheia de sardas, andando nua pela casa do meu pai.

*Foco.*

E agora? Eu preciso falar com *alguém*.

Um carro de polícia acabou de parar no McDonald's, e dois caras de uniforme saem, pesados, rindo de alguma coisa. Um deles está com a mão no cinto, perto da arma, como se estivesse tentando chamar atenção para ela. De repente, meu próximo passo é óbvio. Olho o celular de novo para verificar o nome: tenente Frank Hernandez, o policial responsável pelo caso Madeline Snow.

O celular está reclamando de bateria fraca, piscando uma luz de alerta na minha direção quando faço a última curva indicada pelo aplicativo de GPS e chego abruptamente à delegacia, um prédio de pedras enorme que parece a concepção de uma criança para uma prisão antiga. O distrito policial é demarcado num pequeno estacionamento, que alguém tentou deixar menos sem graça inserindo vários canteiros de grama e jardineiras estreitas cheias de terra. Estaciono na rua.

Springfield é quatro vezes maior que Somerville, e, mesmo à uma da manhã de uma terça-feira, a delegacia está movimentada: as portas assobiam para abrir e fechar, admitindo e liberando policiais, alguns deles arrastando bêbados dobrados ao meio ou jovens doidões com alguma coisa ou de olhos inchados, homens tatuados que parecem tão adequados à paisagem quanto as jardineiras patéticas.

Lá dentro, luzes fluorescentes elevadas iluminam um amplo escritório, onde várias mesas estão encaixadas em ângulos umas nas outras e cabos grossos se contorcem de um computador para outro. Há pilhas de papel *em toda parte*, caixas de entrada e de saída superlotadas, como se uma tempestade de formulários tivesse passado recentemente e depois parado. O barulho é surpreendentemente alto. Telefones tocam a cada segundo, e tem uma TV ligada em algum lugar. Sou tomada pela mesma sensação que tive mais cedo, em pé no estacionamento do Beamer e tentando imaginar Madeline Snow desaparecendo bem na frente do Applebee's: impossível que coisas sombrias esbarrem nas coisas cotidianas, que elas existam lado a lado.

— Posso ajudar? — Uma mulher está sentada atrás da mesa da frente, com o cabelo preto puxado num coque tão apertado que parece uma aranha gigantesca desesperadamente grudada na cabeça dela.

Dou um passo para a frente e me inclino por sobre a mesa, me sentindo envergonhada sem saber o motivo.

— Eu... eu preciso falar com o tenente Frank Hernandez. — Mantenho a voz baixa. Atrás de mim, um homem está dormindo sentado, com a cabeça balançando num ritmo inaudível, um punho algemado ao pé da cadeira. Um grupo de policiais passa perto, tagarelando rapidamente sobre um jogo de beisebol. — É sobre Madeline Snow.

As sobrancelhas da mulher — quase invisíveis por causa de depilação — se erguem uma fração de centímetro. Fico preocupada de ela me interrogar, ou me mandar embora, ou — a possibilidade só me ocorre agora — me dizer que ele já foi para casa.

Mas ela não faz nada disso. Pega o telefone, um monstro preto antigo que parece ter sido resgatado de um ferro-velho em algum momento do século passado, digita um código e fala baixinho no receptor. Depois se levanta, deslizando um pouco de lado para ajeitar a barriga, revelando, pela primeira vez, que está grávida.

— Vem comigo — ela diz. — Me segue.

Ela me conduz por um corredor estreitado por causa de arquivos, muitos deles com gavetas parcialmente abertas, lotados com tantas pastas e papéis (cada vez mais papel) que parecem monstros de boca frouxa mostrando fileiras de dentes tortos. O papel de parede é daquele amarelo esquisito de guimbas de cigarro apagadas. Passamos por uma série de salas menores e entramos numa área de escritórios cercados de vidro, a maioria vazia. O layout do ambiente dá a impressão de um monte de aquários cúbicos.

Ela para na frente de uma porta que diz "TENENTE CHEFE HERNANDEZ". Hernandez — eu o reconheço pelas fotos — está apontando para alguma coisa na tela do computador. Outro policial, com o cabelo vermelho tão claro que parece uma chama, se apoia na mesa, e o tenente inclina o monitor de leve para que ele tenha uma visão melhor.

Sinto calor, depois frio, como se estivesse queimada.

A mulher bate à porta e a abre sem esperar resposta. Hernandez instantaneamente ajeita o monitor, tirando-o de vista. Mas é tarde demais. Já vi as fileiras de fotos, várias garotas usando a parte de cima do biquíni ou nada sobre os seios, deitadas, sentadas ou desmaiadas em um sofá vermelho — todas tiradas na mesma sala em que Dara foi fotografada.

— Alguém quer falar com o senhor — a recepcionista diz, apontando o polegar na minha direção. — Ela disse que é sobre Madeline

Snow. — Ela pronuncia as palavras quase com culpa, como se estivesse falando um palavrão na igreja. — Como é mesmo o seu nome, querida?

Abro a boca, mas minha voz está presa em algum lugar atrás das amígdalas.

— Nick — respondo finalmente. — Nicole.

O tenente faz um sinal com a cabeça para o policial ruivo, e ele se empertiga imediatamente, reagindo ao sinal mudo.

— Me dê um minuto — Hernandez diz. Ao vivo, ele parece cansado e quase *desgrenhado*, como um lençol que foi lavado demais. — Entre — diz para mim. — Sente-se. Pode colocar essa pilha em qualquer lugar. — A cadeira em frente à sua mesa está atulhada de pastas de papel pardo.

O policial ruivo me lança um olhar curioso enquanto passa por mim, e eu sinto um breve aroma de fumaça de cigarro e, estranhamente, chiclete. A recepcionista se retira, fechando a porta, e me deixa sozinha com o tenente.

Ainda não me mexi. Hernandez levanta o olhar para mim. Seus olhos estão injetados de sangue.

— Está bem, então — ele começa com leveza, como se fôssemos velhos amigos compartilhando uma piada. — Não se sente, se não quiser. — Ele se recosta na cadeira. — Você tem alguma coisa pra me dizer sobre o desaparecimento da Snow, é isso?

Ele está sendo bem simpático, mas o modo como faz a pergunta deixa claro que ele não acha que tenho algo *importante* a dizer. Essa é uma pergunta que ele fez dezenas de vezes, talvez umas cem, quando uma mulher qualquer em busca de atenção aparece para acusar o ex-marido de sequestrar Madeline ou um caminhoneiro qualquer a caminho da Flórida alega ter visto uma garota loira agindo de modo esquisito numa parada na estrada.

— Acho que sei o que aconteceu com Madeline — digo rapidamente, antes que eu consiga me impedir. — E aquelas fotos que vocês estavam olhando? Eu sei onde foram tiradas.

Assim que digo as palavras, me ocorre que, no Beamer, eu não vi uma sala como aquela das fotos de Dara. Será que deixei escapar uma porta em algum lugar ou outra escada?

A mão direita de Hernandez aperta momentaneamente o apoio de braço. Mas ele é um bom policial. Não deixa transparecer mais nada.

— Ah, você sabe? — Nem mesmo sua voz revela algum sinal, de um jeito ou de outro, sobre ele acreditar ou não em mim. Abruptamente, para minha surpresa, ele se levanta. É muito mais alto do que eu esperava: pelo menos um metro e noventa e dois. De repente, a sala encolhe, como se as paredes estivessem tentando comprimir minha pele. — Que tal um pouco de água? — ele oferece. — Quer uma água?

Estou desesperada para falar. A cada segundo, parece que a lembrança do que aconteceu no Beamer pode simplesmente desaparecer, evaporar como líquido. Mas minha garganta está seca como terra, e, assim que Hernandez sugere água, percebo que estou desesperadamente sedenta.

— Ãhã — digo. — Claro.

— Fique à vontade — ele diz, apontando de novo para a cadeira. Desta vez reconheço não apenas um convite, mas uma ordem. Ele tira a pilha de pastas, colocando-as sem cerimônia no peitoril da janela, que já está repleto de papéis, criando um efeito de avalanche. — Já volto.

Ele desaparece no corredor e eu me sento, minhas coxas nuas grudando no assento de couro falso. Eu me pergunto se foi um erro ter vindo e se Hernandez vai acreditar em alguma coisa que eu disser. Me pergunto se ele vai enviar um grupo de busca atrás de Dara.

Me pergunto se ela está bem.

Ele reaparece um minuto depois, carregando uma garrafa pequena de água, à temperatura ambiente. Mesmo assim, bebo com dificuldade. Ele se senta de novo, se inclinando para frente por sobre a mesa com os braços cruzados. Do lado de fora das paredes de vidro, o policial ruivo passa, consultando uma pasta, com a boca encolhida como se estivesse assobiando.

— Odeio esta merda de lugar — Hernandez diz quando me pega encarando. Fico surpresa por ouvi-lo dizer "merda" e me pergunto se ele fez isso para me fazer gostar mais dele. Funciona, um pouco. — É como morar num aquário. Tudo bem, então. O que você sabe sobre Madeline?

Na ausência dele, tive tempo para pensar no que quero dizer. Respiro fundo.

— Acho... acho que a irmã mais velha dela estava trabalhando em um lugar chamado Beamer, na orla — digo. — Acho que a minha irmã também trabalhava lá.

Hernandez parece decepcionado.

— Beamer? — ele diz. — O bar na Route 101? — Faço que sim com a cabeça. — Elas estavam trabalhando como garçonetes lá?

— Não como garçonetes — digo, lembrando que a mulher, Casey, tinha rido quando falei para ela que eu não tinha experiência. *Se conseguir andar e mastigar chiclete ao mesmo tempo, você vai dar conta.* — Como outra coisa.

— O quê? — Ele agora está me observando atentamente, como um gato prestes a atacar um brinquedo de morder.

— Não tenho certeza — admito. — Mas... — Respiro fundo. — Mas pode ter a ver com essas fotografias. Não sei. — Estou ficando confusa agora, perdendo o fio da meada. De alguma forma, tudo se resume ao Beamer e àquele sofá vermelho. Mas não havia um sofá vermelho no Beamer, pelo menos nenhum parecido com o das fotos. — Madeline não desapareceu simplesmente do nada, né? Talvez ela tenha visto alguma coisa que não deveria. E agora a minha irmã... Ela também desapareceu. Ela me deixou um bilhete...

Ele se empertiga, hiperalerta.

— Que tipo de bilhete?

Balanço a cabeça.

— Foi meio que um desafio. Ela queria que eu fosse procurá-la. — Vendo sua confusão, acrescento: — Ela é assim. *Dramática.* Mas por que ela fugiria no dia do próprio aniversário? Alguma coisa ruim aconteceu com ela. Eu sinto isso. — Minha voz estremece, e eu tomo outro longo gole de água, engolindo o espasmo na minha garganta.

Hernandez assume uma postura profissional. Ele pega um bloco e uma caneta, cuja tampa tira com os dentes.

— Quando foi a última vez que viu sua irmã? — ele pergunta.

Eu me pergunto se devo contar a Hernandez que vi Dara mais cedo, entrando num ônibus, mas decido não falar. Ele sem dúvida vai me dizer que estou paranoica, que ela provavelmente saiu com amigos, que eu tenho que esperar vinte e quatro horas antes de registrar uma queixa. Em vez disso, digo:

— Não sei. Ontem de manhã?

— Soletre o nome dela pra mim.

— Dara. Dara Warren.

Sua mão congela, como se tivesse atingido temporariamente um sinal invisível. Mas em seguida ele escreve o nome dela. Quando levanta o olhar de novo, percebo, pela primeira vez, que seus olhos estão num tom sombrio e tempestuoso de cinza.

— Você é de...?

— Somerville — respondo, e ele faz que sim com a cabeça, como se suspeitasse disso o tempo todo.

— Somerville — ele repete. Faz mais algumas anotações no bloco, inclinando o papel para eu não ver o que ele está escrevendo. — É isso mesmo. Eu lembro. Você se envolveu num acidente terrível na primavera, não foi?

Respiro fundo. Por que todo mundo sempre menciona o acidente? É como se ele tivesse se tornado minha característica mais importante, um traço determinante, como um olho caído ou a gagueira.

— É — respondo. — Com a Dara.

— Dois homens meus atenderam ao chamado. Também foi na Route 101, não foi? Perto da praia dos Órfãos. — Ele não me espera responder. Em vez disso, escreve mais algumas palavras e arranca a folha de papel, dobrando-a com calma. — Péssimo ponto da estrada, especialmente na chuva.

Aperto os apoios de braço.

— O senhor não deveria estar procurando a minha irmã? — digo, sabendo que pareço rude e descuidada. Além do mais, mesmo que eu quisesse responder às perguntas dele, não poderia.

Por sorte, ele deixa para lá. Coloca os dois punhos na mesa para se levantar, deslizando o corpo maciço para longe da mesa.

— Me dê um minuto — ele diz. — Espere aqui, está bem? Quer mais água? Um refrigerante?

Estou ficando impaciente.

— Estou bem — digo.

Ele me dá um tapinha no ombro enquanto passa por mim em direção à porta, como se de repente fôssemos amigos. Ou talvez ele apenas se sinta mal por mim. Ele desaparece no corredor, fechando a porta ao sair. Através do vidro, observo-o interceptar o mesmo policial ruivo no corredor. Hernandez passa o bilhete para ele, e os dois trocam algumas palavras num tom baixo demais para eu escutar. Nenhum dos dois olha para mim — tenho a impressão de que isso é proposital. Depois de um minuto, ambos saem pelo corredor e somem.

Está quente no escritório. Tem um ar-condicionado de janela cuspindo ar quente na sala, fazendo os papéis da mesa de Hernandez voarem. A cada minuto que passa, minha impaciência aumenta, aquela sensação de coceira de que algo está terrivelmente errado, de que Dara está com problemas, de que precisamos *interromper* isso. Mesmo assim, Hernandez não volta. Eu me levanto, empurrando a cadeira para longe da mesa, inquieta demais para ficar sentada.

O bloco do tenente — aquele no qual ele escreveu enquanto eu estava falando — está sobre a mesa, a folha de cima com uma impressão fraca das palavras pela pressão da caneta. Tomada pelo impulso de ver o que ele havia escrito, estendo a mão e o pego, dando uma olhada por sobre o ombro para garantir que Hernandez não está vindo.

Uma parte do que ele escreveu está ilegível. Mas vejo muito claramente as palavras: "ligar para os pais" e, abaixo disso, "emergência".

A raiva se incendeia dentro de mim. Ele não me escutou. Está perdendo tempo. Meus pais não podem fazer nada para ajudar — eles não *sabem* de nada.

Recoloco o bloco no lugar e vou em direção à porta, saindo para o corredor. Do escritório principal vem o burburinho de conversas e telefones tocando. Não vejo Hernandez em nenhum lugar. Mas, vindo na minha direção, com uma enorme sacola no ombro, uma mulher que eu reconheço. Levo um segundo para me lembrar do seu nome: Margie alguma coisa, a repórter que está cobrindo o caso Madeline Snow para o *Shoreline Blotter* e tem aparecido muito na TV.

— Espera! — grito. Ela obviamente não me escutou e continua andando. — Espera! — grito um pouco mais alto. Um policial com olhos escuros olha para mim de outro escritório envidraçado, com a expressão suspeita. Continuo em frente. — Por favor. Preciso falar com você.

Ela para com uma das mãos na porta que leva para o estacionamento, vasculhando a sala para ver quem estava falando, depois dá um passo para o lado quando um policial entra, empurrando um bêbado vacilante. O homem me olha e fala enrolado alguma coisa que não consigo decifrar — parece *Feliz Natal* — antes que o policial o conduza por outro corredor.

Alcanço Margie, me sentindo ofegante sem motivo. Nas portas de vidro, nossos reflexos têm a aparência de fantasmas de desenho animado: grandes buracos negros nos olhos e o rosto branco como papel.

— A gente se conhece? — Seus olhos são rápidos, analisadores, mas ela coloca um sorriso no rosto.

A recepcionista atrás da mesa, aquela que me levou até Hernandez, está nos observando com a testa franzida. Eu me viro de costas para ela.

— Não — digo, a voz baixa. — Mas eu posso te ajudar. E você também pode me ajudar.

Seu rosto não demonstra emoção — nenhuma surpresa, nenhuma empolgação.

— Me ajudar como?

Ela me analisa durante um minuto, como se estivesse se questionando se sou confiável ou não. Em seguida, aponta com a cabeça para a direita, indicando que devo segui-la até lá fora, para longe do olhar observador da recepcionista. É um alívio sair do ar viciado da delegacia e seu cheiro de café queimado, álcool e desespero.

— Quantos anos você tem? — ela pergunta, assumindo uma postura profissional, assim que chegamos ao meio-fio.

— Isso importa? — disparo em retorno.

Ela estala os dedos.

— Nick Warren. Não é isso? De Somerville.

Não me preocupo em perguntar como ela me conhece.

— Então. Você vai me ajudar ou não?

Ela não responde diretamente.

— Por que você está tão interessada?

— Por causa da minha irmã — respondo. Se ela pode se esquivar de uma pergunta, eu também posso. Ela é tipo uma repórter, e eu não sei se quero uma história sobre Dara aparecendo no *Blotter*, pelo menos por enquanto. Não até sabermos mais coisas. Não enquanto tivermos outras opções.

Ela faz um movimento de agarrar com as mãos — tipo: *Tá bom, me fala o que você sabe.*

E eu conto a ela sobre minha ida ao Beamer e a conversa que ouvi sem querer do lado de fora do escritório de Andre. Digo que tenho quase certeza de que Sarah Snow estava trabalhando para Andre, fazendo alguma coisa ilegal. Enquanto falo, seu rosto muda. Ela acredita em mim.

— Isso se encaixa — ela murmura. — Nós sabemos que Sarah voltou para casa quase às cinco da manhã de segunda-feira. Ela mentiu sobre isso no início. Estava com medo de se encrencar.

— E se Madeline Snow viu alguma coisa que não deveria? — questiono. — E se Andre decidiu...? — Deixo minha voz sumir. Não consigo dizer *se livrar dela*.

— Talvez — Margie diz, mas franze a testa, sem estar convencida. — É uma possibilidade. A polícia sabe tudo sobre o Beamer. Mas nunca conseguiram nada pra incriminar Andre... nada importante, pelo menos. Algumas multas aqui e ali do departamento de saúde. E, no ano passado, uma garota de dezoito anos entrou com uma identidade falsa e teve que fazer lavagem estomacal. Mas matar uma criança de nove anos? — Ela suspira. De repente, parece ter vinte anos a mais. — O que você quer de mim?

Não hesito.

— Preciso que você descubra onde as fotos foram tiradas — digo. Não é um pedido, é uma ordem.

Sua expressão fica cautelosa.

— Que fotos? — ela pergunta. Não é uma boa atriz.

— As fotos no sofá vermelho — respondo e acrescento: — Não adianta fingir que não entendeu.

— Como é que você sabe das fotos? — ela pergunta, ainda se esquivando da pergunta.

Hesito. Não sei muito bem até que ponto posso confiar em Margie. Mas preciso que ela me diga onde aquelas fotos foram tiradas. Dara tem uma conexão com aquele lugar. O que quer que esteja deixando Dara com medo, do que quer que ela esteja fugindo, está conectado àquele lugar também.

— Minha irmã estava numa daquelas fotos — respondo, finalmente.

Ela expira: um assobio longo e baixo. Depois, balança a cabeça.

— Ninguém sabe — ela diz. — As fotos vieram de um site protegido por senha. Só para assinantes, superprotegido. Só meninas adolescentes, a maioria ainda não identificada. Sarah Snow era uma delas.

*E Crystal*, penso, a sereia que teve que pedir demissão da FanLand depois que seus pais encontraram fotos dela em um site pornô esquisito, pelo menos de acordo com Maude. Crystal tem a idade de Dara. faz dezessete neste verão. Tudo está começando a fazer um sentido terrível.

— A polícia deu um golpe de sorte quando conseguiu que um dos membros falasse. — Ela faz uma pausa, me olhando incisivamente, e eu penso no contador que foi brevemente interrogado pela polícia, Nicholas Sanderson, e no comentário publicado por um usuário anônimo no *Blotter: ele gosta de garotinhas*. De repente, tenho certeza de que ele é o "membro" que falou com a polícia. — Mas ele mesmo não sabia muita coisa. É uma rede privada. Todo mundo tem interesse em mantê-la em segredo: o criador, os membros, até as garotas.

Uma explosão de náusea sobe do meu estômago para a garganta. Minha irmãzinha. De repente, lembro que, durante anos, ela teve um amigo imaginário chamado Timothy, o Coelho Falante; ele ia conosco para todo lado, mas insistia em ficar no assento da janela, por isso Dara sempre ficava no meio.

Como foi que tudo deu tão errado? Como foi que eu a perdi?

— É o Andre. — Estou tomada de raiva e revolta. Eu devia ter cortado a cara dele com o abridor de cartas. Eu devia ter arrancado seus olhos. — Tenho certeza. Ele deve ter outro lugar, um lugar privativo.

Margie coloca a mão no meu ombro. O toque me surpreende.

— Se ele tiver, se ele for o responsável, a polícia vai pegá-lo — ela diz, a voz ficando mais suave. — É o *trabalho* deles. Está tarde. Vá para casa, durma um pouco. Seus pais provavelmente estão preocupados com você.

Eu me afasto.

— Não posso *dormir* — digo, sentindo uma vontade selvagem de bater em alguma coisa, de gritar. — Você não entende. *Ninguém* entende.

— Entendo, sim — ela diz, falando comigo de um jeito delicado, reconfortante, como se eu fosse um cachorro de rua e ela estivesse preocupada que eu pudesse morder ou fugir. — Posso te contar uma história, Nicole?

*Não*, quero dizer. Mas ela continua sem esperar uma resposta.

— Quando eu tinha onze anos, desafiei minha irmã a atravessar o rio Greene a nado. Ela era uma ótima nadadora, e nós fizemos isso juntas dezenas de vezes. Mas, no meio do caminho até a outra margem, ela começou a engasgar, a sufocar. Ela afundou. — Os olhos de Margie deslizam para além dos meus, como se ela ainda estivesse encarando a água, observando a irmã se afogar. — Os médicos a diagnosticaram com epilepsia. Ela teve um ataque na água, o primeiro. Foi por isso que ela afundou. Mas, depois, começou a ter ataques o tempo todo. Ela quebrou uma costela quando caiu no meio-fio a caminho do colégio. Estava sempre coberta de manchas roxas. Desconhecidos pensavam que ela sofria abuso. — Ela balança a cabeça. — Achei que era culpa minha... que, de alguma forma, eu tinha provocado a doença dela. Que tinha acontecido porque eu a desafiei.

Agora ela olha para mim de novo. Durante uma fração de segundo, eu me vejo refletida em seus olhos — eu me vejo *nela*.

— Fiquei obcecada por mantê-la em segurança — ela diz. — Eu mal a deixava sair do meu campo de visão. Isso quase me matou. Quase a matou. — Ela dá um sorrisinho. — Ela foi para a faculdade lá na Califórnia. Depois que se formou, se mudou pra França. Conheceu um cara chamado Jean-Pierre, casou com ele e recebeu a cidadania francesa. — Ela dá de ombros. — Ela precisava fugir de mim, acho, e não posso dizer que a culpo.

Não sei se ela espera que a história me faça sentir melhor, mas não faz. Agora eu me sinto pior. Ela coloca as mãos nos meus ombros, se abaixando um pouco para ficarmos olho no olho.

— O que eu *quero dizer* — ela comenta — é que a culpa não é sua.

— Nicole!

Eu me viro e vejo Hernandez vindo na minha direção, segurando dois cafés e uma sacola do Dunkin' Donuts. Seu rosto está decididamente alegre, com um sorriso de professor de educação física.

— Sempre dizem por aí que os policiais adoram donuts, não é? Achei que podíamos dividir um enquanto esperamos.

O frio percorre meu corpo todo. Ele não vai me ajudar. Ele não vai ajudar *Dara*.

Ninguém vai ajudar.

Corro, com a respiração na garganta, o coração martelando nas costelas. Escuto meu nome, gritado repetidas vezes, até se tornar sem significado: só o vento, ou o som do mar, batendo invisível, sem parar, em algum lugar ao longe.

### E-MAIL DO DR. LEONARD LICHME PARA SHARON MAUFF, DATADO DE 5 DE MARÇO, 10H30

Cara sra. Mauff,

Mandei este e-mail várias semanas atrás para um endereço antigo que tenho arquivado — imagino que a senhora tenha voltado ao nome de solteira. Depois que a mensagem foi devolvida várias vezes, consegui seu novo e-mail pessoal com uma secretária na MLK.

Sinto muito pela troca frustrada de mensagens. Acabei de ver que perdi sua ligação hoje de manhã. A senhora pode me indicar alguns horários em que estaria disponível para conversar? Tenho algumas preocupações significativas que gostaria de compartilhar, especialmente antes da nossa sessão familiar no dia 16.

Atenciosamente,
Leonard Lichme, Ph.D.

### E-MAIL DE SHARON MAUFF PARA KEVIN WARREN, DATADO DE 6 DE MARÇO, 15 HORAS

Kevin,

Recebi um e-mail preocupante do dr. Lichme ontem e não consegui falar com o consultório dele. Ele entrou em contato com você?

Sharon

P.S.: Não, eu não sei o que aconteceu com seus tacos de golfe e acho inadequado você me pedir para procurá-los.

### E-MAIL DE KEVIN WARREN PARA O DR. LEONARD LICHME, DATADO DE 6 DE MARÇO, 15H16

Dr. Lichme,

Minha ex-esposa acabou de me informar que o senhor entrou em contato com ela demonstrando "preocupações significativas". Há algum problema com a Dara que eu não saiba? E tem algum motivo para o senhor não entrar em contato comigo também? Apesar do que Sharon possa levá-lo a acreditar, ainda sou membro dessa família. Acredito que tenha lhe dado os números do meu escritório e do celular com esse objetivo. Por favor, me avise quando eu posso entrar em contato e/ou se o senhor precisa que eu envie meu número de telefone outra vez.

Kevin Warren

### E-MAIL DO DR. LEONARD LICHME PARA KEVIN WARREN, DATADO DE 6 DE MARÇO, 19H18

Caro sr. Warren,

Não é com a Dara que estou preocupado; é com a Nicole. Mas o fato de o senhor imediatamente supor outra coisa é parte do que eu gostaria de discutir com o senhor e com a Sharon, de preferência juntos, no meu escritório. O senhor vai estar na sessão familiar no dia 16 de março, certo?

Enquanto isso, ainda tenho seu número e vou tentar ligar hoje à noite.

Atenciosamente,
Dr. Leonard Lichme, Ph.D.

## E-MAIL DE KEVIN WARREN PARA SHARON MAUFF, DATADO DE 7 DE MARÇO, 22 HORAS

Sharon,

Eu finalmente falei com o dr. Lichme. Você já falou com ele? Para ser sincero, ele não me causou boa impressão. Ele sugeriu que você e eu poderíamos nos beneficiar do AA, por exemplo, para ajudar a "resolver nossos impulsos de 'consertar' a Dara". Falei que ele é quem deveria consertá-la.

Ele disse que, na verdade, está mais preocupado com a *Nick*. Como a Dara extravasa, usa drogas e sai com Deus-sabe-quem, ela está expressando seus sentimentos, por isso ela supostamente é *mais saudável* do que a Nick, que nunca nos deu um dia de preocupação na vida. Não é um belo paradoxo? Ele ficou tentando me convencer de que, como a Nick nunca dá nenhum sinal de estar encrencada, ela, na verdade, é quem *está* encrencada. E por isso estamos pagando 250 dólares por hora (falando nisso, você me deve sua parte pelo mês de fevereiro. Por favor, me mande um cheque.).

Suponho que ele saiba do que está falando, mas simplesmente não estou convencido. A Nick é uma ótima irmã mais velha, e a Dara tem sorte de tê-la.

Te vejo no dia 16. Espero que a gente consiga ser civilizado.

Kevin

P.S.: Eu não estava insinuando que você devia procurar os meus tacos de golfe (!). Eu simplesmente perguntei se você os tinha visto. Por favor, não transforme tudo numa batalha.

# NICK
## 1H45

Assim que volto para a rodovia, pego o celular e aperto o número de Parker. Por um segundo, fico preocupada de não conseguir conectar: o celular está piscando a cada cinco segundos, mostrando dois por cento de bateria. *Vamos lá*, penso. *Vamos lá, vamos lá.*

E aí ele começa a tocar: quatro, cinco, seis vezes antes de cair no correio de voz.

— Vamos lá — digo em voz alta e bato no volante com a palma da mão. Desligo e ligo de novo. Três toques, quatro toques, cinco toques. Pouco antes de eu desligar, Parker atende.

— Alô? — ele resmunga. Eu o acordei. Nenhuma surpresa. São quase duas da manhã.

— Parker? — Minha garganta está tão fechada que mal consigo dizer seu nome. — Preciso da sua ajuda.

— Nick? — Ouço um farfalhar, como se ele estivesse se sentando. — Meu Deus. Que horas são?

— Escuta — digo. — Meu celular está quase morrendo. Mas acho que a Dara está encrencada.

Há uma pausa curta.

— Você acha... *o quê?*

— No início, eu achei que ela estivesse só brincando comigo — continuo rapidamente. — Mas acho... acho que ela pode estar envolvida em alguma coisa grande. Algo ruim.

— Onde você está? — Quando Parker fala de novo, sua voz está totalmente alerta, totalmente desperta, e eu sei que ele já saiu da cama.

Eu poderia beijar meu celular. Eu poderia beijar Parker. Eu *quero* beijá-lo. Esse fato é enorme, sólido e impassível, como um iceberg se erguendo de repente da água escura e tranquila.

— Route 101. Indo para o sul. — Tenho uma sensação crescente de vertigem, como se a estrada diante dos meus faróis fosse, na verdade, um grande poço e eu estivesse caindo.

*Você não pode me deixar ter nada meu, né? Você sempre tem que ser melhor do que eu.* A voz de Dara aparece de uma vez, tão alta quanto uma lembrança. E aí eu sei: eu *estou* me lembrando. Ela disse essas palavras para mim. Tenho certeza que sim. Mas, no segundo em que tento captar a conexão, seguir a mão escorregadia da lembrança até debaixo d'água, minha mente é envolvida pelo mesmo frio estonteante, pela mesma escuridão indiferenciada.

— Você está *dirigindo*? — A voz de Parker sobe um pouco, sem acreditar. — Você precisa parar. Me faz um favor e para no acostamento, está bem?

— Preciso encontrá-la, Parker. — Minha voz oscila. Meu celular apita com mais insistência. — Preciso ajudá-la.

— Onde exatamente você está? — ele repete, e seu quarto aparece na minha frente: a velha luminária na forma de luva de beisebol projetando um cone agradável de luz sobre o carpete azul-marinho; os lençóis amassados que sempre têm um leve cheiro de pinho; a cadeira de escritório giratória e o aglomerado de livros, videogames e camisetas desbotadas. Eu o imagino se contorcendo para dentro de uma camiseta com apenas uma das mãos, vasculhando embaixo da cama até encontrar seus Surf Siders.

— Estou indo em direção à praia dos Órfãos — digo, porque é a única coisa que consigo pensar em fazer. Andre deve ter um segundo local, um lugar privativo aonde leva as garotas para serem fotografadas. A resposta está ao longo da praia, perto do Beamer, talvez até dentro dele. Deve haver um porão secundário; ou talvez eu não tenha visto uma porta em algum lugar, ou uma cabana de depósito reformada perto da água. Preciso de provas.

Tenho uma sensação crescente de que tudo isso foi planejado, pelo menos inicialmente, por Dara. Ela queria que eu encontrasse seu celular e as fotos nele. Ela estava me deixando pistas para eu poder ajudá-la.

Foi um pedido de socorro.

— Praia dos Órfãos? — Do outro lado da linha, uma porta se abre e se fecha com um clique firme. Agora eu o vejo se movimentando pelo corredor, se guiando pelo tato, mantendo uma das mãos na parede (o papel de parede tem padrões desbotados de fitas e flores secas, um desenho que ele despreza). — Aonde nós fomos no ano passado, no aniversário da Dara? Onde encontramos o farol?

— Isso — respondo. — Tem um bar na estrada chamado... — As palavras viram pó na minha boca.

De repente, eu sei. Imagens e palavras piscam na minha cabeça — o cartaz de néon do Beamer, os guardanapos impressos com o logo de faróis duplos, o facho de luz —, e, num piscar de olhos, sei exatamente aonde Andre leva as garotas, onde ele faz as festas, onde ele fotografou Dara e Sarah Snow, onde alguma coisa terrível aconteceu com Madeline.

— Um bar chamado o quê? — A voz de Parker agora parece distante, mais fina. Ele está fora de casa. Está andando apressado pelo gramado, prendendo o celular entre o ombro e queixo, procurando as chaves na calça jeans. — Nick, você está aí?

— Ai, meu Deus. — Estou segurando o celular com tanta força que os nós dos dedos doem.

Nesse exato momento, meu celular interrompe a ligação, desligando completamente.

— Merda. — Xingar em voz alta faz com que eu me sinta melhor.

— Merda, merda, merda. — Aí eu me lembro do celular de Dara e sinto uma explosão de esperança. Mantendo uma das mãos no volante, procuro o celular no apoio de copos, mas não encontro nada além de uma massa velha de chiclete, grudada na parte de trás de uma moeda. Estendo a mão para o banco do passageiro, cada vez mais desesperada. Nada.

Bem nessa hora, um animal — um guaxinim ou um gambá, está escuro demais para definir — dispara dos arbustos baixos e congela, com os olhos reluzindo, diretamente no caminho dos meus pneus. Viro o volante com força para a pista ao lado sem verificar se há outros carros, esperando sentir uma pancada forte. Depois de um segundo, retomo o controle, corrigindo o volante, escapando de atravessar por cima da proteção da estrada, passar direto pelas casas escuras da orla e cair na água. Quando olho pelo espelho retrovisor, vejo uma forma escura disparar atravessando a estrada. O animal está em segurança, então.

Mesmo assim, não consigo afastar a pontada de pânico, o terror de estar sem controle, de ir em direção à beira do mar. Devo ter deixado o celular de Dara em casa quando entrei para vasculhar seu quarto. Isso significa que estou realmente sozinha. As respostas estão todas lá, naquela faixa solitária de praia entre o Beamer e o local do acidente, onde as correntes fazem com que nadar ali seja mortal: as respostas para o que aconteceu com Madeline Snow e o que aconteceu para mudar minha irmã; as respostas para o que aconteceu naquela noite, quatro meses atrás, quando saímos voando pela beirada da terra e caímos na escuridão.

Uma voz baixinha e persistente continua falando na minha cabeça, me implorando para voltar, me dizendo que não estou preparada para a verdade.

Mas eu a ignoro e sigo em frente.

# DARA
## 2H02

Do lado de fora, o farol parece abandonado. Ele se ergue sobre o andaime da construção como um dedo apontando para a lua. As janelas estreitas estão lacradas com madeira pintada de um cinza sem graça, e cartazes declaram o local todo como proibido. "CUIDADO", diz um deles, "USO OBRIGATÓRIO DE CAPACETE." Mas não existe nenhuma construção aqui há muito tempo; até o cartaz está manchado de sal e envergado pelo clima, grafitado com o símbolo de alguém.

Eu devia ter trazido uma lanterna.

Não lembro como se faz para entrar — só que tem uma entrada, uma porta secreta, como uma passagem para outro mundo.

Contorno a praia, escorregando um pouco nas pedras. Ao longe, além das rochas, vejo que o Beamer está iluminado, agachado na orla como um inseto reluzente, e de vez em quando escuto um carro passando na estrada, vejo um pedaço da praia e das rochas ser iluminado por um facho de faróis, apesar de minha visão estar prejudicada pela cerca-viva densa e enroscada de grama de praia e arbustos de flores que crescem perto da divisória.

A maré está alta. Uma lama negra borbulha entre as pedras, e as ondas fazem espuma a mais ou menos um metro de onde estou, formando piscinas entre as pedras quando recuam. É um lugar solitário, um lugar que ninguém pensaria em investigar — apesar disso, a menos de trezentos metros de distância, as luzes e o caos de East Norwalk se iniciam.

Eu me abaixo sob o andaime, passando a mão pela curva do farol, a tinta descascando sob meus dedos. A única porta está lacrada com madeira, como todas as janelas. Mesmo assim, continuo circulando. Já estive aqui antes. Deve ter um jeito de entrar. A menos que...

A ideia me vem de repente. A menos que Andre, sabendo que a polícia está se aproximando, tenha apagado seus rastros.

Quase no mesmo instante em que penso isso, meus dedos atingem alguma coisa — uma irregularidade, uma fenda minúscula na madeira. Está tão escuro embaixo do andaime que mal consigo ver minhas mãos, tateando ao longo da superfície do farol, um local que foi ocultado e fechado com pregos como se, há muito tempo, um furacão tivesse arrancado um pedaço da parede, consertado de maneira apressada. Empurro. A madeira cede menos de um centímetro, gemendo um pouco quando me apoio nela.

Tem uma porta aqui: entalhada deliberadamente na parede, depois escondida pela madeira. Mas, não importa quanto eu empurre, ela não cede. Será que poderia estar trancada por dentro? Passo os dedos na borda quase invisível, gritando quando sinto o corte agudo de um prego. Coloco o dedo na boca e sinto gosto de sangue. É exatamente como eu pensava. Os pregos não estão fixados *em* nada; foram apenas martelados na porta e depois torcidos, dobrados paralelamente à madeira. Mesmo assim, não abre.

Miro um chute frustrado na porta — preciso *entrar* — e dou um pulo para trás quando ela ricocheteia, gemendo, pendurada como uma boca vertical. Claro. Não é de empurrar. É de puxar.

Alguma coisa revira dentro de mim. Eu me esquivo quando o vento aumenta e outra onda bate na margem, formando espuma entre as rochas escuras escorregadias. Vasculho a praia, mas não vejo nada além das sombras agigantadas das rochas, o nó selvagem de grama e as luzes fracas do Beamer piscando ao longe, fazendo parte do mar ficar prateada.

Entro no farol, me abaixando para pegar uma pedra lisa que posso usar para manter a porta aberta. Desse modo, pelo menos um pouco de luz quebra a escuridão. Além disso, Nick vai precisar entrar.

Se ela conseguir me achar.

Ali dentro, o ar cheira a cerveja velha e fumaça de cigarro. Dou um passo para frente, procurando um interruptor, e alguma coisa — uma garrafa? — rola para longe de mim. Dou de cara com uma luminária de pé e quase não consigo segurá-la antes que ela tombe no chão. A luminária, ligada a um gerador, mal ilumina uma escada em espiral que leva aos andares superiores do farol. O ambiente está vazio, exceto por algumas latas e garrafas de cerveja vazias, bitucas de cigarro e, estranhamente, um sapato masculino esmagado. Dezenas de pegadas cruzam o ambiente, perturbando a camada pesada de serragem e gesso. Formigas se acumulam numa sacola do McDonald's jogada no canto.

Arrasto a luminária em direção à escada. Sob a luz, ela parece uma serpente. E eu começo a subir.

O sofá vermelho foi retirado da sala no topo da escada. Mesmo antes de encontrar outra luminária, vejo que um objeto grande foi recentemente arrastado pelo ambiente — os rastros estão visíveis na poeira — e carregado, de alguma forma, escada abaixo.

Mas as luminárias continuam lá — quatro delas, com lâmpadas enormes expostas, como luzes de um cenário de cinema —, e também a velha mesa de centro, marcada por círculos dos copos de bebida. O ar-condicionado ainda está no canto, sua grelha afogada em poeira, e tijolos de concreto e placas de madeira compensada estão empilhados à esquerda da escada, provavelmente das reformas planejadas que nunca se materializaram. Embolado num canto, o sutiã de uma garota — amarelo, desbotado, com abelhas impressas nos bojos.

Fico em pé por um segundo no centro da sala, lutando contra a súbita vontade de chorar. Como foi que cheguei aqui? Como foi que qualquer uma de nós chegou aqui?

Tudo acabou agora: as mentiras, as brigas, as fugas. Eu me lembro de quando minha irmã e eu costumávamos apostar corrida de bicicleta até chegar em casa, da queimação em minhas pernas e coxas quando virávamos a última esquina, do desejo não apenas de chegar ao fim, mas de desistir, de parar de pedalar, de deixar o impulso me carregar nos últimos quarteirões. É isso que estou sentido agora — não o triunfo de uma vitória, mas o alívio de não tentar mais.

Mas tem mais uma coisa que eu preciso fazer.

Ando pela sala, procurando algo que possa ligar Andre a Madeline Snow. Não sei o que exatamente estou esperando encontrar. A verdade vai aparecer. Essa frase fica passando em minha cabeça. Não. É a verdade vai te libertar. *O sangue vai aparecer.*

Sangue.

Perto de uma parede tem uma mancha escura, marrom. Eu me abaixo, me sentindo um pouco enjoada. A mancha é mais ou menos do tamanho da palma da mão de uma criança e foi absorvida há muito tempo pelo piso de madeira. É impossível dizer se é velha ou nova.

No andar de baixo, a porta se fecha com força. Eu me levanto rapidamente, meu coração voando até a garganta. Alguém está aqui. Nick não teria batido a porta. Ela se movimentaria de maneira cuidadosa e silenciosa.

Só há um lugar para me esconder: atrás da pilha de madeira e tijolos de concreto no alto da escada. Enquanto me mexo o mais silenciosamente possível, me encolhendo sempre que o chão range sob mim, deslizo para o espaço estreito e escuro entre o material de construção e a parede. O cheiro é de mofo e xixi de rato. Eu me ajeito agachada, esperando, me esforçando para ouvir os sons do andar de baixo — alguém se mexendo, andando, respirando.

Nada. Nem um sussurro, rangido ou respiração. Conto até trinta e depois volto ao zero. Por fim, saio do meu esconderijo. O vento deve ter deslocado a pedra da porta.

Enquanto estou me empertigando, vejo de relance alguma coisa prateada, meio escondida sob uma das placas de madeira compensada. Uso os dedos para soltá-la.

O mundo se encolhe até um ponto estreito, um espaço menor que a mão estendida de uma criança.

É a pulseira da sorte de Madeline Snow — aquela que procuramos com tanto cuidado na praia, quando me juntei ao grupo de busca. Sua pulseira da sorte preferida.

Eu me levanto com as pernas trêmulas, agarrando a pulseira. Saio de trás da pilha.

— Que porra é essa?

A voz de Andre me pega completamente de surpresa. Não o ouvi se aproximando. Ele está no topo da escada, se segurando na balaustrada com os nós dos dedos brancos, o rosto retorcido, monstruoso de raiva.

— Você — ele cospe, e eu não consigo me mexer, não consigo reagir. — O que você está fazendo aqui?

Ele dá dois passos em minha direção, soltando a balaustrada. Não penso. Simplesmente corro. Passo por ele em alta velocidade, e ele se desequilibra para trás, me dando espaço suficiente para chegar à escada.

Desce, desce, desce, os degraus de metal trepidando como dentes sob meu peso, pequenas explosões de dor em meus tornozelos e joelhos.

— Ei! Para! *Para.*

Saio correndo para a praia, um soluço tentando escapar pela minha garganta. Viro à direita, disparando ofuscada pela orla. Andre sai do farol atrás de mim.

— Escuta. *Escuta.* Só quero conversar com você.

Perco o equilíbrio nas pedras e caio, soltando acidentalmente a pulseira. Durante um segundo aterrorizante, não consigo mais encontrá-la; vasculho cegamente a areia molhada e os redemoinhos rasos de água, se arrastando como dedos em direção ao mar. Ouço os passos de Andre na praia atrás de mim, a bufada superficial da sua respiração.

Meus dedos encontram o metal. A pulseira. Eu a pego e me levanto, ignorando a dor terrível nas pernas, subindo em direção à rodovia. As plantas espetam minha pele nua, mas eu também ignoro isso.

Puxo o peso do corpo entre as pedras, usando as cordas grossas de grama de praia para me impulsionar, a areia deslizando sob o meu pé, ameaçando me fazer perder o equilíbrio. A vegetação é tão densa que mal consigo ver a estrada: apenas o vislumbre súbito de faróis, iluminando uma ampla rede de trepadeiras e aveia do mar quando um carro passa. Continuo me impulsionando, levando o braço até o rosto para protegê-lo, me sentindo o cavaleiro de um conto de fadas, tentando abrir caminho pela floresta encantada, que simplesmente continua crescendo e ficando cada vez mais densa.

Mas isso não é um conto de fadas.

Andre cai na vegetação rasteira, xingando. Está ficando para trás. Arrisco uma olhada e vejo um monte de mato batendo nele com violência enquanto ele tenta contorná-lo. Pelo menos a vegetação me solta, e de repente a estrada aparece, a faixa lisa de asfalto reluzindo como óleo sob a lua.

Subo tropeçando os últimos metros até a estrada, me dobrando, esmagando latas vazias e sacolas plásticas. Pulo o guardrail e viro à esquerda — para longe da praia dos Órfãos, em direção à orla vazia, onde as casas não estão acabadas e a praia cada vez mais se transforma em formações de pedra. Posso escapar dele ali, na escuridão. Posso me esconder até ele desistir.

Desço a estrada, me mantendo perto do guardrail. Um carro passa correndo por mim numa disparada quente de som e exaustão, as janelas tremendo com o baixo, tocando a buzina. Em algum lugar distante, sirenes de polícia estão soando — alguém machucado ou morto, mais uma vida destruída.

Olho para trás. Andre conseguiu chegar até a estrada. Está escuro demais para ver seu rosto.

— Caramba — ele grita. — Você está lou...

Mas o que ele diz fica abafado quando outro carro passa.

Mais sirenes agora. Não venho tão ao sul desde a noite do acidente, e tudo parece desconhecido: num dos lados da estrada, pedras pontudas se erguendo da praia; no outro, colinas pedregosas e pinheiros.

Será que Madeline Snow correu nessa direção? Será que ele a pegou e a levou de volta para o farol?

Será que ela gritou?

Eu me viro de novo, mas não tem nada atrás de mim além da estrada vazia: Andre desistiu ou ficou para trás. Diminuo a velocidade, ofegante, os pulmões queimando. A dor está em toda parte agora; eu me sinto uma boneca de madeira prestes a me despedaçar.

A noite ao meu redor se tornou muito quieta. Se não fossem as sirenes, ainda soando — se aproximando? —, o mundo pareceria uma pintura a óleo de si mesmo, perfeitamente imóvel, envolto na escuridão.

Deve ter sido por aqui que Nick e eu batemos o carro. Uma sensação estranha me toma, como se houvesse um vento soprando direto em meu estômago. Mas não há vento: as árvores não estão se mexendo. Ainda assim, um arrepio percorre minha coluna.

*Pare o carro.*

Explosões claras de memória: imagens subitamente iluminadas, como cometas na escuridão.

*Não. Só quando a gente terminar de conversar.*

*A gente terminou de conversar. Pra sempre.*

*Dara, por favor. Você não entende.*

*Eu disse pra você parar o carro.*

Três metros à minha frente, o guardrail se afasta da estrada. Uma parte do metal foi arrancada. Fitas de seda desbotadas estão penduradas lado a lado na parte intacta. Elas balançam muito levemente, como ervas abaladas por uma corrente invisível. Uma cruz de madeira surrada está enfiada na terra, e o enorme penhasco atrás da brecha está coberto de retalhos de papel e pedaços de tecido, lembranças e mensagens.

Vários buquês estão agrupados ao redor da cruz, e até mesmo a uma certa distância eu reconheço um bicho de pelúcia que pertence a Ariana. Sr. Stevens, seu ursinho favorito. Ela até compra um presente de Natal todo ano para ele — sempre um acessório diferente, como um guarda-chuva ou um capacete.

O sr. Stevens tem um novo acessório: uma fita ao redor do pescoço, com uma mensagem escrita com marca-texto. Tenho que me agachar para ler.

"Feliz aniversário, Dara. Sinto sua falta todos os dias."

O tempo se abre, diminui o ritmo, para. Só as sirenes rompem o silêncio.

Bilhetes, manchados de água, agora indecifráveis — flores de seda desbotadas e chaveiros —, e, no centro de tudo...

Uma fotografia. *Minha* fotografia. A foto do anuário do segundo ano, aquela que eu sempre odiei, aquela em que meu cabelo está curto demais.

E, embaixo dela, uma placa de metal brilhante aparafusada na pedra.

"DESCANSE EM PAZ, DARA JACQUELINE WARREN. VOCÊ VAI VIVER PARA SEMPRE EM NOSSO CORAÇÃO."

As sirenes agora estão gritando tão alto que sinto o barulho nos dentes — tão alto que não consigo pensar. E aí, de repente, o barulho volta ao mundo numa rajada de vento, uma confusão de chuva que vem varrendo do mar, me empurrando para trás. O mundo está iluminado por flashes. Vermelho e branco. Vermelho e branco.

As sirenes pararam. Tudo parece estar acontecendo em câmera lenta — até mesmo os pingos pesados da chuva parecem estar congelados no ar, um espelho d'água na diagonal. Três carros pararam no acostamento. As pessoas estão correndo em minha direção, transformadas em sombras sem rosto por causa dos faróis.

— Nick! — elas estão gritando. — Nick! Nick!

*Corre.*

A palavra me vem na chuva, na língua suave do vento contra meu rosto.

É isso que eu faço.

ANTES

# NICK

O verão dos meus nove anos foi molhado. Durante semanas pareceu chover sem parar. Dara até pegou pneumonia. Seus pulmões estalavam e chiavam sempre que ela inspirava, como se a umidade tivesse conseguido entrar nela.

No primeiro dia ensolarado depois de uma eternidade, Parker e eu atravessamos o parque para ver o riacho da Pedra Velha — normalmente vazio e raso, com menos de sessenta centímetros de travessia, agora transformado num rio corrente e barulhento, movimentando-se rapidamente pelas margens, transformando a área toda num pântano.

Algumas crianças mais velhas tinham se reunido para jogar latas vazias no riacho e vê-las girar, afundando e reaparecendo, na corrente. Um cara, Aidan Jennings, estava na ponte, pulando, enquanto a água golpeava os apoios de madeira e subia serpenteando até seus pés.

E aí, num instante, tanto Aidan quanto a ponte tinham desaparecido. Aconteceu rápido assim, e sem som; a madeira podre cedeu, Aidan foi levado num redemoinho de madeira despedaçada e água turbulenta e todo mundo saiu correndo atrás dele, gritando.

As lembranças também são assim. Construímos pontes cuidadosas. Mas elas são mais fracas do que pensamos.

Quando essas pontes se quebram, todas as nossas lembranças voltam para nos afogar.

Também estava chovendo na noite do acidente.

*  *  *

Eu não tive a intenção.

Ele estava me esperando em casa depois da festa de Ariana, dando pulinhos na varanda, o hálito cristalizando no ar, o capuz do moletom na cabeça, escondendo seu rosto nas sombras.

— Nick. — Sua voz estava rouca, como se ele não a usasse havia algum tempo. — Precisamos conversar.

— Oi. — Tentei não me aproximar demais enquanto seguia em direção à porta, vasculhando minha bolsa em busca da chave com os dedos dormentes de frio. Dara tinha insistido que eu ficasse para ver a fogueira. Mas a chuva tinha aumentado, e o fogo nunca se materializava: apenas uma bagunça escurecida e polpuda de óleo diesel e lenha, copos de papel amassados e bitucas de cigarro. — Senti sua falta na festa.

— Espera. — Ele pegou meu pulso antes que eu conseguisse empurrar a porta para abri-la. Seus dedos estavam congelados, o rosto bruto com uma emoção que eu não entendia. — Aqui não. Na minha casa.

Eu não tinha notado, até ele apontar, que seu carro estava parado ali perto, meio disfarçado atrás de um grupo de pinheiros desordenados, como se ele estivesse tentando deliberadamente ficar escondido. Ele andou alguns metros na minha frente, com as mãos enfiadas no fundo dos bolsos, os ombros arqueados sob a chuva, quase como se estivesse com raiva.

Talvez eu devesse ter dito *não*. Talvez eu devesse ter dito *estou cansada*.

Mas era o Parker, meu melhor amigo, ou meu era-uma-vez-um--melhor-amigo. Além do mais, eu não sabia o que estava por vir.

O trajeto até a casa dele durou quinze segundos. Mesmo assim, pareceu uma eternidade. Ele dirigiu em silêncio, com as mãos apertando o volante. O para-brisa estava quase totalmente embaçado; os limpadores guinchavam no vidro, jogando espelhos d'água sobre o capô.

Só depois de estacionar ele olhou para mim.

— Não conversamos sobre o que aconteceu no Dia dos Fundadores — ele disse.

O aquecedor estava ligado, soprando seu cabelo sob o boné com dizeres nerd.

— O que você quer dizer? — falei com cuidado, e me lembro de ter sentido meu coração como um punho, esmagando devagar.

— Então... — Parker estava tamborilando os dedos nas coxas, um sinal certo de que estava nervoso — ... quer dizer que não significou nada pra você?

Não respondi. Minhas mãos pareciam um peso morto sobre o colo, como coisas enormes e inchadas levadas pela maré.

No Baile do Dia dos Fundadores, Parker e eu escapamos para a piscina e escalamos as vigas, tentando achar um caminho até o telhado. Acabamos chegando lá: encontramos uma porta de alçapão no velho teatro. Escapamos do baile e ficamos sentados durante uma hora, dividindo uma garrafa de uísque que Parker tinha desviado do estoque do pai, rindo por nada.

Até ele pegar a minha mão.

Até não haver nada engraçado no modo como ele estava me olhando. Chegamos muito perto de nos beijar naquela noite.

Depois, quando começaram os boatos de que eu tinha sumido do baile para ficar com Aaron na sala do aquecedor, deixei todo mundo pensar que era verdade.

A chuva dividia a luz da varanda da frente da casa dele em padrões malucos. Durante um tempo, ele não disse nada.

— Está bem. Escuta. As coisas entre nós estão estranhas há meses. Não discuta — ele disse, quando abri a boca para protestar. — Estão. É culpa minha, eu sei disso. É tudo culpa minha. Eu nunca devia ter... Bom, de qualquer maneira, eu só queria explicar. Sobre a Dara.

— Você não precisa.

— Eu *preciso* — ele disse, com uma urgência súbita. — Olha, Nick. Eu fiz merda. E agora... não sei como consertar.

O frio percorreu meu corpo todo, como se ainda estivéssemos do lado de fora, perto da fogueira danificada, observando a chuva apagar as chamas e transformá-las em fumaça.

— Tenho certeza que ela vai te perdoar — falei. Eu não me importava de parecer com raiva. Eu estava com raiva.

Durante toda a minha vida, Dara pegou as coisas e as esmagou.

— Você não entende. — Ele tirou o boné, passou a mão no cabelo para deixá-lo liso, elétrico, desafiando a gravidade. — Eu nunca devia... Meu Deus. A Dara é como uma irmã pra mim.

— Isso é nojento, Parker.

— É sério. Eu nunca... Simplesmente aconteceu. Foi tudo errado. Sempre foi errado. Eu só não sabia como interromper. — Ele não conseguia ficar parado. Colocou o boné de novo. Ele se virou para me encarar e, depois, como se não conseguisse suportar, voltou a olhar para o outro lado. — Eu não amo a Dara. Quer dizer, amo. Mas não desse jeito.

Durante um instante, houve silêncio. Eu não conseguia ver o rosto de Parker — só o seu perfil, a luz deslizando pela curva de sua bochecha. A chuva batia no para-brisa como o som de centenas de pés minúsculos fugindo ruidosos em direção a algo melhor.

— Por que você está me falando isso? — perguntei finalmente.

Parker olhou de novo para mim. Seu rosto estava retorcido numa expressão de dor, como se uma força invisível tivesse caído sobre seu peito, tirando seus pés do chão.

— Desculpa, Nick. Por favor, me perdoa. — Sua voz estava rouca. — Devia ter sido você.

O tempo pareceu entrar em pane. Eu tive certeza de que entendi mal.

— O quê?

— Quer dizer, *é* você. É isso que estou tentando dizer. — Sua mão encontrou a minha, ou a minha encontrou a dele. Seu toque era quente, seco e familiar. — Você... você entende agora?

Eu não lembro se ele me beijou ou se eu o beijei. Isso importa? Tudo o que realmente conta é que aconteceu. Tudo o que importa é que eu queria. Eu nunca, a vida toda, quis algo com tanta vontade. Parker era meu de novo: Parker, o garoto que eu sempre amei. A chuva continuava a cair, mas agora parecia mais delicada, ritmada, como a pulsação de um coração invisível. O vapor envolvia o para-brisa, fazendo o mundo lá fora parecer borrado.

Eu poderia ter ficado daquele jeito para sempre.

E aí Parker deu um pulo para trás, bem quando um *tum* alto soou atrás de mim.

Dara. A mão espraiada na janela do lado do passageiro, os olhos parecendo buracos na sombra, o cabelo grudado no rosto — e aquele sorriso esquisito na cara. Perverso. Triunfante. Como se, o tempo todo, ela soubesse o que ia encontrar.

Durante um segundo, Dara deixou a mão ali — quase como se estivesse me esperando colocar a mão ali também, quase como um jogo.

*Espelhe meus movimentos, Nick. Faça o que eu faço.*

Eu posso ter me mexido. Posso ter gritado seu nome. Ela retirou a mão, deixando uma marca fantasma dos dedos no vidro. E aí isso também sumiu — e ela foi junto.

* * *

Ela entrou no ônibus antes que eu conseguisse alcançá-la, as portas assobiando para fechar, quando eu ainda estava a meio quarteirão de distância, gritando. Talvez ela tenha me escutado, talvez não. Seu rosto estava branco, a camiseta escura por causa da chuva; sob as luzes fluorescentes, ela parecia um negativo de foto, com todas as cores nos lugares errados. Aí o ônibus deslizou por entre as árvores, como se a noite estivesse abrindo a boca para engoli-lo.

Levei vinte minutos para alcançar o ônibus na Route 101 com meu carro, e mais vinte antes de vê-la saltar, andando com a cabeça baixa pelo acostamento, os braços cruzados para se proteger da chuva, passando por anúncios de Bud Light e vídeos pornográficos com luzes piscantes.

Aonde ela estava indo? Ao Beamer para ver Andre? Até a praia dos Órfãos e o farol? Ou será que simplesmente queria se afastar, se perder nas praias rochosas de East Norwalk, onde a terra penetrava no mar raivoso?

Eu a segui durante mais uns oitocentos metros, piscando os faróis, tocando a buzina, antes de ela concordar em entrar.

— Dirija — ela disse.

— Dara, escuta. O que você viu...

— Eu falei pra dirigir. — Mas, quando comecei a virar o volante para voltar em direção à nossa casa, ela estendeu a mão e o puxou na outra direção. Pisei no freio. Ela não se encolheu. Nem piscou. Não pareceu com raiva nem irritada. Simplesmente ficou sentada ali, pingando água no estofamento, olhando direto para a frente. — Pra lá — ela disse e apontou para o sul, na direção de lugar nenhum.

Eu fiz o que ela mandou. Eu só queria uma chance de explicar. A estrada estava péssima; os pneus derraparam um pouco quando acelerei, e eu diminuí a velocidade de novo. Minha boca estava seca. Eu não conseguia pensar numa desculpa para dar.

— Desculpa — falei finalmente. — Não era... Quer dizer, não é o que parece.

Ela não disse nada. Os limpadores de para-brisa estavam funcionando apressados, e eu mal conseguia ver a estrada ou os faróis que dividiam a chuva em lascas.

— A gente não tinha a intenção. A gente só estava conversando. Estávamos falando de você, na verdade. Eu nem gosto dele. — Uma mentira: uma das maiores mentiras que eu já tinha dito a ela.

— Não tem a ver com o Parker — ela disse, praticamente as primeiras palavras que falou desde que entrou no carro.

— O que você quer dizer? — Eu queria olhar para ela, mas estava com medo de tirar os olhos da estrada. Eu nem sabia para onde estávamos indo; reconheci, vagamente, a loja de conveniência onde paramos no verão anterior para comprar cerveja no caminho para a praia dos Órfãos.

— Tem a ver com você e comigo. — A voz de Dara estava baixa e fria. — Você não pode me deixar ter nada meu, né? Você sempre tem que ser melhor do que eu. Você sempre tem que ganhar.

— O quê? — Eu estava tão surpresa que nem consegui argumentar.

— Não banque a inocente. Já entendi. É mais uma parte da sua grande atuação. A Nick perfeita e a sua irmã fodida. — Ela estava falando tão rápido que eu mal entendia; me ocorreu que ela podia ter usado alguma droga. — Então está bem. Você quer o Parker? Pode ficar com ele. Não preciso dele. Também não preciso de você. Pare o carro.

Levei um segundo para processar seu pedido; quando consegui, ela já tinha começado a abrir a porta, apesar de o carro ainda estar em movimento.

Com uma clareza súbita e desesperada, percebi que não podia deixá-la sair: se eu deixasse, ia perdê-la.

— Feche a porta. — Enfiei o pé no acelerador, e ela se jogou de volta no assento. Agora estávamos indo rápido demais; ela não podia pular. — Feche a porta.

— Pare o carro.

Mais rápido, mais rápido, apesar de eu mal conseguir enxergar, apesar de a chuva estar pesada como uma cortina, barulhenta como um aplauso no fim de uma peça de teatro.

— Não. Só quando a gente terminar de conversar.

— A gente terminou de conversar. Pra sempre.

— Dara, por favor. Você não entende.

— Eu disse pra você parar o carro. — Ela estendeu a mão e virou o volante na direção do acostamento. A traseira do carro girou para a pista oposta da estrada. Pisei no freio com força, virei o volante para a esquerda, tentei corrigir.

Era tarde demais.

Estávamos girando nas duas pistas. *A gente vai morrer*, pensei, e aí atingimos o guardrail, passamos depressa por ele numa explosão de vidro e metal. O motor soltava fumaça, e, durante uma fração de segundo, ficamos suspensas no ar, em segurança. De alguma forma, minha mão encontrou a da Dara no escuro.

Eu lembro que estava muito fria.

Lembro que ela não gritou nem disse nada, não emitiu um som.

E aí eu não me lembro de mais nada.

DEPOIS

# NICK
## 3H15

Não prestei atenção em para onde estava indo nem em quanto tempo corri até ver o Pirata Pete se assomando sobre a copa das árvores, um dos braços erguidos numa saudação, os olhos reluzindo em branco. FanLand. Seu olhar parece me seguir quando atravesso correndo o estacionamento, transformado em atol pela tempestade: uma série de ilhas de concreto seco cercadas de sulcos profundos de água, formando redemoinhos com o lixo velho.

As sirenes voltaram a soar, tão alto que parecem uma força física, como uma mão se estendendo fundo dentro de mim para abrir a cortina, revelando flashes rápidos de lembranças, palavras, imagens.

A mão de Dara na janela, e a impressão deixada pelos seus dedos.

Descanse em paz, Dara.

*A gente terminou de conversar.*

Preciso me afastar — ir para longe do barulho, para longe daquelas explosões sólidas de luz.

Preciso encontrar Dara, para provar que não é verdade.

Não é verdade.

Não pode ser.

Meus dedos estão inchados por causa do frio. Apalpo o teclado númerico, apertando o código errado duas vezes antes de a fechadura apitar para abrir, bem quando o primeiro dos três carros entra no estacionamento num solavanco, as sirenes dividindo a escuridão em terrenos coloridos. Durante um segundo, fico congelada na mira dos faróis, presa no lugar como um inseto no vidro.

— Nick! — De novo esses gritos, essa palavra, ao mesmo tempo familiar e alienígena, como o grito de um pássaro cantando no bosque.

Atravesso os portões e corro, piscando para afastar a chuva, engolindo o gosto de sal, e viro à direita, espirrando as poças que se materializaram nas trilhas inclinadas. Um minuto depois, o portão ressoa outra vez; as vozes me perseguem, agora se sobrepondo, tamborilando ao som da chuva.

— Nick, por favor. Nick, *espera*.

Ali: ao longe, através das árvores, uma luz trêmula. Uma lanterna? Meu peito está apertado com uma sensação que não consigo identificar, um pavor de algo que está por vir, como aquele momento em que Dara e eu ficamos suspensas, de mãos dadas, enquanto nossos faróis iluminavam a face pontuda de uma pedra.

Descanse em paz, Dara.

Impossível.

— Dara! — Minha voz é engolida pela chuva. — Dara! É você?

— Nick!

Mais perto, agora — preciso me afastar, preciso mostrar a eles, preciso encontrar Dara. Entro no meio das árvores, pegando o atalho, seguindo aquela luz fantasma que parece parar e depois sumir na base do Portal para o Céu, como uma chama de vela que é soprada de repente. Folhas batem como línguas grossas nos meus braços nus e no meu rosto. A lama entra na minha sandália, respinga na batata da perna. Uma tempestade terrível. Uma tempestade que acontece uma vez a cada verão.

— Nick. Nick. Nick. — Agora a palavra é apenas um cântico sem sentido, como a chuva batendo nas folhas.

— Dara! — grito. Mais uma vez, minha voz é absorvida pelo ar. Saio do meio das árvores na trilha que leva à base do Portal, onde o carro de passageiros ainda está parado, escondido por uma lona azul pesada. As pessoas estão gritando, chamando umas às outras.

Eu me viro. Atrás de mim, um padrão rápido de luzes pisca através das árvores, e eu penso, então, no facho de um farol passando pelo mar escuro, no código Morse, em sinais de alerta. Mas não consigo entender a mensagem.

Olho de novo para o Portal. Foi aqui que eu vi uma luz distante, tenho certeza; foi aqui que Dara veio.

— Dara! — grito o mais alto que consigo, minha garganta seca pelo esforço. — Dara! — Meu peito parece ter sido preenchido com pedras: vazio e pesado ao mesmo tempo, e essa verdade ainda está martelando ali, ameaçando me afogar, ameaçando me derrubar com ela.

*Descanse em paz, Dara.*

— Nick!

E aí eu vejo: uma agitação, um movimento sob a lona, e o alívio toma meu peito. O tempo todo isso foi um teste, para ver até onde eu iria, por quanto tempo eu iria brincar.

O tempo todo ela estava aqui, me esperando.

Estou correndo de novo, ofegante de alívio, chorando agora, mas não porque estou triste — porque ela está aqui e eu a encontrei e o jogo acabou e finalmente podemos ir para casa juntas. No canto, a lona foi solta das âncoras — Dara esperta, pois encontrou um lugar para se esconder da chuva —, e eu escalo a lateral de metal enferrujado e deslizo por baixo dela para a escuridão entre os velhos assentos rachados. Sou instantaneamente atingida pelo cheiro de chiclete, hambúrgueres velhos, mau hálito e cabelo sujo.

E então eu a vejo. Ela recua rapidamente, como se estivesse preocupada que eu pudesse bater nela. Sua lanterna cai no chão, e o carrinho de metal vibra em resposta. Congelo, com medo de me mexer, com medo de ela fugir.

Não é Dara. Pequena demais para ser Dara. *Nova* demais para ser Dara.

Mesmo antes de eu pegar a lanterna e acendê-la, iluminando embalagens de Twinkie e latas de refrigerante amassadas, embalagens

vazias de Milky Way e pães de hambúrguer, todas as coisas que os guaxinins supostamente estavam roubando nos últimos dias; mesmo antes de a luz envolver a ponta de seu chinelo rosa e roxo e subir em direção ao pijama de princesa da Disney e finalmente pousar naquele rosto em formato de coração, com os olhos arregalados e pálidos, a bagunça esfiapada de cabelos loiros, os olhos azul-claros — mesmo antes de as vozes chegarem até nós e a lona desaparecer, de modo que o céu caísse diretamente sobre nós —, mesmo antes disso tudo, eu sei.
— Madeline — sussurro, e ela choraminga, suspira ou expira, não sei dizer. — Madeline Snow.

www.theRealTeen.com

Artigo: Aconteceu comigo!
Alguém vendeu minhas fotos sem blusa na internet
Por: Sarah Snow
conforme relatado para Megan Donahue

"Tudo que eu me lembro é de acordar sem ter ideia de como tinha chegado em casa... e sem ter ideia do que tinha acontecido com a minha irmã."

Minha melhor amiga, Kennedy, e eu estávamos passeando no shopping num sábado quando um cara veio falar com a gente, dizendo que éramos muito bonitas e perguntando se éramos modelos. No início, achei que ele só estava dando em cima da gente. Ele devia ter uns vinte e quatro anos e era bem bonito. Ele disse que seu nome era Andre.

Aí ele contou que era dono de um bar chamado Beamer, em East Norwalk, e perguntou se queríamos ganhar dinheiro só para aparecer em festas. [Nota do editor: Andrew "Andre" Markenson era gerente do Beamer até sua prisão recente; os donos legítimos, Fresh Entertainment LLC, foram rápidos em declarar que desconheciam e condenam as atividades do sr. Markenson.] De cara, pareceu duvidoso, mas ele disse que havia outras garotas lá e que não teríamos que fazer nada além de entregar bebidas, agir com simpatia e receber gorjetas. Ele pareceu tão legal e normal, sabe? Foi fácil confiar nele.

As primeiras festas foram exatamente como ele disse. Só precisávamos vestir uma roupa bacana, andar pelo bar distribuindo drinques e ser legais com os caras que apareciam, e depois de algumas horas saíamos com até duzentos dólares. A gente não acreditava.

Sempre havia outras garotas trabalhando, normalmente quatro ou cinco em cada turno. Eu não sabia muita coisa sobre elas, exceto que também deviam estar no ensino médio. Mas Andre foi cuidadoso ao dizer que tínhamos que ter dezoito anos, apesar de nunca ter pedido provas, então eu sempre achei que ele meio que sabia que éramos menores de idade, mas ia fingir enquanto nós também fingíssemos.

Eu me lembro de uma garota, Dara Warren. Ela me marcou porque morreu num acidente de carro apenas alguns dias depois de uma das festas. E a coisa esquisita é que a irmã dela, Nicole, foi quem encontrou Maddie [Nota do editor: Madeline Snow, cujo desaparecimento, em 19 de julho, gerou comoção por todo o país] depois que ela fugiu. Loucura, né?

Enfim, Andre sempre pareceu muito legal e nos falava da própria vida, que ele produzia videoclipes e era caça--talentos para programas de TV e coisas assim, apesar de agora eu saber que era tudo mentira. Ele às vezes escolhia uma garota para ir comprar comida com ele e voltava com hambúrgueres e fritas para todas nós. Ele tinha um carro muito bacana. E sempre nos elogiava, dizia que éramos bonitas o suficiente para sermos modelos ou atrizes. Agora eu sei que ele só estava tentando conquistar nossa confiança.

Em abril e maio e no começo de junho não houve nenhuma festa. Não sei por quê. Talvez por causa da polícia ou alguma coisa assim. Na época, ele simplesmente disse que estava ocupado com outros projetos e deu a entender que ia ajudar a escolher o elenco de um programa de TV em breve. Isso também era mentira.

Mas eu não tinha nenhum motivo para não acreditar nele.

Aí, no fim de junho, os Blackouts começaram de novo. [Nota do editor: "Blackout" era o nome dado às festas particulares bimestrais, que os convidados tinham que pagar uma gorda taxa de associação para frequentar.] Na noite em que tudo aconteceu, minha avó ficou doente e meus pais tiveram que ir até o Tennessee para visitá-la no hospital, então eu fiquei encarregada de ser babá de Maddie, apesar de ter dito que estaria no trabalho. Eu precisava do dinheiro porque queria comprar um carro, e também, eu sei que é burrice falar isso agora, mas eu meio que sentia falta dele. As festas eram divertidas e fáceis, e nós nos sentíamos especiais, sabe? Porque fomos escolhidas.

Maddie tinha que estar na cama às nove, então Kennedy e eu acabamos decidindo simplesmente levá-la com a gente. As festas costumavam acabar à meia-noite de qualquer maneira, e achamos que ela só ia ficar dormindo no banco traseiro. Normalmente ela dorme como uma pedra – até, tipo, durante um furacão.

Mas não naquela noite.

Andre estava sendo especialmente simpático comigo naquela noite. Ele me deu uma dose de um licor especial, com certo gosto de chocolate. Kennedy ficou com raiva porque eu estava dirigindo, e eu sei que foi idiotice, mas achei que um drinque não faria mal. Só que aí as coisas começaram a ficar... estranhas.

Não sei explicar, mas eu estava tonta, e as coisas aconteciam e eu não me lembrava delas. Era como se eu estivesse vendo um filme e metade dele tivesse desaparecido. Kennedy saiu mais cedo porque estava de mau humor e um cara disse alguma coisa grosseira para ela. Mas eu não sabia disso ainda. Eu só queria deitar.

Andre me disse que tinha um escritório privativo e que havia um sofá lá, e que eu podia cochilar pelo tempo que eu quisesse.

Essa é a última coisa que lembro até a manhã seguinte. Acordei vomitando. Meu carro estava estacionado no meio do gramado da minha vizinha. A sra. Hardwell, a vizinha, estava muito zangada. Eu não conseguia acreditar que tinha dirigido até em casa e estava pirando. Eu não me lembrava de nada. Era como se alguém tivesse cortado uma parte do meu cérebro.

Quando percebi que Maddie tinha desaparecido, simplesmente quis morrer. Senti tanto medo, e sabia que era tudo culpa minha. Foi por isso que eu menti sobre aonde a gente tinha ido. Pensando bem, eu sei que devia ter falado com meus pais e com a polícia imediatamente, mas eu estava tão confusa e tão envergonhada, e achei que ia conseguir dar um jeito de consertar tudo.

Agora eu sei que o que aconteceu foi que Maddie acordou e me seguiu até o farol, que era onde Andre tinha seu "escritório". Não era um escritório de jeito nenhum, só um lugar onde ele fotografava garotas para vender as fotos na internet. A polícia acha que eu devo ter sido drogada, porque não me lembro de nada.

Acho que Maddie ficou com medo e pensou que eu estava morta! Ela é só uma garotinha. Ela achou, quando me viu deitada lá sem me mexer, que Andre tinha me matado. E deve ter gritado, porque ele se virou e a viu. Ela ficou apavorada que ele pudesse matá-la também, por isso correu. E ficou com tanto medo de ele ir atrás dela que se escondeu durante dias, roubando comida e água e só saindo durante alguns minutos de cada vez, normalmente à noite. Graças a Deus conseguimos trazê-la para casa em segurança.

No início, achei que nunca fosse me perdoar, mas, depois de conversar durante muito tempo com outras garotas que passaram por situações semelhantes

< < Página 1 de 3 > >

## E-MAIL DO DR. MICHAEL HUENG PARA O DR. LEONARD LICHME, DATADO DE 7 DE AGOSTO

Prezado dr. Lichme,

Eu soube que no início deste ano o senhor foi médico de Nicole Warren durante um curto período. Ela recentemente foi admitida sob os meus cuidados no East Shoreline Memorial, e eu gostaria de falar com o senhor para discutir minhas impressões iniciais sobre o estado mental dela e porque ela sem dúvida vai precisar de tratamento contínuo depois da alta, seja quando for.

Nicole tem boa saúde física e parece calma e cooperativa, apesar de muito confusa. Ela parece ter sofrido um importante transtorno dissociativo, que ainda estou tentando diagnosticar com exatidão (por enquanto, e apesar de saber que as denominações são controversas neste momento, eu diria que parece ter elementos de transtorno de personalidade múltipla/transtorno dissociativo de identidade e transtorno de despersonalização, sem dúvida decorrentes do grande trauma do acidente e da morte da irmã; além disso, parece haver indicações de um tipo de estado de fuga psicogênica, apesar de nem todas as características-
-padrão terem sido apresentadas). Em algum momento depois do acidente — acredito que quando ela voltou para Somerville, depois de vários meses afastada, e foi obrigada a se confrontar com evidências da ausência da irmã —, ela começou, em intervalos, a habitar a mente da irmã falecida, montando uma narrativa baseada em diversas lembranças

compartilhadas e no conhecimento íntimo de seu comportamento, personalidade, características físicas e preferências. Conforme o tempo passou, seus delírios se intensificaram e reuniram alucinações visuais e auditivas.

No momento, apesar de ter aceitado que a irmã está morta, ela tem poucas ou nenhuma lembrança das experiências que teve enquanto habitava a mente da irmã, apesar de eu esperar que isso mude com o tempo, a terapia e a combinação certa de medicamentos.

Por favor, me ligue a qualquer momento para conversarmos.

Obrigado,

Michael Hueng
Consultório: 555-6734
Hospital East Shoreline Memorial
Washington Blvd., 66-87
Main Heights

Esta mensagem pode conter informações confidenciais e/ou privilegiadas. Se você não for o destinatário correto (ou se tiver recebido por engano), por favor, avise imediatamente ao remetente e destrua esta mensagem. A cópia, divulgação ou distribuição não autorizada do conteúdo desta mensagem é estritamente proibida.

## E-MAIL DE JOHN PARKER PARA NICK WARREN, DATADO DE 18 DE AGOSTO

E aí, Nick.

Como você está? Talvez essa seja uma pergunta idiota. Talvez este seja um e-mail idiota — eu nem sei se você está recebendo e-mails. Tentei ligar para o seu celular, mas estava desligado.

Estou indo para a orientação daqui a menos de uma semana. Doideira! Espero não ser comido vivo por ratos gigantes no metrô. Ou atacado por baratas resistentes a uma explosão nuclear. Ou espancado por hipsters barbudos.

Pois é. Sua mãe contou para a minha que você deve ficar fora durante algumas semanas ou mais. Detesto não ter a chance de te ver. Espero que você esteja se sentindo melhor. Merda. Isso também é idiota.

Meu Deus, Nick... não consigo imaginar o que você está passando.

Acho que eu só queria dizer um oi e que estou pensando em você. Muito.

P

## E-MAIL DE JOHN PARKER PARA NICK WARREN, DATADO DE 23 DE AGOSTO

Oi...

Não sei se você recebeu meu último e-mail. Amanhã é o grande dia. Vou para Nova York. Estou empolgado, acho, mas eu realmente queria ter te visto ou pelo menos falado com você antes de partir. Sua mãe te falou para me ligar? Ela disse que ia visitar você, e eu pedi para ela dar o recado, mas não sei se ela deu. Fiquei ligando para o meu próprio celular para ver se ele estava funcionando, ha.

De qualquer maneira, por favor, escreva para mim. Ou ligue. Ou... mande um pombo-correio. Tanto faz.

Aleatório, mas... lembra quando a gente era criança e eu amarrava uma bandeira vermelha no carvalho quando queria que você e a Dara me encontrassem no forte? Não sei por quê, isso apareceu na minha cabeça outro dia. Engraçado que, quando a gente é criança, coisas esquisitas têm sua própria lógica. Tipo, as coisas são muito mais complicadas, mas também mais simples. Estou divagando, eu sei.

Vou sentir saudade da FanLand. Vou sentir saudade de Somerville. Mais do que tudo, vou sentir saudade de você.

xP

Hospital East Shoreline Memorial
Washington Blvd., 66-87
Main Heights

FORMULÁRIO DE AUTORIZAÇÃO DE ALTA DE PACIENTE (Q-55)

Nome de registro do paciente: Nicole S. Warren
Identificação do paciente: 45-110882
Psiquiatra responsável: Dr. Michael Hueng
Médico responsável: Dra. Claire Winnyck
Data de admissão: 30 de julho
Data atual: 28 de agosto

NOTAS GERAIS:
A paciente apresentou melhora significativa ao longo dos últimos trinta dias. A paciente inicialmente apresentou características de um transtorno dissociativo indicativo de transtorno de estresse pós-traumático ou transtorno de trauma recorrente. A paciente parecia ansiosa e se recusou a participar de atividades em grupo e sessões individuais.
O dr. Hueng sugeriu 100 mg de Zoloft/dia e Ambien para facilitar o sono. Em poucos dias, a paciente teve melhora notável, apresentando apetite renovado e disposição para interagir com pacientes e psicólogos.
A paciente parece entender por que foi internada e está ansiosa para melhorar. A paciente não sofre mais de delírios.

CURSO DE TRATAMENTO CONTÍNUO PROPOSTO:
100 mg de Zoloft uma vez ao dia para tratar depressão e ansiedade

Terapia contínua, individual e familiar, com o psiquiatra dr. Leonard Lichme

RECOMENDAÇÃO:
Alta

### E-MAIL DE NICK WARREN PARA JOHN PARKER, DATADO DE 1º DE SETEMBRO

Oi, Parker.

Desculpe eu não ter podido escrever nem ligar. Eu não estava me sentindo pronta para isso durante um tempo. Mas estou melhor agora. Estou em casa.

Neste momento, você está em Nova York. Espero que esteja se divertindo muito.

Nick

P.S.: Claro que eu me lembro da bandeira vermelha. Às vezes ainda procuro por ela.

DEPOIS

## 2 DE SETEMBRO

Querida Dara,

    Estou em casa. Eles finalmente me liberaram daquele buraco sombrio. Não foi tão ruim, na verdade, exceto quando a mamãe e o papai me visitavam e me encaravam como se tivessem medo de, ao encostar em mim, eu me estilhaçar e virar pó. Tivemos que fazer uma sessão de terapia em família e fazer várias afirmações, tipo: eu te escuto e respeito o que você está dizendo e percebo como você deve ficar com raiva quando eu... etc. Tia Jackie teria adorado.

    Os médicos foram bem legais, e eu pude dormir muito, e fizemos artes e projetos manuais como se tivéssemos cinco anos de novo. Eu não tinha ideia de quantas coisas é possível fazer com palitos de sorvete.

    Enfim. O dr. Lichme disse que, sempre que eu quisesse falar com você, eu devia escrever uma carta. E é isso que estou fazendo agora. Só que, toda vez que eu sento para escrever, não sei por onde começar. Tem tanta coisa que eu quero dizer. Tanta coisa que quero perguntar também, apesar de saber que você não vai responder.

    Então, vou ficar no básico.

    Sinto muito, Dara. Sinto muito, muito mesmo.

    Tenho saudade de você. Por favor, volte.

Com amor,<br>Nick

## 26 DE SETEMBRO

— Pronto. — Tia Jackie bate com a palma da mão sobre a última caixa de papelão: lotada, forçando a fita como gordura num cinto muito apertado, e com "Caridade" escrito em letras pretas largas. Ela se empertiga, tirando uma mecha de cabelo do rosto com a parte interna do pulso. — Está melhor assim, não acha?

O quarto de Dara — o antigo quarto de Dara — está irreconhecível. Fazia anos que eu não via o chão, agora limpo e aromatizado com desinfetante, por baixo do carpete de lixo e roupas que o obscurecia. O velho tapete se foi, enrolado no meio-fio com sacolas cheias de shorts jeans manchados e rasgados, sandálias destruídas, calcinhas desbotadas e sutiãs com bojo. A colcha — uma estampa de leopardo que Dara comprou com o próprio dinheiro depois que minha mãe se recusou a comprar para ela — foi substituída por uma bela estampa floral que tia Jackie encontrou no armário de roupas de cama. Até as roupas de Dara foram empacotadas, a maioria para doação; dezenas de cabides estão pendurados, rangendo, no armário dela, como se empurrados por uma mão fantasma.

Tia Jackie coloca um braço ao meu redor e me aperta.

— Você está bem?

Faço que sim com a cabeça, arrasada demais para falar. Não sei mais *o que* eu sou. Tia Jackie se ofereceu para empacotar o resto sozinha, mas o dr. Lichme achou que seria bom eu ajudar. Além do mais, eu queria ver se havia alguma coisa que eu poderia salvar; o dr. Lichme me deu uma caixa de sapato e me falou que eu devia enchê-la. Durante três dias, andei me arrastando pelo pântano dos antigos pertences de Dara. No início, eu queria guardar tudo — canetas mordidas, lentes de contato, óculos escuros quebrados —, qualquer coisa que ela tivesse tocado ou manipulado ou que ela amasse. Depois de encher a caixa de sapato em menos de dez minutos, joguei tudo fora e comecei de novo.

No fim, só guardei duas coisas: o diário e um colar com uma pequena ferradura de ouro que ela gostava de usar em ocasiões especiais. "Para dar sorte", ela sempre dizia.

As janelas estão abertas, deixando entrar a brisa de setembro: um mês que tem cheiro de caderno e lápis apontado, folhas de outono e óleo lubrificante. Um mês que tem cheiro de progresso, de seguir em frente. Meu pai vai se mudar no fim de semana para morar com Cheryl; amanhã tenho um encontro obrigatório com Avery, filha dela. Minha mãe está na Califórnia, visitando uma velha amiga de faculdade, tomando vinho em Sonoma e fazendo spinning. Parker está na faculdade em Nova York, provavelmente dormindo tarde, fazendo novas amizades, saindo com garotas bonitas e se esquecendo totalmente de mim. Madeline Snow entrou no quarto ano — segundo Sarah, ela é a queridinha do colégio. A FanLand está fechada para o recesso.

Sou a única que não foi a lugar nenhum.

— Agora tem uma última coisa... — Tia Jackie se afasta de mim, tirando o que parece um monte de pentelhos embolados da bolsa. Depois de vasculhar um pouco mais, ela pega um isqueiro Zippo prateado pesado e bota fogo no monte. — Sálvia — explica enquanto anda num círculo lento. — Purificadora. — Prendo a respiração para não tossir, sentindo vontades iguais de rir e chorar. Eu me pergunto o que Dara diria. *Ela não pode simplesmente fumar uma erva e acabar com isso?* Mas tia Jackie parece tão solene, tão intensa, que não consigo dizer nada.

Ela finalmente para de andar pelo perímetro do quarto e sacode os ramos de sálvia pela janela, jogando pequenas brasas na treliça da roseira, extinguindo as chamas.

— Tudo pronto — diz. Ela sorri, mas seus olhos estão tensos nos cantos.

— É. — Eu me abraço, inspiro e tento encontrar o cheiro de Dara sob o fedor amargo da sálvia, sob o cheiro de setembro e de um quarto recém-lavado. Mas ele se foi.

* * *

No andar de baixo, tia Jackie faz canecas de chá oolong para nós. Nas duas semanas em que está conosco — "para ajudar", ela anunciou alegremente, quando apareceu em nossa varanda com o cabelo comprido preso em tranças, carregando um enorme conjunto de malas desajeitadas cobertas de remendos costurados, como uma versão pobre da Mary Poppins, "e para dar um tempo para a sua mãe" —, ela ajeitou lentamente a casa de cima a baixo, tratando-a como um animal precisando trocar os pelos, desde a nova arrumação da sala de estar ("seu feng shui estava todo errado") até a súbita explosão de plantas vivas em todos os cantos ("está bem mais fácil de respirar, certo?"), e a geladeira cheia de leite de soja e vegetais frescos.

— Então. — Ela se senta no banco perto da janela e puxa os joelhos até o peito, como Dara costumava fazer. — Você já pensou naquilo que a gente conversou?

Tia Jackie sugeriu que a gente tentasse uma sessão espírita. Ela disse que poderia me ajudar a falar diretamente com Dara, a dizer todas as coisas que eu queria, a dizer que eu estava arrependida e pedir seu perdão. Ela jura que fala com a minha irmã desse jeito o tempo todo. Tia Jackie realmente acha que Dara está presa no outro lado da existência, como um cachecol fantasmagórico, pendurado numa parede.

— Acho que não — digo a ela. Não sei o que me assusta mais: a ideia de ouvi-la ou a ideia de não ouvi-la. — Obrigada, mesmo assim.

Ela estende a mão e pega a minha, apertando-a.

— Ela não desapareceu, sabe? — diz, numa voz mais baixa. — Ela nunca vai desaparecer.

— Eu sei — digo. É só uma versão diferente do que todo mundo fala; ela vai viver dentro de você. Ela sempre vai estar por perto. Exceto que ela já vivia dentro de mim; ela cresceu lá, enraizada como uma flor, tão gradualmente que eu não percebi. Mas agora as raízes foram arrancadas, a linda flor selvagem foi podada, e eu fiquei sem nada além de um buraco.

A campainha toca. Durante um segundo alucinado, penso que pode ser Parker, apesar de isso não fazer sentido. Ele está a quilômetros de distância, na faculdade, seguindo em frente como todo mundo. Além do mais, ele nunca tocaria a campainha.

— Eu atendo — digo, só para ter uma desculpa para fazer alguma coisa, para tia Jackie parar de me encarar com pena.

Não é Parker, claro, e sim Madeline e Sarah Snow.

As duas irmãs estão vestidas de modo idêntico, com saia xadrez na altura do joelho e camisa social branca, apesar de a blusa de Sarah estar desabotoada, revelando uma regata preta, e de seu cabelo estar solto. Os pais delas, eu sei, as colocaram na escola paroquial para o último ano do ensino médio — alguma coisa sobre os efeitos malignos da educação na escola pública. Mas ela parece feliz, pelo menos.

— Desculpa — é a primeira coisa que ela diz quando Madeline pula no meu colo como um cachorrinho empolgado, quase me derrubando. — Arrecadação de fundos. Ela queria que você fosse a primeira.

— Estamos vendendo biscoitos para o meu time de basquete — Madeline diz, desgrudando de mim. É engraçado pensar em Maddie, pequena para a idade e magra como uma salamandra, jogando basquete. — Quer comprar?

— Claro — digo, e não consigo evitar um sorriso. Maddie tem esse tipo de efeito nas pessoas, com o rosto parecido com um girassol, todo largo e aberto. Os dez dias que ela passou se escondendo, fugindo, preocupada que Andre pudesse ir atrás dela, milagrosamente parecem não tê-la traumatizado demais. O sr. e a sra. Snow não estão se arriscando; Sarah me disse que eles colocaram as duas filhas na terapia duas vezes por semana. — Que tipo de biscoito você tem?

Maddie dispara a lista — pasta de amendoim, pasta de amendoim com chocolate, crocante de amendoim — enquanto Sarah fica parada ali, mexendo na barra da saia, meio que sorrindo, sem tirar os olhos da irmã mais nova.

No último mês, ela e eu nos tornamos amigas, ou meio amigas, ou pelo menos colegas. Levamos Maddie de volta à FanLand, para ela nos mostrar, com um certo grau de orgulho, como tinha conseguido ficar escondida por tanto tempo. Eu até fui nadar na casa dos Snow, deitando lado a lado em espreguiçadeiras com Sarah enquanto Maddie fazia uma exibição de cambalhotas no trampolim, e os pais circulavam toda hora para ver se estávamos bem, como planetas compelidos a orbitar em torno das filhas. Não que eu os culpe. Mesmo agora, a mãe delas está sentada no carro, com o motor ligado, observando, como se as duas pudessem desaparecer se ela desviar o olhar.

— Como você está? — Sarah pergunta, depois que Maddie anotou cuidadosamente o meu pedido e então, obedecendo a um ritmo eterno próprio, disparou de volta para o carro.

— Você sabe. Igual — digo. — E você?

Ela faz um sinal de positivo com a cabeça, desviando o olhar, semicerrando os olhos por causa da luz.

— Igual. Estou basicamente de castigo em casa. E todo mundo no colégio me trata como uma aberração. — Ela dá de ombros. — Mas podia ser pior. Maddie podia... — Ela se interrompe abruptamente, como se de repente ficasse consciente da implicação de suas palavras. *Podia ser pior. Eu podia ser você. Minha irmã podia estar morta.* — Desculpa — ela diz, enquanto o vermelho sobe pelo seu rosto.

— Tudo bem — digo, e é verdade. Estou feliz porque Maddie voltou para casa em segurança. Estou feliz porque o nojento do Andre está na cadeia, esperando para ser condenado. Parece que essa é a única coisa boa que aconteceu desde o acidente.

Desde que Dara morreu.

— Vamos sair juntas qualquer dia desses, tá? — Quando Sarah sorri, seu rosto todo se transforma, e de repente ela fica bonita. — Podemos ver um filme na minha casa ou alguma coisa assim. Você sabe, já que eu estou de castigo.

— Vou gostar disso — respondo e a observo voltar para o carro da mãe. Maddie já está no banco traseiro. Ela pressiona os lábios no vidro e sopra, fazendo o rosto se destacar, distorcido. Dou uma risada e aceno, sentindo uma onda inesperada de tristeza. Isso, os Snow, a nova amizade com Sarah... Isso é só a primeira das muitas coisas que eu nunca vou poder compartilhar com Dara.

— Quem era? — De volta à cozinha, tia Jackie está empilhando maçãs, pepinos e beterrabas no balcão, um sinal seguro de que ela está prestes a me ameaçar com uma de suas famosas "vitaminas".

— Só uma pessoa vendendo biscoitos pra escola — explico. Não estou com vontade de ouvir perguntas sobre os Snow. Hoje não.

— Ah. — Tia Jackie se empertiga, soprando a franja comprida dos olhos. — Eu esperava que fosse aquele garoto.

— Que garoto?

— John Parker. — Ela volta a mexer na geladeira. — Eu ainda lembro como ele costumava te torturar quando você era pequena...

— Parker. Ninguém chama ele de John. — O simples fato de dizer seu nome provoca uma dor conhecida no meu peito. Eu me pergunto se, mesmo agora, ele está me esquecendo, esquecendo de *nós* (a garota que morreu, a garota que endoidou), nos separando para camadas inferiores por causa de novas lembranças, novas garotas, novos beijos, como o sedimento comprimido devagar no fundo de um rio. — Ele está em Nova York.

— Não está, não. — Ela está empilhando itens da geladeira no chão, agora: cenouras, leite de soja, tofu, queijo vegano. — Eu vi a mãe dele no mercado hoje de manhã. Mulher simpática. Uma energia muito calma; celeste, na verdade. Enfim, ela disse que ele estava em casa. Onde está o gengibre? Tenho certeza que eu comprei...

Durante um segundo, fico surpresa demais para falar.

— Ele está em casa? — repito como uma idiota. — O que você quer dizer?

Ela me dá um olhar rápido e compreensivo por sobre o ombro antes de voltar a procurar.

— Não sei. Achei que ele tinha voltado pra passar o fim de semana. Talvez ele estivesse com saudade de casa.

Saudade de casa. A dor no meu peito, o espaço esvaziado por Dara, aprofundado e refinado quando Parker partiu, é um tipo de saudade de casa. E então eu percebo: houve uma época em que Parker era a minha casa. Um ano atrás, ele nunca teria voltado para casa sem me avisar. Por outro lado, um ano atrás ele não sabia que eu era maluca. Eu não tinha *ficado* maluca ainda.

— Achei. Escondido atrás do suco de laranja. — Tia Jackie se levanta, brandindo um pedaço de gengibre. — Que tal uma vitamina?

— Talvez daqui a pouco. — Minha garganta está tão fechada que eu não conseguiria tomar nem um gole de água. Parker está a menos de cinco minutos de distância (dois minutos, se eu pegar um atalho pelo bosque em vez de ir pelo caminho mais longo) e, apesar disso, mais distante do que jamais esteve.

Nós nos beijamos neste verão. Ele *me* beijou. Mas as lembranças daquela época estão distorcidas, como imagens tiradas de um filme antigo. Sinto como se tudo tivesse acontecido com outra pessoa.

Tia Jackie hesita.

— Você está se sentindo bem?

— Estou — digo, forçando um sorriso. — Só um pouco cansada. Acho que vou deitar um pouco.

Ela parece não acreditar muito em mim. Por sorte, não pressiona.

— Estarei aqui — ela diz.

No andar de cima, vou para o quarto de Dara — ou o que antes era o quarto de Dara, e agora vai virar um quarto de hóspedes, limpo e impessoal e com uma decoração inofensiva, com gravuras de Monet emolduradas penduradas em paredes pintadas com tinta casca de ovo nº 12. Ele já parece muito maior do que era, tanto por estar sem todas as coisas de Dara como porque a própria Dara era tão grande, tão viva e inegável. Tudo se encolhia ao redor dela.

Apesar disso, em apenas algumas horas conseguimos apagá-la quase totalmente. Todas as suas coisas — compradas, recebidas, dolorosamente selecionadas; todas as coisas aleatórias acumuladas ao longo de anos —, tudo separado, jogado no lixo ou empacotado em menos de um dia. Como é fácil apagar alguém.

O ambiente está com cheiro de sálvia queimada. Abro a janela ainda mais e respiro fundo o ar puro, o cheiro de verão se transformando lentamente no outono — a vegetação virando palha, os verdes e azuis desbotados pelo sol e assumindo tons de âmbar.

Enquanto fico parada ali, escutando o vento cantar através das folhas murchas das roseiras, percebo um toque de cor viva nos ramos mais baixos do carvalho, como se o balão vermelho de uma criança tivesse ficado preso ali.

Vermelho. Meu coração pula até a garganta. Não é um balão — é um pedaço de tecido amarrado num galho.

Uma bandeira.

No início, acho que posso estar enganada. É coincidência ou um truque visual, um pedaço de lixo soprado inadvertidamente para os galhos. Mesmo assim, eu me vejo descendo a escada correndo, ignorando minha tia, que grita:

— Achei que você fosse cochilar.

E saio porta afora. Estou a meio caminho do carvalho quando percebo que nem parei para calçar os sapatos; o chão está frio e molhado sob minhas meias. Quando chego ao carvalho e vejo a camiseta da FanLand balançando como um pêndulo na brisa, dou uma risada alta.

O som me surpreende. Percebo que faz muito tempo — talvez semanas — que não rio.

Tia Jackie está certa. Parker está em casa.

* * *

Ele abre a porta da frente antes que eu consiga bater, e, apesar de terem se passado apenas dois meses desde que o vi, eu recuo, subitamente tímida. Ele parece diferente de alguma forma, apesar de estar usando uma de suas camisetas nerds de sempre ("Faça amor, não horcruxes") e a calça jeans ainda rabiscada de quando ele ficou entediado na aula de cálculo no último ano e começou a desenhar.

— Você trapaceou — é a primeira coisa que ele diz.

— Estou um pouco velha pra passar pela cerca — digo.

— Compreensível. Tenho quase certeza que o forte foi tomado por móveis de jardim velhos, de qualquer maneira. As cadeiras fizeram uma bela ofensiva.

Há um segundo de silêncio. Parker sai para a varanda e fecha a porta atrás de si, mas ainda há alguns metros de distância entre nós, e eu sinto cada centímetro. Ajeito o cabelo atrás da orelha, sentindo, apenas por um segundo, o padrão de cicatrizes embaixo dos dedos, do modo quando me sentia como *ela*.

"Culpa", o dr. Lichme me disse casualmente. "Em algum nível, você acredita que foi permanentemente danificada pelo acidente. A culpa é uma emoção poderosa. Ela pode fazer você ver coisas que não existem."

— Quer dizer que você está em casa — digo, de um jeito idiota, depois que o silêncio se estende por um segundo longo demais.

— Só para o fim de semana. — Ele se senta no velho balanço da varanda, que geme sob seu peso. Depois de hesitar por um instante, dá um tapinha na almofada ao lado dele. — É aniversário do meu padrasto. Além do mais, o Wilcox me ligou e implorou minha ajuda para fechar o parque para a estação. Ele até se ofereceu pra pagar o meu voo.

Amanhã, a FanLand vai fechar para o recesso da estação. Só voltei lá uma vez, com Sarah e Maddie Snow. Não consegui aguentar o modo como todo mundo me cumprimentava, com medo ou uma reverência delicada, como se eu fosse um artefato antigo que pudesse se desintegrar se manuseado inadequadamente. Até a Princesa foi simpática comigo.

O sr. Wilcox deixou várias mensagens para mim, perguntando se eu poderia ajudar amanhã e participar da festa da pizza do fim da estação na FanLand. Até agora, não respondi.

Parker usa os pés para nos balançar. Toda vez que ele se mexe, nossos joelhos se esbarram.

— Como você está? — ele pergunta. Sua voz ficou baixa.

Enfio as mãos em minhas mangas. Ele está com o mesmo cheiro de sempre, e eu me sinto meio tentada a enterrar a cabeça no seu pescoço e meio tentada a fugir.

— Bem — respondo. — Melhor.

— Que bom. — Ele desvia o olhar. O sol começou a afundar, girando os braços dourados através das árvores. — Andei preocupado com você.

— É, bom, estou bem — repito, alto demais. Preocupado significa que tem alguma coisa errada. Preocupado é o que pais e psicólogos dizem. Preocupado é o motivo pelo qual eu não quis ver Parker antes de ele ir para Nova York e o motivo pelo qual não respondi nenhuma das mensagens que ele me mandou desde que chegou à faculdade. Mas Parker parece tão magoado que eu acrescento: — Como está Nova York?

Ele pensa no assunto durante um minuto.

— Barulhenta — responde, e não consigo evitar rir um pouco. — E definitivamente tem ratos, embora até agora nenhum deles tenha me atacado. — Ele faz uma pausa. — A Dara teria adorado.

O nome cai entre nós como uma mão ou uma sombra passando pelo sol. Numa fração de segundo, sinto frio. Parker mexe num pedaço de jeans que está soltando no joelho.

— Olha — ele diz com cuidado. — Eu queria conversar com você sobre o que aconteceu nesse verão. — Ele pigarreia. — Sobre o que aconteceu entre... — E balança um dedo de um lado para o outro entre nós.

— Tudo bem. — Agora, eu queria não ter vindo. A cada segundo, espero que ele diga: *Foi um erro. Eu só quero ser seu amigo.*

*Estou preocupado com você, Nick.*

— Você...? — Ele hesita. Sua voz está tão baixa que não tenho opção além de me aproximar para escutá-lo. — Quer dizer, você lembra?

— Da maior parte — respondo com cuidado. — Mas algumas partes parecem... não exatamente reais.

Mais um momento de silêncio. Parker se vira para me olhar, e eu fico dolorosamente consciente de como estamos próximos — tão próximos que consigo ver a cicatriz triangular fraca onde uma vez ele levou uma cotovelada no nariz durante um jogo de Ultimate, tão próximos que vejo um pouco de sua barba crescendo no maxilar, tão próximos que vejo seus cílios embolados.

— E o beijo? — ele pergunta com a voz rouca, como se não falasse há algum tempo. — Ele pareceu real?

De repente, sinto medo: fico apavorada pelo que virá ou não a seguir.

— Parker — começo a dizer. Mas não sei como terminar. Quero dizer que não consigo. Quero dizer que quero muito.

— Eu estava falando sério no verão — ele se apressa a dizer, antes que eu consiga falar alguma coisa. — Acho que sempre fui apaixonado por você, Nick.

Olho para baixo, piscando para impedir as lágrimas que me dominam, sem saber se me sinto feliz, culpada ou aliviada, ou as três coisas.

— Estou com medo — consigo dizer. — Às vezes ainda me sinto louca.

— Todos nós enlouquecemos um pouco, às vezes — Parker diz, encontrando minha mão, entrelaçando nossos dedos. — Lembra quando os meus pais se divorciaram, e eu me recusei a dormir dentro de casa durante um verão inteiro?

Não consigo evitar; dou risada, mesmo enquanto estou chorando, me lembrando do Parker magrelo e de seu rosto sério e de que a gente costumava passar um tempo juntos em sua barraca azul comendo Pop-Tarts direto da caixa, e Dara sempre sacudia as migalhas restantes na própria língua. Seco as lágrimas com o antebraço, mas não adianta; elas continuam escorrendo, queimando meu rosto e minha garganta.

— Sinto falta dela — solto de repente. — Sinto muita falta dela às vezes.

— Eu sei — Parker diz com suavidade, ainda apertando minha mão. — Eu também sinto falta dela.

Ficamos assim durante muito tempo, lado a lado, de mãos dadas, até os grilos, obedecendo à mesma antiga lei que puxa o sol do céu e joga a lua para cima, que rasga o outono e o transforma em inverno e empurra a primavera em seguida, obedecendo à lei do fim e dos recomeços, lançam sua voz acima do silêncio e cantam.

## 27 DE SETEMBRO

— Ai, meu Deus. — Avery, filha de Cheryl e minha talvez-futura irmã postiça, balança a cabeça. — Não acredito que você trabalhou aqui o verão todo. Eu tive que ficar na empresa de seguros do meu pai. Você imagina? — Ela finge levar um telefone à orelha. — "Bom dia, e obrigada por ligar para a Schroeder e Kalis." Devo ter dito isso, tipo, umas quarenta vezes por dia. Caramba, aquilo ali é uma *piscina de ondas?*

Quando falei a Avery que ia passar o dia ajudando a fechar a FanLand, achei que ela fosse querer remarcar nosso momento feminino obrigatório. Para minha surpresa, ela se ofereceu para ajudar.

Claro que sua ideia de ajudar, até agora, envolveu abrir uma espreguiçadeira e, ocasionalmente, trocar de posição para maximizar sua exposição ao sol, ao mesmo tempo em que faz uma fileira de perguntas aleatórias ("Você acha que existem tantos piratas pernetas por causa dos tubarões? Ou é, tipo, desnutrição?") e observações que vão desde absurdas ("Eu realmente acho que roxo é mais náutico do que vermelho.") até bizarramente inteligentes ("Você já percebeu que os casais realmente felizes não têm necessidade de ficar, tipo, *pendurados* um no outro o tempo todo?").

Estranhamente, no entanto, não estou odiando totalmente sua companhia. Tem alguma coisa reconfortante no ritmo infinito da sua conversa e no modo como ela trata todos os assuntos como igualmente importantes ou igualmente triviais, não sei qual dos dois. (A resposta dela no início do verão, quando descobriu que eu estava numa ala psiquiátrica: "Ai, meu Deus! Se um dia fizerem uma versão da sua vida no cinema, eu quero estar nela".) Ela é como o equivalente emocional de um cortador de grama, digerindo tudo em pedaços uniformes e fáceis de lidar.

— Como está indo aí, Nick? — Parker, que está ajudando a desmontar a cobertura de um dos pavilhões, coloca as mãos ao redor da boca para gritar na minha direção do outro lado do parque. Mostro o polegar, e ele dá um sorriso amplo, acenando.

— Ele é tão bonitinho — Avery diz, baixando de leve os óculos escuros para encará-lo. — Tem *certeza* que ele não é seu namorado?

— Positivo — digo, pela centésima vez desde que Parker nos deixou no parque. Mas a ideia em si me deixa aquecida e feliz, como se eu tivesse tomado um gole de um chocolate quente muito gostoso. — Somos só amigos. Quer dizer, somos melhores amigos. Bom, éramos. — Solto o ar com força. Avery está me encarando, com as sobrancelhas erguidas. — Não sei muito bem o que somos agora. Mas... é bom.

*Temos tempo.* Foi isso que Parker me disse na noite passada, antes de eu ir para casa, pegando meu rosto entre as mãos, me dando um único beijo, de leve, nos lábios. *Temos tempo para descobrir o que somos.*

— Ãhã. — Avery me olha de um jeito avaliador durante um segundo. — Quer saber?

— O quê? — digo.

— Você devia me deixar arrumar seu cabelo. — Ela diz isso de um jeito tão firme, tão inflexível, como se fosse a solução de todos os problemas do mundo, exatamente como Dara teria dito, e não consigo evitar um sorriso. Depois, rapidamente, sinto a dor profunda outra vez, o poço escuro de sentimentos onde Dara deveria estar e sempre esteve. Eu me pergunto se um dia vou conseguir pensar nela sem sofrer.

— Talvez — respondo a Avery. — Claro. Seria legal.

— Maneiro. — Ela se desdobra, como um origami, saindo da espreguiçadeira. — Vou pegar um refrigerante. Quer alguma coisa?

— Estou bem. Estou quase acabando aqui, de qualquer maneira. — Estive empilhando cadeiras ao redor da piscina de ondas durante a última meia hora. Aos poucos, a FanLand está desmoronando em si mesma, ou se recolhendo, como um animal em hibernação. Cartazes e coberturas são retirados, cadeiras são carregadas para o depósito, e os brinquedos são trancados com cadeado. E assim vai ficar, silenciosa, parada e intocada, até maio, quando, mais uma vez, o animal vai emergir, tirar a pele do inverno, rugindo com sons e cores.

— Precisa de alguma ajuda?

Eu me viro e vejo Alice vindo pela trilha na minha direção, carregando um balde de água imunda no qual uma esponja está flutuando lentamente na superfície. Ela deve ter esfregado o carrossel; ela insiste em fazer isso à mão. Seu cabelo está preso nas tranças que são sua marca registrada, e, com a camiseta rasgada ("Coisas boas acontecem com aqueles que se agitam", diz) e as tatuagens visíveis, ela parece uma versão gângster da Píppi Meialonga.

— Está tranquilo — digo, mas ela coloca o balde no chão mesmo assim e se abaixa ao meu lado, prendendo as cadeiras com facilidade numa torre de formações de Tetris.

Só a vi uma vez desde que saí do hospital, e de longe. Durante um minuto, trabalhamos juntas em silêncio. Minha boca de repente fica seca. Estou desesperada para falar alguma coisa, dar uma explicação ou pedir desculpas, mas não consigo dizer uma palavra.

Então ela diz, abruptamente:

— Você soube da boa notícia? Wilcox finalmente aprovou novos uniformes para o próximo verão. — Eu relaxo e sei que ela não vai me perguntar nada e também não acha que estou maluca. — Você *vai* voltar no próximo verão, né? — ela diz, me dando um olhar sério.

— Não sei — respondo. — Eu não tinha pensado nisso. — É estranho até pensar que haverá o próximo verão: que o tempo continua passando e me carregando consigo. E, pela primeira vez em mais de um mês, sinto uma leve empolgação, uma sensação de *impulso* e de coisas boas vindo que eu ainda não consigo ver, como tentar pegar a ponta de uma fita dançando a pouca distância da sua mão.

Alice solta um ruído de desaprovação, como se não conseguisse acreditar que nem todo mundo tem os próximos quarenta anos mapeados, traçados, planejados e adequadamente programados.

— Também vamos fazer o Portal voltar a funcionar — ela diz, levantando a última cadeira com um rosnado. — E quer saber? Vou ser a primeira da fila pra andar naquele bichinho.

— Por que você se importa tanto? — solto de repente, antes que consiga me interromper. — Com a FanLand e os brinquedos e... tudo isso? Quer dizer, por que você ama isso tudo?

Alice se vira para me encarar, e o sangue dispara para o meu rosto; percebo que devo ter parecido muito rude. Depois de um instante, ela me encara, levando a mão aos olhos para protegê-los do sol.

— Está vendo aquilo ali? — ela pergunta, apontando para a fileira de barracas de jogos e alimentos agora fechadas: Rua Verde, como chamamos, por causa de todo o dinheiro que troca de mãos naquele lugar. — O que você vê?

— Como assim? — pergunto.

— O que você *vê* ali? — ela repete, ficando impaciente.

Sei que deve ser uma pergunta capciosa. Mas respondo:

— A Rua Verde.

— A Rua Verde — ela repete, como se nunca tivesse escutado o termo. — Sabe o que as pessoas veem quando vão à Rua Verde?

Balanço a cabeça. Sei que ela não espera uma resposta.

— Elas veem prêmios. Elas veem sorte. Elas veem oportunidade de ganhar. — Ela aponta para outra direção, para a imagem enorme do Pirata Pete, dando boas-vindas aos visitantes da FanLand. — E ali. O que tem ali? — Desta vez ela me espera responder.

— O Pirata Pete — respondo, devagar.

Ela dá uma guinchada, como se eu tivesse dito alguma coisa engraçada.

— Errado. É um cartaz. É madeira, gesso e tinta. Mas você não *vê* isso, e as pessoas que vêm aqui também não veem isso. Elas veem um pirata velho e grande, do mesmo jeito que veem prêmios e uma chance de ganhar alguma coisa na Rua Verde, da mesma forma que veem você naquela fantasia horrorosa de sereia e, durante três minutos e meio, acreditam que você realmente é uma maldita sereia. Tudo isso — ela faz um círculo, abrindo bem os braços, como se fosse envolver o parque todo — é apenas mecânica. Ciência e engenharia. Porcas, parafusos e engrenagens. E você sabe, e eu sei, e todas as pessoas que vêm aqui todos os dias também sabem. Mas, durante um tempinho, elas *se esquecem* de saber. Elas *acreditam*. Que os fantasmas no Navio Assombrado são reais. Que todos os problemas podem ser resolvidos com um bolo de funil e uma música. Que *aquilo* — ela se vira e aponta para a alta armação de metal do Portal, se estendendo como um braço em direção às nuvens — pode realmente ser um portal para o céu.

Ela olha de novo para mim, e de repente me sinto sem fôlego, como se ela não estivesse olhando para mim, mas para *dentro* de mim, vendo todas as vezes em que fiz besteira, todos os erros que cometi, e me dizendo que está tudo bem, que eu estou perdoada, que posso deixar tudo de lado, agora.

— Isso é mágica, Nick — ela diz, com a voz suave. — É só fé. Quem sabe? — E sorri, olhando de novo para o Portal. — Talvez um dia todos nós vamos pular os trilhos e ir direto para o céu.

— É — digo. Olho para o mesmo lugar que ela. Tento ver o que ela está vendo. E, durante uma fração de segundo, eu a vejo, com os braços estendidos, como se estivesse fazendo um anjo de neve no ar ou simplesmente rindo, girando no mesmo lugar; durante uma fração de segundo, ela vem até mim como as nuvens, o sol e o vento tocando meu rosto e me dizendo que, de alguma forma, algum dia, tudo vai ficar bem.

E talvez ela esteja certa.